逆転

二係捜査(2)

本城雅人

角川文庫
23851

目次

登場人物

森内《もりうち》　洸《ひかる》……警視庁捜査一課所属。二係捜査担当刑事。野方署から二係に異動してきた。

信楽京介《しがらききょうすけ》……警視庁捜査一課所属。二係捜査のベテラン。巡査部長。

田口《たぐち》　哲《てつ》……警視庁捜査一課所属。五係の刑事。森内の親友。

江柄子《えがらし》良弘《よしひろ》……警視庁捜査一課の理事官。

岸登《きしと》士樹《しき》……弁護士。野村栄慈の代理人。

藤瀬《ふじせ》祐里《ゆり》……中央新聞の記者。捜査一課担当。（『ミッドナイト・ジャーナル』に登場）

二階堂《にかいどう》實《みのる》……中央新聞の記者。警察庁担当。（『ミッドナイト・ジャーナル』に登場）

野村栄慈《のむらえいじ》……十年前、女児殺害の疑いで逮捕されたが、二審で無罪となる。

1

――二〇一九年七月（現在）

「これより本会の会長に就任しました弁護士、岸登士樹《きしとしき》より皆さまに挨拶《あいさつ》させていただきます」

司会を任せた元キー局のアナウンサーの透き通った声に、会場からは割れんばかりの拍手が巻き起こった。

五つ並んだ壇上の椅子の一つに座っていた岸登士樹は、ゆっくり立ち、演台に向かった。頭を下げてからマイクに口を近づける。

「ただいま紹介を受けました岸です。本日は第四の弁護士会設立を披露する場に、たくさんの方にご来場いただきありがとうございます。ここにいらっしゃる皆さまはご存じかと存じますが、弁護士会は各都道府県に設立されています。これは弁護士法第三十一条第一項に基づき、弁護士及び弁護士法人の指導、連絡、監督などの事務を行うための、いわば強制加入団体であって、日本弁護士連合会、いわゆる日弁連や地方ごとの弁護士会連合会と区別するため、実務上は単位会と呼ばれております。この東京にも東京弁護士会、第一東京弁護士会、第二東京弁護士会と三つの弁護士会が存在し、私もその一つに、理事として所属しております」

メモなしでとうとうと喋《しゃべ》る。岸のもとには毎年たくさんの講演依頼が舞い込む。大半は断っているが、一カ月に一、二本のペースで受ける。テレビにも出演する。こんな生活を十年近く続けてきたのだ。一時間でも二時間でもカンペなしで喋り続けることができる。

「では私はそこを退会して、この第四の弁護士会を結成するのかと言えば、そうではありません。この第四の弁護士会は単位会とはまったく異質です。司法、行政、立法という日本憲法で分立がみとめられている三権に次ぐ権力としてマスコミのことは第四の権力、または第四府と呼ばれます。ここで求められる第四の権力とは、すなわち三権には属さず、それらに不正があった場合は、国民にすみやかに情報を提供するマスコミのことです。ところが近年のマスコミは、権力に擦り寄るだけでなんの力も持たなくなり、もはや死に体と呼んでもいいほどの体たらくです。国民がマスコミを信用しなくなったのはテレビの視聴者数が減り、新聞の部数減が著しいことからも証明されています。そこで我々弁護士の有志が、本来マスコミがすべき国民の人権を守り、国家の不正を徹底的に監視していこう、そうした趣旨であえて『第四の』と頭に付け、この会を設立した次第です。幸いなことに私と志を同じにする人権派の弁護士たちが全国から多数入会してくれ、事務局には今も入会を希望される先生方の問い合わせが殺到しております」

そこまで言うと、一旦《いったん》、水を飲んで喉《のど》を潤した。

なにも喉が渇いたわけではなく、ただ間を取っただけだ。

会場を見渡す。会員になった弁護士、または視聴希望の非会員の弁護士、野党議員、人権団体の代表、さらに新聞、テレビといったマスコミの人間を呼んでいる。

左端に集められたのがマスコミ連中で、とくに新聞記者たちの何人かは歯嚙《はが》みしていた。

悔しがっているのはまだマシな方だ。記者の役目を完膚なきまでにけなされ、存在を否定されたというのに、他人事《ひとごと》のようにメモを取っている者も半数近くいる。

「私はこれまで幾人もの冤罪《えんざい》被害者の弁護を受任し、彼らの無罪を証明してきました。冤罪被害者というのは突然、身に覚えのないことで警察が押しかけてきて逮捕され、連日の厳しい、かつ暴力的な取調べで嘘の自供を強いられます。それだけでも相当な心の傷を負いますが、長い戦いはそこからが始まりです。仮に裁判で無罪になったところで、逮捕、犯罪者などと流布された記憶が国民から消し去られるわけではありません。裁判は被告が罪を犯していなかったことを法律的に証明する一手段に過ぎず、無罪判決で自由を得た元被告は、その後も犯していない罪によって、世間から冷たい目で見られ続けるのです」

今度は支援者だけを見る。彼らの多くが頷《うなず》いて聞いていた。

ここ数年、冤罪の可能性があったり、捜査手法に疑問があったりすると、彼らは真っ先に岸に弁護を依頼してくる。

それまでの弁護士と共闘することもあるが、ほとんどは被告を説得して、前任者を解任する。

生半可な気持ちでは刑事事件の弁護は務まらない。この国で起訴されれば、九九・九パーセントが有罪にされるのだ。この歪《ゆが》んだ司法制度を打破するには、つねに強い怒りを持って、検察や警察はもちろん、裁判官にさえ油断を見せずに臨む。そうしないことには、無罪判決を勝ち取ることなどできない。

「裁判員制度が開始され、先月六月からは、裁判員裁判対象事件・検察官独自捜査事件については、取調べの全過程の録画が義務付けられることになりました。ですが自分勝手な捜査で最初から犯人を決め込む警察が、取調べの可視化を素直に実行しているとは私には到底思えません。法務省も義務違反を咎《とが》めようとはしないはずです。なぜならば日本の法務省がもっとも気にかけているのは、現在およそ九十パーセントの重要犯罪の検挙率、この国が世界でも有数の安全な国であるという評価を維持することだからです。この安全な国という評価は、私に言わせると、世界でも有数の冤罪事件が起こりうる国だと置き換えることができます。それくらい今の日本の司法制度は、無罪推定の原則を無視しています」

そしてさらに声のボリュームをあげる。

「今後、この国から一つの冤罪も生まれさせない。それこそが国民が安心して暮らせる近代国家の礎《いしずえ》になります。安全で法に正しく、法のもとに平等な民主主義国家に変えるという強い決意を持って、我々有志で、今後とも権力の横暴を見張っていきましょう」

拍手は鳴り止まなかった。

しばらく会場に目をやり、そして鼻の下に蓄えている白い髭《ひげ》を弄《いじ》ってから、頭を下げ自席に戻った。

この演説は、テレビも取り上げるだろう。

冤罪事件が起きた時は、早朝から深夜までひっきりなしに岸に出演を要請してくるテレビ局だが、実名、顔写真報道をやめろと言っても右から左へと聞き流す。最近は警察に密着したドキュメントだけでなく、ニュース番組などでも逮捕の瞬間にカメラを入れる。あれこそ警察官はこんなによく働いていますよと国民に知らせる、権力へのごますりだ。事件とは無関係だったことがのちに発覚した場合、マスコミはどう責任を取るつもりなのだ。

「続きましては、ご来賓の方より応援のお言葉をいただきます。はじめに参議院議員、社会平和党の鈴村《すずむら》史織《しおり》党首、よろしくお願いします」

岸の隣に座っていた女性が立ち上がり、岸に一礼したので、岸も黙礼した。

来賓はこの革新政党の党首と、弁護士会の元会長だ。

鈴村史織は、かつては社会平和党とともに人気があった。だが岸の目には、テレビや国会でエキセントリックに政権批判をしているだけにしか映らず、目立ちたいだけなんだろうと相手にしなかった。

向こうも同じで、岸が国会質問を頼んだところで「刑事事件に口出しするわけにはいかない」と断ってきた。

それが議席を減らし、党存続の危機に陥ると、彼女の方からスピーチさせてほしいと猛プッシュしてきた。

要は彼女たちにとっての人権とは、自分たちのレゾンデートル（存在意義）のために利用する手段の一つであって、目的はあくまでも党員が増え、選挙で議席増となり、あわよくばかつてのように政権を奪うこと……そのためには岸たちの活動も平気で政治取引に利用する。

次に名誉顧問への就任を要請した弁護士会の元会長も同じだ。最近の弁護士会のトップたちは政治家気取りで、気候温暖化や原発問題などにも積極的に口を出す。弁護士の仕事はそうではないだろう。政治をやりたければ国政に進出すればいい。社会平和党の党首は予想していた通り、冤罪を野放しにしている社会を、政権与党のせいだと責任転嫁した。

続いて弁護士会の元会長が壇上に立った。

今度は礼をされても岸は頭一つ下げなかった。

昔からこの男は虫が好かない。

名誉顧問を依頼したのも、年下の弁護士たちがお願いしましょうと口を揃えたからで、岸は気が進まなかった。

なにせ十年前、無名の弁護士だった岸を、懲戒処分にすべきだと真っ先に言い出したのがこの男である。

無罪判決を勝ち取った後も、「たまたま勝っただけで調子に乗らない方がいい」と負け惜しみを言っていた。

名誉顧問を引き受けたものの、心の中では第四の弁護士会などとっととつぶれてしまえ、そう願っているにちがいない。

「私は元より、人質司法と呼ばれる我が国の刑事司法制度について、懐疑的な考えを持っています。世界的に見ても被疑者を長期間勾留《こうりゅう》して、保釈を容易に認めない制度は、世界的に批判の対象になっており……」

社会平和党の党首と同じく美辞麗句を述べていた。岸はまともに聞いていなかった。すると舞台の袖《そで》に、来る予定がなかった岸法律事務所に勤務する高垣徳也《たかがきとくや》という若手弁護士がいることに気づいた。

彼はハンカチで顔の汗を拭《ぬぐ》いながら視線で訴えている。

元会長の挨拶《あいさつ》が終わったので、岸は席を立つ。ここから先は司会者が会の運営形態などを説明する進行予定になっている。その後がマスコミによる質疑応答だ。これには岸と、岸法律事務所のエースで、この会の事務局長を務める山田杏里《やまだあんり》弁護士を同席させる。

この日はあくまでもお披露目会であり、運営に向けた資金集めを目的とした発足パーティーは一ヵ月後に都内のホテルで開催する。こうした会は話題になることが大事だ。多数の賛同者を集めていることを知らしめられれば、警察や検察の上層部は怖気《おじけ》づく。それだけでも設立の目的は達成したに等しい。

目立たないように袖に引っ込むと高垣が足早に近寄ってきた。

「どうした、高垣、泡を食った顔をして」

「野村《のむら》が逮捕されたそうです」

「野村って、野村栄慈《えいじ》か。容疑はなんだ」

「殺人の疑いだそうです」

「誰を殺した」

「小学一年生、六歳の女児です」

あの馬鹿野郎――。

真っ先に沸き上がったのは怒りだった。あれほど苦労して無罪にしてやったのに。この晴れの舞台で、なんてことをしてくれるのだ。

野村栄慈こそが、無名だった岸が冤罪弁護士として名を売るきっかけになった元被告だった。

あの時に殺されたのは九歳の女児だった。

決定的な証拠はなく、野村は容疑を認めなかった。一審の判決は無期懲役だったが、二審で逆転無罪を勝ち取った。

「六歳の女児って、茨城で行方不明になってた女の子か」

茨城県鉾田《ほこた》市で友達の家に遊びに行った女児が行方不明になったことは報道で知っている。田園地帯で付近には用水路や川も流れていることから、警察は事件、事故の両面から調べていた。

「はい。茨城県警は野村の認否を明らかにしていませんが、今度は遺体も発見されていますし、証拠もあるみたいです」

「行方不明になったのは三、四日前だったよな？」

「はい、三日前の七月二十六日です」

「それが昨日あたりから続報を聞かなくなったけど、それはどうしてだ」

「さぁ、なぜでしょうか」

高垣は首を傾げたが、岸には察しがついた。

野村への怒りに火が付き、炎が警察へと向く。

続報が消えたと言うことは、警察はすぐに野村が容疑者だと特定、拘束していた。それなのに逮捕はしなかった。なぜか。

本日が第四の弁護士会を披露する場であることを知っていたからだ。

野村の犯行だと結び付けたことからして、この舞台を妨害するために、警察が無理やり作り上げたシナリオである可能性も否めない。

2

エアコンの効いたリビングで、咲楽《さくら》が欠伸《あくび》をした。

「どうした、咲楽、眠くなったか」

二歳の娘は首を左右に振ってから「つまんない」と言った。単に内容に飽きてしまったようだ。

Tシャツに短パン姿の森内洸《もりうちひかる》は、「ごめん」と謝り、お絵描きボードに描いた絵を消した。かといってなにかアイデアが浮かんだわけではなく、そのままペンの動きまで止まった。

洸は昔から絵を描くのが得意で、娘の咲楽もお絵描きボードを使った洸の即席の物語が大好きだ。

今年四月に二度目の誕生日を迎えた咲楽は喋《しゃべ》り始めるのも他の子供より早く、理解力も相当ある。

きっと菜摘《なつみ》に似たのだろう。親の転勤で幼稚園の二年間をアメリカで過ごした菜摘は、一ヵ月で英語を喋り始めたと義母が話していた。

咲楽と名付けたのは四月生まれだからだ。妻の菜摘も四月生まれで、菜の花にちなんで名付けられた。

洸はストレートに「桜」にしようとしたが、義母が画数にうるさく咲楽になった。「桜」には父も母も桜田門の警察官だったという意味も含まれていたが、義母に言えば「女の子にそんな名前を付けなくても」と苦言を呈されていただろう。この字にしてよかったと今は洸も気に入っている。

七月後半、二係捜査の上司である信楽京介《しがらききょうすけ》から「森内はうちに来てからまとまった休みを取ってないだろ。家族孝行しないと俺みたいに寂しい独りもんになってしまうぞ」と言われ、夏休みを四日間もらった。

昨日まで二泊三日で伊豆《いず》に旅行し、四日目の今日八月一日は、咲楽の相手をしながら家でのんびり過ごした。

ただし咲楽が楽しみにしているお絵描きボードでの物語は、旅行先の伊豆のホテルで出し尽くした。自分でも面白くないなと思いながら話していたが、二歳児に欠伸をされてつまらないと言われると、さすがに落ち込む。

「違うのがいい」

「パパの持っているお話を全部しちゃったんだよ」

「して、して」

咲楽がいやいやした。聞き分けのいい咲楽がここまで駄々を捏《こ》ねるのは珍しい。相当前から我慢していたのだろう。

「パパは疲れてるの。明日から仕事なんだから、咲楽はもう寝ましょう」

アイロンがけをしていた妻の菜摘が助けてくれた。

「咲楽、パパは次のお休みまでに新しいお話を考えておくから」

咲楽はぐずることなく、諦《あきら》めた。

娘を抱っこして洗面所に連れて行き、歯磨きをして、寝室の子供用ベッドに寝かせる。

いつもはなかなか寝付かないのに、旅行で疲れたせいかすぐに寝息が聞こえてきた。

やれやれと安心して、居間に戻る。

「お疲れ様。洸くん、ありがとうね」

アイロンがけを終えた菜摘にねぎらわれる。

「休みの時くらいはね。そうしないと咲楽も俺になついてくれなくなっちゃうし」

「咲楽はパパのこと大好きだから大丈夫よ。この前もテレビで画家の人が出てきたら、パパと同じだって言ってたし」

お巡りさんだとは話していない。官舎に住んでいるのだからいずれはバレるだろうが、父親の職業をあっちこっちで喋ってはいけないことの判断がつくまでは、刑事であることは教えないようにしておこうと菜摘と決めた。

「絵には自信があるんだけど、つまらないってハッキリ言われたのはショックだったな。俺、中学生までは将来漫画家になろうと思ってたけど、ストーリーセンスがなくて諦めたんだよね。二歳児から、やめて正解だったと言われたような気がしたよ」

仕事でも「筋」を立てるのは苦手だ。端緒らしきものはたまに発見できるが、そこから先の筋立てができないため、信楽から「その程度で捜査したいなんて、上は許してくれないぞ」と却下される。

「そんなことないよ、洸くんは話し上手だと思うよ」

「どうでもいいことだと気楽に喋れるんだけど、うまく話そうと思うと、詰まってしまうんだよな。緊張しちゃうからかな」

「警察官なんだから緊張してた方がいいんじゃないの。軽口を叩《たた》く刑事より、物静かな刑事の方が被疑者だって嫌だろうし」

「うちの部屋長は俺より口下手だけどね」

交通課の巡査だった菜摘は、洸の仕事の理解者だ。落ち込んでいると励まし、「洸くんが正しいと思っていることをしていればそのうちうまくいくわよ」と前向きな気持ちにしてくれる。

とはいえ、夫婦関係がうまくいっているかと問われれば、けっしてそうではない。

今回の旅行で、咲楽は海水浴に連れていっても、伊豆シャボテン動物公園に連れていっても、ずっとハイテンションだった。新しいワンピースの水着を着た菜摘も楽しそうにしていたが、心からは満足できなかったのではないか。

別の署の交通課にいた菜摘とは、野方《のがた》署にいた三年前、同期の田口哲《たぐちてつ》が開いてくれた飲み会で知り合った。

洸と同い歳の彼女は、小顔で、人目を引く華やかな雰囲気を漂わせていた。ミス交通課、いやミス警視庁でも通じるその美貌《びぼう》に、森内は一瞬で心を奪われ、その夜のうちに、次のデートに誘った。

二度目のデートで告白して、交際が始まると、真っ先に親友の田口に報告した。

喜んでくれると思っていたのに「まさか、結婚するとか言い出すんじゃないだろうな」と怪訝《けげん》な顔で言われた。

どうやら田口は、彼女が以前交際していた男を知っているようだった。

——俺はそんなこと気にしねえよ。二十六にもなって誰とも付き合ったことのないほうがおかしいだろ。

——だけど相手は全員警察官だぞ。

全員って何人だよ——心の中を疑問が過《よぎ》ったが、訊《き》かなかった。

自分にだって、これまで複数の恋人がいた。付き合っていたなら、得体の知れない男より、身元がはっきりした警察官の方がいい。その場はいいように解釈した。

半年もしないうちに菜摘の妊娠が判明し、プロポーズした。

彼女は不安だったのか「いいの？」と眉《まゆ》を曇らせて確認してきた。

その表情は不安から解放されたかのように愛《いと》おしく、思わず細い体を抱きしめた。

——当たり前だよ。俺は人生で初めて、この女性と結婚したいと思ったんだ。実はこれまでもプロポーズしようと思ったけど、断られたらいやだと躊躇《ちゅうちょ》してたんだ。それが今日父親になるって分かって勇気づけられたよ。

——私が断るわけないじゃない。洸くんと結婚できたらいいなってずっと思ってたのに。

幸せをかき集めたかのように、大きな目を潤ませた。

結婚を伝えた田口は呆《あき》れていたが、その時はこの男も菜摘に好意を抱いていて、洸に取られたのが面白くないのだろうと思った。

入籍してからも夫婦仲はよく、周りから見ればラブラブだったはずだ。それまで以上に仕事を頑張り、すべてが順調だった。

それが子供が生まれたばかりという時になって、内々示のように所轄の上司から言われていた本庁の捜査一課行きが、「一課長が小さい子供がいる者をこき使うのは気が引ける」という理由で白紙撤回された。

洸は田口を誘って自棄《やけ》飲《の》みし、そこで我慢できずに問い詰めた。

——なぁ、菜摘の前の男って誰だよ。警察官だと言ってたよな。哲が知ってるヤツ教えろよ。

——知ってどうすんだよ。気分が悪くなるだけだぞ。

——おまえが余計なことを言ったからこっちは気にしてんじゃねえか。

——あの時は気にしないって言ってたじゃねえか。

——あの時は気にしなかったけど、今は気にしてる。だから言え。

——俺が知ってる限り、四係の清水《しみず》さんだ。

捜査一課の敏腕刑事の名前が挙がった。洸より二歳上、背が十センチくらい高くて、横幅もあって筋肉質。洸も鍛えているが、俗に言う痩《や》せマッチョなので、まったく異なる体形だ。

清水とは何度か顔を合わせた。四係の刑事は親切な人が多いが、清水は挨拶《あいさつ》しても無視される。女を横取りされたと、洸を逆恨みしているのかもしれない。

——哲は全員警察官と言ったよな、他は誰だ。

——全員なんて言ってねえよ。言葉のあやだ。

——いや、言ったよ。おまえが知ってるってことは他にも知ってる人間はいるんだろ。それなら俺もいずれ知ることになるんだ。親友のおまえの口から話せ。

——なんだよ、これは取調べか。

——いいから、話せ。

——本当に知らねえよ。というか、清水さんにしたって、本人がそう吹きまくってただけで、付き合うまでには至ってないかもしれないだろ。

——本人が話してるなら事実だろ。

——菜摘ちゃんが振ったのに、恰好《かっこう》付かないから、ふかしてるだけかもしれないじゃないか。だいたい今日の洸、男の俺から見ても情けなく見えるぞ。みっともねえ。

哲に呆れられた通りで、自分でも恥ずかしくなった。

たった一人でも個人名を聞いたのはよくなかった。いくら昔の男など関係ないと思おうと努めたところで、頭の中では菜摘の体に大男がのしかかっていくシーンが浮かぶ。忘れようとすればするほど映像は鮮明になる。

さらに洸の心をこじらせたのは、捜査一課への異動が完全に流れた後、菜摘に余計なことを言ったことだった。

自宅で酒を飲んでいた洸に、菜摘もウーロン茶で付き合い、手を重ねて励ましてくれた。

——またチャンスはあるわよ。洸くんは優秀な刑事なんだから、大丈夫、認めてくれる人がいるって。刑事はとくに実力社会なんだし。

警察官の妻としては最高の言葉だったが、その時は素直になれず、それまで考えもしなかったことが脳裏に浮かんで、口から出た。

——なぁ、今回はどうして妊娠したんだ。今まではそういうことはなかったんだろ？

あまりにデリカシーを欠いた、いや言葉の暴力と非難されてもおかしくない酷《ひど》いセリフに菜摘の顔色が変わった。

自分でも絶対に言ってはいけないことだったと後悔が走った。だからといってその場で謝ることはできなかった。

——俺は先に寝る。

菜摘から離れ、寝室に行って布団に潜った。

寝た振りをしたが、その夜はまともに寝付けなかった。

避妊をしていなかったのだから、妊娠しても構わない、むしろ子供ができた方がプロポーズする口実になる。洸が望んで妊娠させたようなものだ。だから妊娠を聞いた時は飛び上がって喜んだ。

一方で、菜摘はあの時、どんな気持ちだったのか。プロポーズした時の返事は「いいの？」だった。あの「いいの？」にはなにか深い意味があったのではないか。

過去に男から堕胎を求められたとか。それより腹の子は俺の子なのだろうか？　良からぬ思いまで頭の中を駆け巡った。

吊《つ》り上がった目や口の形から咲楽は、病院で初対面した時から、自分の子に間違いないと確信できるほどよく似ていた。

しかし菜摘に暴言を吐いて以降、それまで以上に気まずくなり、完全なセックスレスになった。

菜摘はテレビを見ている時に自然にしなだれかかってきたり、さりげなく誘ってくれたりする。そういう時ほど洸は意固地になって、「忙しい」だの「疲れている」だのと拒絶してしまう。

なにも体ができなくなったわけではない。風呂《ふろ》上りなど、ぞくっとするほど色気のある妻に間違いなく欲情する。

抱くことはできる。だがそれは妻が過去の男としているのを想像するからではないか。他の男に妻を寝取られて興奮するような自分は許せない。自己嫌悪に陥り、葛藤《かっとう》していくうちに、なにもないまま二年以上が経過した。旅行にでも行けば気持ちも紛れる、そう思っていたが、今回も結局、なにもできなかった。

そのことで菜摘から不満を言われたことはない。だが心中はどうか。なぜ自分に興味を抱かなくなったのかと、きっと悲しんでいるだろう。菜摘は勘も鋭いから、洸が昔の男を気にし出したことまで見抜いているかもしれない。

ダイニングテーブルに置いた携帯電話に、田口哲から着信があった。

〈洸、今から出てこられないか〉

「いいけど、夜の九時だぞ。明日、カイシャでじゃダメなのか」

夏休みは今日で終了、明日から出勤だ。

〈もうおまえんちのすぐ近くまで来てるんだ。悪いがちょっと出てきてくれ〉

「どうしたんだよ。急に」

家まで来たのなら相当な用件なのだろう。菜摘に「田口が来てるんでちょっと会ってくるよ」と言う。

「上がってもらったら？」

「時間がかかるようだったらそうするわ」

半袖《はんそで》短パンのまま、サンダル履きで外に出た。家のそばにグレーのセダンが停まっていて、半袖シャツの田口が運転席に座っていた。助手席のドアを開けて乗る。

「どうしたんだ、五係は板橋《いたばし》の帳場だろ」

五係は八十歳の地主が殺された事件の捜査本部に入り、昨日、息子を殺人容疑で逮捕した。

「そっちは容疑を固めた。俺もやっと家に帰れると喜んでたら、係長から『明日茨城に行ってくれ』って言われたんだ。河野《こうの》すみれちゃんが殺された事件だ」

「あれならすでに犯人が逮捕されただろうが」

友達の家に遊びに行った小学一年生の女児が、黄色い傘に黄色い雨がっぱ、ピンクの長靴を履いたまま、帰宅途中に行方不明になったのはあらゆるニュースで報道された。

それが行方不明になって三日後の七月二十九日、洸が家族と伊豆に旅行に行った日に、野村栄慈という三十六歳の土木作業員が逮捕された。遺体も見つかった。

「わざわざ俺のところに来たということは、野村の余罪に警視庁管内の行方不明者が関係しているのか」

「違う」

「だよな」

それなら信楽から連絡が入っているはずだし、茨城に行くのも田口ではなく、洸と信楽だ。

「野村栄慈は警視庁に逮捕歴がある。殺人犯としての前科は記録されていないけど」

「前科がないって、どういうことだよ」

「逮捕されたけど、裁判で無罪になったんだ」

「いつの話だ」

「二〇〇九年だから十年前になる。日野《ひの》事件って聞いたことはないか」

十年前となると洸は十九歳、大学一年生だ。当時は大学のサッカー部でレギュラーになるのに必死で、新聞もニュース番組もまともに見ていなかった。概要を聞くと、薄《う》っすらと思い出した。

田口によると東京都日野市に住む小学四年生の女児が塾の帰りに行方不明になった。警察は誘拐事件の疑いもあると捜査したが、身代金要求などはなく、およそ一ヵ月後にすでに別件で逮捕、勾留されていた、八王子《はちおうじ》駅前で小学生向けの塾の講師をしていた男が、殺人、死体遺棄容疑で再逮捕された。

検察側の求刑通り、一審の判決は無期懲役だった。しかし二審で無罪となった。

「俺も係長から聞いて驚いたよ。無罪になったけど、やっぱりやってたってことだろ」

「野村栄慈なんて名前は記憶にないな」

「無罪になってからは匿名報道に変わったし、支援団体が動いて、ありとあらゆるネット記事から消したんじゃないか。捜せばどこかの匿名掲示板には残ってるんだろうけど」

「どうして哲が行くんだ。当時を知るベテランが行くべきだろ？」

「俺だけじゃない。洸と行くようにって係長に言われたんだ」

「俺？　俺は全然関係ないぞ」

ハンドルに手を置き、前を向いて話していた田口が、そこで顔を向けた。

「日野事件を担当したのが信楽さんなんだよ」

「部屋長が？」

驚いて訊き返す。夏休み期間中だったので、犯人逮捕については信楽とは話していない。

「日野事件ってどうして無罪になったんだ？」

「どうも引き当たりで失敗したみたいだな」

引き当たりとは被疑者を犯行現場に連れていき、事件の裏付け捜査をすることだ。証拠に乏しい二係捜査では、現場での供述も、公判維持には不可欠となる。

「もしかして供述が違っていたのか」

二係捜査は遺体なき殺人事件と呼ばれるほどで、被疑者を遺棄現場に連行し、供述通りに出てきた遺体こそが決定的証拠、「犯人だけが知る秘密の暴露」となる。だが過去には供述した場所と微妙に違ったり、先に一般人によって遺体が発見されてしまったりしたこともある。

「失敗したってことは、そうかもしれないな」

供述が証拠にならなければ、殺したと自供したが、あれは刑事に脅されて言わされただけだなどと被告は裁判でいくらでも言い換えられる。

「だとしたら上はよく逮捕を許したな。無罪になったということは、指紋やＤＮＡが、野村と一致しなかったってことだろ？」

「そうだと思う。だけど当時、鑑識の係長だった江柄子《えがらし》理事官も、行くべきですと、逮捕状を取ることを上に進言したみたいだけど」

「ゲソ（足跡）が一致したわけでもないんだよな？」

「してたらそれが証拠になるだろうよ」

「じゃあ、なぜ理事官は逮捕を強行したがったんだ」

肩を竦《すく》めた田口は、五係の係長から聞いた逆転無罪の理由を語った。

「よく分からないけど、二審では信楽さんの暴力が問題になったらしい。岸登士樹って知ってるだろ」

「知ってるよ、警察批判ばかりしてるヤツだろ」

刑事事件を引き受けては会見を開いて不当逮捕、違法捜査などと訴えるので、顔を見るだけでもうんざりする。

「その岸弁護士が前回野村の担当だったんだ。岸曰《いわ》く、被告は刑事に暴言を吐かれ、さらに暴力を振るわれて、恐怖心から嘘の自白をし、供述調書にサインした。その結果、被告は鬱《うつ》になったと」

「部屋長が暴力なんて考えられないけどな」

信楽の取調べは厳しい。それは自供に追い込むために緊張感を解かないだけで、暴力を振るうことは絶対にない。

「うちの係長の話では、明日、江柄子理事官から俺と洸が呼び出される。その場で茨城まで行ってくれと言われるらしい」

「それでわざわざうちに来たのか」

「洸がぶー垂れて断ったら困るからな」

「カイシャの命令にぶー垂れるか。一も二もなく従うさ」

日帰り出張でも場合によっては泊まりになる。だから着替えの準備もしといたほうがいいぞと田口は伝えに来てくれたようだ。だがなにも家にわざわざ来ることはなく、電話で済む話だ。

「で、どうだったよ?」

真剣に話していた田口の顔が急に緩んだ。

「どうだったってなんだよ」

「旅行だよ。いいよな、アッアッ夫婦は。一晩中ずっとだったんだろ?」

顔付きがやに下がる。

「馬鹿か。もう三年目だぞ」

「だけど、そろそろ二人目って話になるだろうよ」

「哲、顔が近所のおばはんになってるぞ」

「いいじゃねえか、あんな美人の嫁さんをもらって洸は羨《うらや》ましいなと本気で思ってんだから」

「おまえも彼女を作ればいいんだよ。そして子供を作れ。そしたら俺に代わって、二係捜査をやらせてもらえる」

信楽が相棒を任せるのは妻子がいる家族持ちに限る——それを言ったのは田口だった。信楽の下で仕事をするのは、一課の他の係に空きが出るまでの我慢だと思っていたが、今はもう少し二係捜査を勉強したいと考えている。

田口も同様で、俺は独身だから呼ばれることはないと小馬鹿にしていたのが、「洸を見ていると、おまえの方が捜査に精通していくような気がする」と最近は羨ましがる。

黙っていると、田口がまた話を戻した。

「あの時の飲み会、最初から菜摘ちゃんありきでセッティングしたんだよな。俺が声をかける予定だったのに」

結婚に反対したのは自分も狙っていたからだ。予想していたことなので今さらなんとも思わないが。

「俺と結婚したから、哲は余計に羨ましく思えるんだよ。隣の芝生が青く見えるの典型だ」

「まさに隣だよな。俺と洸は独身寮でも隣部屋だったし。でもやっぱり羨ましい。あんなきれいな奥さんいないぞ。それでいて性格もいいし」

親友からここまで褒められたら本来は嬉《うれ》しい。だが洸はずっと顔を作っていた。

まさか二年以上もセックスレスとは、田口は思ってもいないだろう。しかも無理やり聞き出した菜摘の過去の男たちが原因になっているなど。ダメだ、また図体《ずうたい》のデカい男の影がちらつく。

「じゃあ、明日な」

田口がそう言ったので、助手席から降りた。ドアを閉めたタイミングで、田口が車にエンジンをかけ立ち去った。

テールライトが見えなくなってから、洸は自分の頬を両手で思い切り叩《たた》いた。

信楽京介という上司と二人きりで、二係捜査と呼ばれる特命捜査を任されてまもなく一年になる。

二係捜査とは事件化されていない行方不明者と、最近起きた逮捕者との関連を結び付けて自供を引き出す。行方不明者が生存していれば救出、生きていることはまずないのでその場合は遺体を発見して、殺人と死体遺棄で逮捕するのが任務である。

警察は行方不明者届が出ただけでは基本、動かない。行方不明者が出ると、一応メディアには事件、事故の両面で捜査していると発表する。テレビ等で行方知れずになった幼児を警察官たちが多数で捜している姿が流されるが、あれはあくまでも捜索であって、捜査ではない。

誘拐現場に目撃者がいた、または現場に血痕《けっこん》などの痕跡が残っていた場合などでなければ、行方不明になっただけで捜査一課の刑事が出動することはそうそうありえない。

洸が着任した去年の九月に二年前に姿を消した二十歳女性が、十二月には十五年間行方不明だった女子高生がいずれも遺体で発見された。

その後は毎日、目がちかちかするまでパソコンのデータベースにある行方不明者届と近々の逮捕者とを見比べ、両者に共通すること——信楽はそれを端緒と呼ぶが——を探している。いくつか関わりを見つけたが、逮捕された被疑者とは無関係で、立件するには至らなかった。

田口に聞いた限りでは、今回は二係捜査とは関係がなさそうだが、自分に指示が出たということは、なにか意味があるのだろう。洸は、久々の事件に奮い立った。

3

〈相談したいことがあるから会社に来てくれないか〉

警視庁記者クラブの中央《ちゅうおう》新聞のブースに、デスクから電話があった段階で、藤瀬《ふじせ》祐里《ゆり》の警戒アラートは鳴っていた。

また厄介事を押し付けられる——。

祐里が断れない性格なのは社会部では周知の事実だが、会社に行くと、六人いるデスクのうち、塚田任《つかだあたる》と鈴木《すずき》佐枝子《さえこ》の二人が気難しい顔をし、「奥の部屋で話そうか」と誘ってきた。その時は頼み事ではなく、大きなミスでもしたのかと緊張した。

だがミスしたという考えは杞憂《きゆう》で、席につくなり切り出した二人からは、想像していた通り、どうして自分なのかと疑問符がつくような用件を頼まれた。

「つまり塚田デスクは私が中央新聞の代表として、岸法律事務所に出向いて謝罪してこいってことですか」

説明した塚田の顔を見て尋ね返す。

「いや、そういうわけじゃ」

「謝罪じゃないのよ、祐里。電話じゃいくらこちらの言い分を主張しても埒《らち》が明かないから、新聞とはこういうものだと説明してきてほしいのよ」

歯切れが悪い塚田に代わって、先輩として尊敬する鈴木が答えた。

いつもはすんなり耳に入る鈴木の言葉も、今日は受け付けられない。

「デスクが行くべきじゃないですか。あるいは部長とか」

蛯原《えびはら》は中央新聞歴代の社会部長の中では、突出して穏やかでスマートな人だ。祐里の仕事ぶりを買ってくれているので、ここで名前を出したくなかったが、中央新聞社会部の総責任者は社会部長である。

「この程度のことで社会部長を出すわけにはいかないだろ。あの弁護士がますます調子に乗る」

「この程度?」

塚田の聞き捨てならない言葉に祐里は突っかかる。

「いや、問題としては充分、重大な案件だよ」

「部長を出せないなら、デスクでしょ？　塚田さんが行けばいいじゃないですか。筆頭デスクなんだから」

「そうなんだけど、俺はああいう弁の立つ人間に一方的に責められると、すぐに謝ってしまうんだよ。俺たちはなにも悪いことを書いていないんだから謝るな、それが編集局長の指令なんだ」

蛯原社会部長の上に、編集局のトップである編集局長がいる。外山《とやま》という、祐里と同じく警視庁を長く担当した事件記者出身だ。本来なら規範とすべき先輩だが、外山は自分の出世ばかりを考えて、都合の悪いことは部下に押し付けるため、祐里は一ミリも尊敬していない。

「塚田さんがダメなら佐枝子さんは」

「私は事件をやったことがないし……」

やり手の鈴木も腰が引けている。

鈴木は、サツ回りや検察といった一見、エリートコースのようで実は誰もやりたがらない「どぶ浚《さら》い」を一切やらずにデスクになった珍しいタイプだ。

どぶ浚いをしていないからと言って、記者のキャリアに影響するわけではなく、厚労省や環境省を長く担当した鈴木は、グリーンエネルギーのキャンペーン連載を一人で請け負い、大反響を得た。

六人いるデスクはそれぞれ「事件」「裁判」「都庁」「医療と環境」「皇室と教育」「防衛と交通」など専門分野を持っている。そういう意味では「事件」を担当するデスクが直接、岸登士樹事務所に行って反論すべきだが、残念ながら田浦《たうら》という事件担当デスクはここにはいない。

「だいたい、記事が出たのは捜査一課担当なんだし」

「ちょっと塚田さん」

塚田が言い出したことを鈴木が止めた。

「ああ、そうですか、ついにそれを言いましたね」

祐里は呆《あき》れた。

「いや、ごめん。藤瀬、今のはなかったことにして」

塚田は平謝りする。

事の発端は、先月七月二十六日に茨城で六歳の小学一年生、河野すみれが殺害され、二十九日に容疑者として土木作業員、野村栄慈、三十六歳が逮捕されたことだった。

野村は十年前にも九歳の女児殺害で逮捕されたが、証拠不十分で二審で無罪になった。そんな男がまた同様の事件で逮捕されたのだからメディアは大騒ぎした。

茨城の事件なので、水戸《みと》支局発で記事が送られてきたが、警視庁の様子も加筆するよう祐里のもとに転送された。

取材のアポがあった祐里は、その記事の手直しを、三人いる捜査一課担当のうち、手が空いていた一番下の小幡《こはた》に頼んだ。

　他社の記者の間でも、やっぱりあの事件も野村の犯行だったのではないかと持ち切りだった。とはいえ逮捕事実は書いても発生現場を含めた詳細は載せない。ところが小幡は、野村が十年前の日野事件の被告だったことをはっきりと記し、さらに《日野事件も野村容疑者の犯行ではなかったかと茨城県警、ひいては警視庁も今後の捜査の動向に注目している》とまで書いたのだった。

　取材に出ていた祐里がその記事を読むことなく、小幡が送信した記事を田浦デスクも直すことなく出稿した。

　翌朝、その記事を読み、嫌な胸騒ぎを覚えた。

　こうした悪い勘ほど当たるもので、その日を境に岸弁護士から会社に抗議の電話が入り始めた。

　岸のマスコミいじめは有名だ。内容証明書を送ってくる弁護士は他にもいるが、岸は電話で、または自分の事務所に呼び、どういう経緯で人権を無視した記事を書いたのか、貴社はどう責任を取るのかなど、ネチネチといたぶる。

　根負けして全面謝罪しようものなら、その旨をマスコミ発表、あるいは自分が出演するテレビや雑誌などで、「○○新聞は○○という責任者が来て、こうした事情だったと謝罪した」などと裏事情をすべて暴露する。

　かといって謝らないと電話は続き、「仕事ができないのでここで失礼します」などと切ろうものなら、その上の部長、局長クラスに電話を入れる。部長も局長も不在だと言った電話交換手にまで長いこと説教する。

結局、その電話に二日間対応した田浦デスクは鬱《うつ》状態になったとかで、今日は会社を休んだ。

田浦に代わって午前中に電話を受けた女性デスクも、二時間電話を切ってもらえず、憔悴《しょうすい》しきって帰宅したという。

これ以上、デスクから負傷者を出したくない塚田と鈴木は悩んだ末、祐里に面倒な役目を押し付けてきたのだ。

「頼むよ、もう藤瀬しかいないんだ。俺と鈴木さんがこうして頼んでいるわけだし」

塚田が机に両手をついて、頭を下げた。

「私が行っても同じだと思いますよ。私はペーペーだし」

「ペーペーじゃないだろう。捜査一課担当の仕切りなんだし」

捜査一課担当は三名いるため、一番上だけ「仕切り」とついているが、とくに役職ではない。

「岸弁護士は新聞社を屈服させたい。うちの謝罪を利用して自分の名をさらに高めたいわけですよね。一方で我が中央新聞は絶対に謝ってはいけないというミッションを上層部から受けている。まさか私にヘラヘラ笑いながら、向こうの説教疲れを待てと言うんじゃないでしょうね」

「そんなことは思ってないよ。だけどそこは藤瀬お得意の……」

塚田は一瞬、まずいという顔で言い淀《よど》んだ。

「もう、塚田さん」

余計なことを言ってと隣の鈴木が呆れた顔をする。

祐里には塚田がなにを言わんとしたか理解できたが、そこは突っ込まずに聞き流した。

確かに命令は滅茶《めちゃ》苦茶だ。ただ蛯原社会部長からは先月の目標面接の際、「藤瀬はうちの弱体化した捜査一課担当をこの一年でよく立て直してくれた。九月からは担当を替えるからもう少しだけ頑張ってくれ」と称《たた》えられたばかりだ。

鈴木には公私ともに世話になっているし、昔のデスクは頭から怒鳴りつけて、平気で一生懸命書いた原稿をボツにするパワハラ集団だったが、筆頭デスクの塚田は原稿を直す時もきちんと説明し、この一年間、祐里に気持ちよく仕事させてくれた。

それにいくらデスクのチェックミスとはいえ、小幡は祐里の部下に当たる。このまま知らんぷりするのは祐里の流儀に反する。

ただし、「わかりました、はいやります」と答えるのも癪《しゃく》だった。少し頭を捻《ひね》って考える。いい案が浮かんだ。

「さっき、塚田さんが、藤瀬お得意のほにゃららでと言いましたよね？　そのほにゃら、なんて言おうとしたんですか」

「そんなこと言ったっけ」

空惚《そらとぼ》けた塚田だが、鼻の下に玉の汗が浮かぶほど焦っている。

「言いましたよ。私の頭には『お得意の』に続く言葉として二つ浮かびました。一つは『藤瀬お得意のじじい殺し』、もう一つは『藤瀬お得意のお色気』です。私がこっちならいいなと思った言葉が、塚田デスクが言わんとした言葉と一致したら、引き受けます。でも違っていたら、気分が悪いのでお断りします」

「えっ」

塚田だけでなく、鈴木までが固まった。

「こっちだったらいいなと思ってるって、俺の軽はずみな発言を、藤瀬は好意的に受け取ってくれたということか？」

「軽はずみな発言だったんですか？」

「いや、そんなことは……」

塚田はしどろもどろになる。

「一つは記者としてテンションが上がりますが、もう一つの言われ方だとガッカリします。だから私の気分がよくなる言葉でさっきの続きを言ってください。さぁ、どっちでしょうか」

最後の、どっちでしょうかは、わざとゆっくり言った。

「ちょっと考えさせてくれる、祐里？」

鈴木は立ち上がり、塚田を部屋の隅に呼んでこそこそと相談し始めた。「さすがにじじい殺しはないでしょう。実際に言われ慣れているにしても祐里のプライドが傷つきますよ」と鈴木。「ああ見えて藤瀬はフェミニストだよ、お色気はないよ」「それは逆ですよ。そうした女性蔑視《べっし》も受け容《い》れる度量があるのが、祐里なんじゃないですか」「でも記者としてのテンション云々《うんぬん》と言ってたぞ」「そこがあの子のトラップなんですよ」……言われ慣れているとか、ああ見えてとか、トラップとか、失礼な言葉が聞こえてくるが、祐里は素知らぬ顔をした。二人に結論が出たようだ。

「塚田デスクが言おうとしたのは、藤瀬お得意のお色気です」

鈴木が発表するように述べた。言ってから二人して祐里の顔をこわごわと見る。

「正解です。ではこのミッション、本意ではありませんが、受けさせていただきます」

笑顔でそう伝えた。二人とも安堵《あんど》の表情を浮かべた。

改めて鈴木を尊敬した。色気勝負してこいと言われていちいち目くじらを立てるのは半人前の女性記者だ。

中堅になると、それくらい気の利いた冗談を言ってくれた方が、仕事に前向きになる。

なにせ色気とは程遠い仕事をしているのだから。

とはいっても、あの傲岸《ごうがん》な弁護士に元より欠けている色気が通じるわけがない。紳士ぶった白い口髭《くちひげ》を得意げに弄《いじ》る顔を思い浮かべるだけで、たちまち憂鬱《ゆううつ》になった。

岸登士樹法律事務所は半蔵門《はんぞうもん》にある。

「冤罪《えんざい》弁護士」の名で売り出すまで、岸の事務所は中野《なかの》の雑居ビルだったらしい。

それが数年前に、賃料だけでも相当しそうなこの豪華なビルに転居した。

すぐに週刊誌が《手弁当が口癖だったのが今やセレブ弁護士になった》と特集を組んだが、岸はその週刊誌の記事から、どうでもいい虚偽内容を見つけて名誉毀損《きそん》で訴えた。

さらに外国人記者クラブでの講演後の質疑応答では、「うちの事務所に来る依頼人は、国選弁護人と同程度の弁護士報酬しか払えない人ばかりです、我々の活動を支えてくださっているのは支援者の寄付です」と説明した。それでいて記者がどこからの寄付なのか尋ねると「個人情報に関わるので」と回答を拒否した。

嘘をついて、陰で金儲《かねもう》けしているとは思わないが、すべてにおいて都合のいい言葉を一方的に主張する。岸にはそうした印象しか抱けない。

アポイントを取った時間から三十分以上待たされて個室に現れた岸は、最初の挨拶《あいさつ》からして失礼極まりなかった。

「普通、謝罪と言ったら最低でもとらやの羊羹《ようかん》くらい持ってくるもんだけど、中央新聞は最低限の挨拶もできないほど財政事情が苦しいようだな」

口髭を弄って、声に出して笑ったのだ。

「私は謝罪に来たのではなく、岸先生から事務所に来てほしいと言われたから来ただけです」

「まるで反省の色なしだな。自分たちは一切間違っていないと突っぱねる気かね。電話に出た男性デスクは、少し筆が走ったようなことを言ってたぞ」

　田浦は追い込まれて口を滑らせたようだ。この弁護士に弱みを見せたら付け上がらせるだけだと言うのに。

「いったい、どういう記者感覚なら、あの記事が正当だと主張できるのか、おたくから説明してくれよ」

　口髭だけでなく、髪も真っ白だが、六十代半ばにしてはふさふさしている。顔の艶《つや》もいい。

「それは当然、国民の多くは十年前の事件の騒ぎをまだ覚えていると思ったからです。実際、ネットなどでは日野事件が蒸し返されていました。疑いを抱くというのは我々ジャーナリズムだけでなく、ネット社会の現在では、国民の一人一人が持つ当然の権利です」

　用意しておいた説明を述べる。

「つまりおたくは十年前の事件も野村栄慈がやったと言いたいのかね」

「やったとは言っていません、でも元被告だったのは事実じゃないですか」

「元被告じゃない。本来は被告にされるべきではなかった被害者だ」

　確かに無罪になった人間をいつまでも元被告と言い続ければ、その者の人権は一生回復しない。このままでは言い負かされると、祐里は話を戻す。

「野村が日野事件をやったとはうちも一行も書いていません。ただ、そういう声が方々で上がっているのは事実です。そうした事象を書いたにすぎません」

苦しい言い訳になったがなんとか言い切った。本当は日野事件も野村の犯行ではないのですか、と訊《き》きたいところだが、そんなことを言おうものなら、司法制度の冒瀆《ぼうとく》というこの男お得意の決まり文句が出る。

「おたくが言ってることは俺が危惧《きぐ》していることと同じではないか。理解していないようだから、改めて言っておくが十年前に野村が受けた罰は、女の子のわいせつ写真を撮った児童福祉法違反による罰金刑だ。警察が再逮捕した事案については二審で無罪になった」

「承知しています。ですが無罪になったとはいえ、逮捕されたのは事実ですよね。そして被害者は今回の女児と年齢が近い九歳でした。なにも野村栄慈容疑者の犯行だと言ってるんじゃないですからね。今回の事件を聞いて、岸先生はあの事件はやはり野村の犯行だったという疑いを持ちませんでしたか。無罪にしたことに後悔はありませんか。それくらい教えてくれませんか、個人的感想なので記事にはしませんから」

持たなかった、後悔もないと言うだろうと思った。もしくは判決に従うのが法律家だ、と。

「おたく、子供は？」

「私は独身ですので」

「それじゃわからないよな。六歳と九歳じゃ全然違うぞ。小学一年生と四年生だ。背丈だって顔付きだって大きく変化する」

祐里が被害女児の年齢が近いと言ったことが気にくわなかったようだ。

「私だってそれくらい知っていますよ。甥《おい》っ子《こ》がちょうどそれくらいの年齢ですから」

意識せずにムキになった。

「だったら六歳と九歳は近い年齢ではないだろう」

「それを遠いと思うか、近いと思うかは、容疑者の主観によると思いますけど。そもそも日本の法律では、たとえ相手の同意があったとしても十三歳未満への性交などは犯罪として禁じられています。六歳だろうが、九歳だろうが、十二歳だろうが、法律に区分けはないはずです」

野村の名前を出さないように気を付けて話す。

「果たしてそうかな。ペドフィリア、いわゆる児童もしくは小児への性的偏愛をそう呼ぶが、それは幼児を性的対象とする小児愛、一般に十三歳以下を性的対象とする児童性愛、性的な興奮は覚えずただ小さな子供が好きなだけなど複数の症例に分けられる。過去の事例を見ても幼児や小学低学年を狙う被疑者は、小学中学年から高学年には目もくれない」

「ですからそれは容疑者の主観であって」

「それにさっき、おたくは性交と言ったが、今回の被疑者は女児の体を触っていたずらしようとしただけだと聞いているぞ。ちなみに野村とは関係ないが、日野事件の女児もそこまでされた痕《あと》はなかった」

「そんなの同じですよ」

「全然同じではないだろう。強制性交と強制わいせつ罪では罪の重さが異なる。おたくみたいな事実を捻《ね》じ曲げて報じる記者がいるから、裁判官にまで誤った印象を与えてるんだ」

「私が同じと言ったのは被害者にとってのことです。女の子にとっては一生のトラウマになるのですから」

トラウマになるどころか殺されてしまったのだ。家族にとって、野村は憎んでも憎みきれない。

「俺は被疑者の話をしてるんだ。被疑者が犯した罪より大きな処罰を受ける危険性を孕《はら》んでいると」

よく次から次へと屁理屈《へりくつ》をこねられるものだ。前回の弁護人として私も反省している──そう、ひと言述べればこの弁護士に人間味を感じて、味方も増えるだろう。それなのに、この男は口が裂けても言わない。

「さきほどペドフィリアという言葉が出ましたが、岸先生は、野村栄慈はその細かい分類のどの枠に収まっていると言いたいのですか」

「ん？」

岸は髭《ひげ》を弄りながら上目遣いで見た。惚《とぼ》けているように祐里には感じられた。

「つまり今回の犯人だとしても、前回の被疑者は小学校四年生だったから、二審が判断したように野村の犯行ではなかったと」

「今回だってまだ野村の犯行だと決まったわけではない。それに前回の事件については」

「一事不再理だとおっしゃりたいのですね」

祐里が機先を制した。

「その通りだ。おたくらが持ち出すことすら司法制度の冒瀆だ」

得意の決まり文句を出し、したり顔をする。この顔だ。ほとんどの記者はこの顔を見たくないため、岸が番組に出演するとテレビの前からいなくなる。

第四の弁護士会という有志の団体のお披露目会の最中に野村の逮捕が発表になった。

祐里は司法については門外漢なので、そのような発表の場があったことからして知らなかったが、会場を訪れていた司法記者にも逮捕の一報が入り、質疑応答では野村についての質問が集中した。

岸は十年前の事件は無罪になった、この国には一事不再理の原則があり、刑事裁判が確定した当該事件を再審理することは許されない、つまり元被告が同様の容疑で逮捕されたとしても、無罪が確定した事件を持ち出すなと牽制《けんせい》した。

だからといってマスコミは言いなりになったわけではなく、《容疑者は過去に今回と酷似した事件で逮捕されたが無罪になった》と、十年前の逮捕事実は記述した。ただ日野事件という語句がなかったことで、事件を知らない読者からすれば、酷似した事件とはなんなのか、もやもやが残ったに違いない。

それが中央新聞だけは《野村容疑者は十年前にも九歳児が殺害された日野事件で逮捕され、一審で無期懲役の判決を受けたが、二審では証拠不十分で無罪になった》と読者に分かるようにはっきりと書いた。

岸からは「中央新聞は前回の逮捕を冤罪《えんざい》だったとひと言も書いていない」と抗議を受ける覚悟でここに来た。実際、岸は冤罪どころか野村のことを「被害者」と言った。

「岸先生はさきほど、野村栄慈が受けた刑は、女児の裸を撮影しただけの罰金刑だと言いましたよね。ですけど女児に関する事件で前科があることには変わりないのではないでしょうか」

「前科は罰金によって償った。人は過ちを犯す。過ちを償わせることで、再スタートを切らせるのが、刑法じゃないのか。それを永遠に前科者扱いでは、江戸《えど》時代の入れ墨刑と同じだ」

近世、犯罪者には烙印《らくいん》を押して生涯、前科者と位置付けた。そんな昔話を出してくるとは、この弁護士は博識なのを自慢したいのか。

「そんなことを言ったら、前科何犯であろうが、過去の犯罪には触れられなくなります。過去の犯罪に触れないのは、その人が完全に更生した場合のみです。逮捕されたわけですから、逮捕歴に触れるのは当然ではないでしょうか」

「なにを言う。中央新聞が書いたのは児童福祉法違反じゃなかったろ。はっきりと日野事件を書いたじゃないか」

「我々新聞は、なにも法務省の下請け会社ではありません。法務省がどう記録を残そうが、自分たちの判断でなにを書くか決めます。今回の事件に関していうなら、国民の中に日野事件を覚えている人がいて、当然、その人たちは当時の判決に疑念を抱いています。うちの新聞は二審で無罪になったとはっきり書いたわけですし、容疑者がかつて日野事件の元被告だったことを避けて通ることは、国民の知る権利を阻害する。むしろ書かない方が不親切だと思います」

「知る権利と来たか。では法律が関係ないとしたら、中央新聞はなにに則《のっと》って記事を書いてるんだね」

予想もしていなかった問いかけが飛んで来た。社内倫理、そのようなあやふやな回答をすればその倫理が書かれた規定を見せろ、いや、中央新聞は記者に主義信条を押し付けているなどと方々で言いふらされる。

「正義です」

浮かんだ言葉を発した。

「はぁ？」

「記者それぞれが持つ正義です。その正義は誰にも干渉されません」

果たして自分が発した回答が正しいかどうか分からないが、口に出してから自分でも悪くないと感じた。

記事にするのが正しいと思っているから書くのだ。逆に書くべきではない、被害者への非難や差別を助長すると感じた時は記事にはしない。

今日は調子がいいのか、それとも岸がポンポンと言い返してくれるせいか、祐里の反論も絶好調だ。これがディベート大会なら現時点までは祐里が優勢だろう。

祐里に言い負かされているにも拘《かか》わらず、岸の目は緩んでいた。

「おたくの主張はマスコミに都合のいい偏向だな」

「そうでしょうか」

「今回、また事件を起こした、だから過去の事件も暴露されるのは当然だ、そう言いたいのだろうが、今回の事件だってまた無罪になるかもしれない。起訴もされていないんだぞ」

「そういう場合は記事が消えるように、ネットなどでは一定の期間が過ぎると、記事が読めなくなるように設定しています」

紙の新聞は普通捨てられる。図書館に縮刷版があったり、スクラップしている人がいたりするなど残る場合もあるが、後々まで読まれることは稀《まれ》だ。

近年、新聞が気を遣っているのはネットである。ネットは紙と違って捨てられない。だから刑事事件でも民事事件でも、無罪になったり、和解したり、執行猶予がついたりすることも考えて、期間限定でアップするようにしている。ヤフーニュースなどの見出しをクリックして《該当する記事は見当たりません》と出るのは、あらかじめ消える設定にしているからだ。

そんなことは百も承知だというように岸は余裕で構えていた。

「おたく、デジタルタトゥーという言葉を知っているかね」

「もちろん知ってますよ」

「そうだよな、おたく、以前にこんな記事も書いているものな」

そう言ってプリントアウトした紙を出した。

《信用が恐怖に　元恋人たちが苦しむデジタルタトゥーという凶器》

祐里が二年ほど前に書いた記事だった。

別れた女性が交際時代に撮影された全裸写真などを元カレにネットに晒《さら》されるなど、リベンジポルノが社会問題になった。

一時の愛情が永遠に続くと思ったとしても、今の時代は写真が一瞬で拡散されて、取り返しがつかなくなる。恋人から撮影を求められる女性に警鐘を鳴らすために取り上げた記事だった。

「中央新聞、そのあとにおたくの名前を打ったら一ページ目の五番目に出てきたよ」

「それで私のフルネームを訊《き》いたんですか」

電話を受けたのは女性だった。その女性が岸にアポイントの許可を取った後、「藤瀬なにさんですか」と下の名前を漢字まで訊かれた。偽記者を疑っているのかと思い、

「しめすへんに右、ふるさとの里で祐里です」と答えた。

「新聞社がやってるのはまさにデジタルタトゥーの原板作りじゃないのかね。期限内に消える設定にしていても、一度ネットに出た記事はSNSなどで拡散され、消したくてもその時には手遅れとなり、莫大《ばくだい》な費用と時間をかけても全部をなかったことにするのは不可能に近い。おたくが書いた記事でもそう説明している」

祐里の記事を手で叩《たた》く。こんな昔の記事を持ち出してくるとは思ってもいなかった。電話で行くと伝えた時点で、この弁護士は祐里について調べ、論破する方法を考え抜いたのだ。

自慢の口髭《くちひげ》を弄《いじ》り始めた。やりこめたつもりなのか鼻孔が広がっている。

このままでは敗戦濃厚だ。危惧《きぐ》した祐里はあらかじめ苦戦した時用に準備していたプランBに変更した。

「その点は我々の今後の改善点かもしれません。社内に持ち帰って検討します。ですが岸先生はどうして今の仕事、いわゆる冤罪事件の弁護をするようになったのですか。いくつもの裁判をひっくり返してきておられ、その点は尊敬に値しますが」

おべっかを使ったようで胸がむかつくが、形勢を逆転するまでの辛抱の時だと自分に言い聞かせた。

「なにも俺は無罪放免にしてそれでよかったとは思っていない。弁護士の仕事とはそれで完結すると思われがちだが、本来それだけではない」

「どういう意味でしょうか」

「依頼人のその後の人生にも、我々は責任を負っているということだ」

「本当に責任を感じておられるのでしょうか」

「なぜ思っていないことを口にする必要がある。おたくがさっき、無罪にしたことに後悔はないのかと訊いてきたから、今ここで答えたんだ。後悔はないが、責任はあると」

この弁護士のイメージにそぐわない謙虚なことを言われ、調子が狂う。

「責任を持つことが岸先生の正義だとおっしゃりたいんですね」

「依頼者の将来も確かに大事だが、それが優先順位の筆頭ではない。そんなことよりも弁護士の正義とは、警察や検察によって不当な仕打ちを受け、被疑者に仕立て上げられた市民を、あらゆる対策を講じて救い出すことだ」

また講釈に戻った。野村を放置したことを反省していたわけではなかった。

「優先順位の一番ではないにしても、岸先生にも責任はあるんですね。そこははっきりさせてください」

責任の所在をあやふやにすまいと、念を押す。

「責任があると言ったのは児童福祉法違反についてだ」

「その事件についてどう責任があると言うのですか。野村をきちんと更生させ、社会復帰させられなかったからですか」

「更生？」

岸は二重の目を大きく開いた。

「そうでしたね。まだ今回も野村栄慈の犯行かは分からない、それが先生の見解でしたね。でしたら野村容疑者のその後のなにに、どう責任を感じているのですか」

畳みかけていく。

「こうやって、似た事件が起きた時、野村の仕業だと思い込まれることだ」

「警察が逮捕を発表したわけですから、そう思うのは仕方がないんじゃないでしょうか」

また書いたことを蒸し返されるのかと思った。岸はそこで鼻を鳴らした。

「おたくらがどう思おうが、新聞がなんて書こうがどうでもいい。裁判で無罪になれば、マスコミはてのひらを返したように警察や検察を批判するのだから」

「今回は無罪になるとは思えませんが」

「それより、どこのどいつがそんなことを言ってんだ」

「どこのどいつとは？」

「中央新聞に書いてあったじゃないか。《警視庁も今後の捜査の動向に注目している》と。警視庁の誰がそんなことを言ってるんだ、警察官が職権職務を忠実に遂行するために警察官職務執行法第百三十六号がある。それなのにその警察官は、法治国家であるこの国の法廷の決定を無視して、捜査の動向に注目していると言ったんだよな？　いったいどの面下げてそのような法律無視の暴言を吐けるんだ。それが許せんからおたくを呼んだんだ。早くそいつの名前を言ってくれ。すぐに警視庁に抗議するから」

記者を呼んだ目的は、その発言者である警察官の名を問い質《ただ》すためだったのか。

話が急展開したことに、順調に回っていた祐里の頭は、完全に思考停止状態に陥った。

4

翌朝、出張の準備をして出勤した洸は、田口が言っていた通り、江柄子良弘《よしひろ》理事官に呼ばれた。

「野村の余罪にうちの管内の女児に関する事件も入っている可能性がある。うちで被害届が出されている捜査資料を茨城県警に渡し、向こうの捜査状況を確認してきてくれ」

鉾田署に設置された捜査本部は、野村には余罪があると踏んで、ここ数年類似した事件がなかったかを各都道府県の警察本部に問い合わせたようだ。

警察庁の調べでは、児童わいせつ事件は全国で毎年、千から千五百件以上は起きている。

大半は検挙されているが、他の事件と比べたら検挙率は高くない。

それには多種多様な理由があり、子供自身が恥ずかしさから親や教諭といった大人にすぐに伝えなかったり、親が捜査に非協力的だったり……なによりも抵抗できない小さな子供を狙う者、そうした幼児に性的嗜好《しこう》を持つ犯罪予備軍が、現代社会にはたくさん潜んでいる。そのほとんどは男性だが、いくらでもモテそうなイケメンだったり、人生の成功者と言えるエリートだったり、あるいは女の子を持つ普段は生真面目な父親だったりと、表と裏の顔があまりに違い過ぎて、被疑者の見当がつきにくい。

女児殺害では無罪となった野村だが、最初に逮捕されたのは、歌舞伎《かぶき》町の地下ポルノ店で知り合った同じ趣味を持つ三人で、女児の撮影会を開いた件だ。新宿《しんじゅく》区内のアパートに住む母子家庭の小学低学年女児に、お小遣いをあげるから水着のモデルになってほしいと唆し、貸しスタジオでわいせつ写真を撮影、後日、子供から事情を聞いた母親が警察に連絡して、児童福祉法違反で逮捕された。女の子にモデルになってもらおうと言い出したのは別の男だが、声をかけたのは塾講師をしていた野村だった。

現在なら児童ポルノ禁止法で、確実に報道されているが、当時の児ポ法は暴力団の資金源を断つのが目的で作られた法律で、二〇一四年に適用されるまでは、個人が子供のわいせつ写真を撮影しただけでは児ポ法には該当せず、野村の氏名は公表されなかった。

ところがそこに信楽が、東京西部の日野市で一カ月前から行方不明になっていた小学四年生の女児との端緒を見つけて、野村が取調べを受けていた警察署に乗り込んだ。

当初は否認していた野村だが、信楽の厳しい取調べに耐えられなくなったのか、途中から女児のことは知っていた、さらに「いたずらして殺したのか」という追及には体を震わせて頷《うなず》きそうになるなど、事件への関与を認めるように変化したそうだ。

だが遺棄場所だけは完全黙秘だった。

そうこうしているうちに、遺体が発見された。しかもその遺体からは、野村の犯行の決め手となる証拠の類《たぐい》は一切出てこなかった。

起訴したということは、信楽は公判を維持できると判断したのだろう。田口からは、当時、鑑識にいた江柄子も信楽を後押ししたと聞いた。

それなのに二審で覆ったのは、その事件は元より物的証拠がなく、死体遺棄現場を野村の口から聞き出せなかったこともあるが、信楽の乱暴な捜査、被告への暴力が原因だったとか。

「大変失礼ですが、十年前、理事官も鑑識として捜査に関わったと聞きました。当時のことを伺ってもよろしいでしょうか」

勇気を振り絞って江柄子に質問した洸を、隣から田口が、余計なことを訊くんじゃないと肘《ひじ》打ちしてくる。

捜査一課のナンバー2、次期一課長の本命と目される江柄子は、平刑事が普通に口を利ける相手ではない。

「構わないよ、疑問に思ったことはなんでも訊いてくれ」

江柄子は不快さを見せることなく質問を許してくれた。

「日野事件ですが捜査の、いえ、なにが原因で二審は覆ったのですか」

なにが拙《まず》くてと言いかけて、洸は言い直す。

裁判で負けたからといってすべてが拙い捜査だったわけではない。元より二係捜査は物的証拠に乏しく、目撃者もいない事案である。

調べたはいいが、途中で無関係だと分かると、うるさ型の弁護士から抗議を受ける。だからこそ信楽は、乗り込んだが無関係だったとはならないよう、資料を何度も読み返し、端緒を見つけてからも被疑者、行方不明者の周囲を調べて、確信を持ってから別の事件で逮捕・勾留《こうりゅう》されている警察署に取調べを求める。信楽が慎重には慎重を重ねて捜査しているのは、この一年弱の間に充分感じ取った。

「日野事件の弁護人は岸登士樹という男だ。二人は知ってるか」

「はい」洸と田口が同時に返事をした。

「最終的に野村は容疑を認め、死体遺棄現場を自供するのだが、岸はそれは無理やり、暴力を使って自供させられたと主張した」

「野村は遺棄現場を自供してるんですか？」

「そうだよ、なにか不満か」

「それならなぜ発見現場が証拠にならなかったのですか」

「先に遺体が発見されてしまったからだよ。野村が自供したのは、遺体を発見したと警察に通報があった後だった」

同時では意味がないが、それでも信楽は、野村の口から遺棄現場を聞き出し、実地検分して遺体が発見された現場と野村の供述とを一致させたはずだ。だから検察は信楽の捜査記録をもとに起訴に持ち込んだ。

しかし裁判での弁護士は、警察は死体遺棄現場を知ったのちに、誘導尋問で現場を自白させたと主張したのだろう。こうした事態を避けるためにも、信楽からは「死体遺棄現場を自供させるまでが捜査だぞ」と耳が痛くなるほど言われている。

「部屋長は充分な捜査をしたし、私も有罪に持ち込めると確信していた。だから起訴したわけだし、実際、一審は求刑通りだったからな」

江柄子はそう話すが、顔から苦みは消えていない。

「野村があることないこと、裁判で訴えたってことですか」

「野村は無口な男で、公判でもすべてが弁護士による誘導尋問だったよ。検事が何度も異議を申し立てたが、あの時の高裁の裁判長は認めてくれなかった」

「二審で無罪になったのは信楽さんの暴力だったと聞きました。野村がいっこうに自供しないから、信楽さんはつい熱くなって手が出てしまったんですかね」

それまで沈黙していた田口が尋ねた。

「それは弁護人が言ってるだけで事実とは異なる。部屋長は野村に対して一切手を出していない。暴力どころか怒鳴ったこともない。森内なら分かるだろ」

「はい」

昨夜の田口の話を聞いて以来、くすぶっていた胸の中がようやく晴れた。

約一年間、信楽のそばで仕事をしてきたが、机を叩《たた》いたことすら見たことはない。確かに警察学校で習った客観的証拠を確保して犯罪を立証していく理想的な取調べとは異なる。だが被疑者が否認しても同じ質問を繰り返して被疑者の心情の変化を見出《みいだ》し、自供に持っていく。信楽の捜査とは粘りの捜査だ。

「ただし暴力が問題になったのは事実だ。それは二審の判決後だが、部屋長の弁護士への暴力が騒ぎになった」

「えっ、弁護士に暴力を振るったのですか」

想像もしないことに声が上ずった。

「どういう状況で暴力になったんですか」田口が尋ねる。

「二審が終わった後、部屋長は傍聴席を出たところの通路で、偶然、岸と鉢合わせした。私はトイレに行って少し離れていたので経緯は分からなかったが、先に部屋長が岸の耳元に顔を近づけ、なにか言った。それに対して岸も同じように部屋長の耳に顔を近づけてなにか言った。そこで部屋長は岸の肩を押した」

「押しただけなんですか」

暴力と言うから殴ったのかと誤解していた。

「押しただけでも充分問題だよ。岸はすぐさま会見を開いて、実際に自分も刑事から暴力を振るわれた。被告が暴力で自白を強要されたことがこれで実証されたと訴えたんだ。警察としても殴ってはいません、体を押しただけですとは弁解できないからな」

「そうですよね」

「信楽さんはなぜそんなことをしたんですか」

田口が尋ねる。

「訊いたが、なぜ体を押したのかだけでなく、岸に何を言われたのかも話してくれなかった。週刊誌に写真を撮られたせいで、本庁内でも問題視された。監察官の調べを受けて、部屋長も相当追い込まれたが、その聴取でも部屋長は一切の弁解をしなかった」

「きっとひどい侮辱を受けたんでしょうね。向こうはマスコミに大袈裟《おおげさ》に主張したんでしょうから、部屋長も理由を述べれば良かったのに」洸が言う。

「手を出したんだ。どう弁解したところで無駄だと思ったんだろうな」

江柄子は一度はそう言ってから「いや、違うな。部屋長にとっては口にするのも嫌なほど、許せない内容だったんだよ」と言い換えて、口を固く結んだ。

捜査が甘い、杜撰《ずさん》な取調べをしているから冤罪《えんざい》事件を生むんだ……無罪になった後の弁護士は必ずそう言って警察批判をする。きっとそんな内容だろう。だが信楽の捜査が正しかったことは、今回の鉾田の事件で証明された。

「まぁいい、とにもかくにも今は野村の余罪だ。都内での事件への関与が濃いようなら、うちからも捜査員を出しますと鉾田署の捜査本部に伝えておいてくれ」

「はい、わかりました」

すでに警視庁管内の各警察署から、ここ数年に起きた小学低学年から中学年が被害を受けた女児わいせつ事件の資料が用意されていた。

この資料を鉾田署に設置された捜査本部に渡し、現在までの取調べ状況を確認する。野村に都内の事件への関与が疑われれば、時間をもらって取り調べる。

日野事件については気になるが、今は野村の余罪を探して、今度こそ確実に有罪に持ち込まなくてはならない。警視庁の、いや信楽や江柄子の悔しさを晴らすためにも、必ず成果を上げなくては。

自分にそう言い聞かせて、洸は田口とともに警視庁を出た。

5

午後には田口とともに捜査本部が設置された茨城県警鉾田署に到着した。

三月末から鉾田市内の道路の補修工事現場で非正規雇用労働者として働いていた野村栄慈は、全区間の工事が完了した七月二十六日午後七時前、農道を一人で歩いていた女児を連れ去り殺害した。

警察は翌日の午後には野村に任意同行を求めた。初動捜査で野村に行きついたのは、メロン農家が盗難防止に設置したカメラに、あたりを窺《うかが》っている帽子を被《かぶ》った野村と、彼が借りたレンタカーのナンバーが映っていたからだ。

また被害女児、河野すみれの足跡が残っていた付近に、レンタカーのタイヤ痕《こん》も検出された。ただそこから遺体発見現場までの足跡は、その後に降った強い雨によって消えていた。

野村は容疑を否認しているが、警察は今、科捜研ですみれの体に野村の衣服の繊維などがついていないかを調べている。

洸と田口は、鉾田署の刑事課長の案内で、マジックミラー越しに野村を見た。三十六歳、眼鏡をかけていて地味な面相をしているが、長年肉体労働をしていたとあって、胸板が厚く、Tシャツから出た腕も太かった。

野村は国立大の数学科を卒業、大学院まで進学したエリートだが、人間関係が嫌になり大学院は一年で中退、八王子市の小学生向けの塾で講師として採用された。

大学院まで行って数学を学んだ男が、なぜ小学生の塾講師を選んだのかは、中退した時期が就職活動の期間外だった以外に、彼の持つ性的嗜好《しこう》が関係している。野村が好んで子供教育の現場を就職先に選んだと当時の捜査記録には記されていた。

さりとて自分の生徒に手をつけるほど野村は愚かではない。

狙うのは塾には通わなかったが、塾に相談に来たり、体験コースで参加したりした女児。そこで気に入った子を見つけると、住所などの個人情報を入手し、自宅を突きとめて計画を立てる……殺された小四女児がまさに事件の二ヵ月前に野村が勤める塾の体験コースに参加していた。

信楽は女の子絡みの事件で逮捕されていたことを端緒に野村を調べ始めた。

塾の所在地は八王子駅前で、女児の自宅は八王子から電車で七分の日野市、女児の自宅はそこからバスで十分、バス停から徒歩で五分歩く。

一方の野村は、当時は父親と二人で杉並《すぎなみ》区高円寺《こうえんじ》の自宅住まいだった。高円寺から日野までは電車で四十分弱、車でも一時間以上かかる。洸が仮に二つの記録を見ていても、端緒になるとは思わず、見過ごしていたかもしれない。

野村の塾での評価は悪くなく、当日欠勤や遅刻などは一切なし。ただし他の講師とはまったくと言っていいほど口を利かず、生徒にも授業以外ではあまり話しかけない。上司からはもう少し積極的にコミュニケーションを取ってほしいと指導を受けていた。

他方、小児愛、児童偏愛があったとは思いもしなかったと、他の講師、事務員は証言していた。つまり性的嗜好を完全に隠していた。殺意や恨みのように他言することもなく、秘めることができるからこそ、こうした事件は容疑者の特定が難しいのだ。

鉾田署の刑事課長から「このあと、野村と会う時間を設けます」と言われて、応接室で待っていたのだが、その刑事課長が苦い顔で入ってきた。

「すみません。こちらの捜査事情で、野村に会わせることが難しくなりました。今日のところはお引き取り願えますか」

どうやら歓迎してくれたのは所轄だけで、茨城県警捜査一課が中心となる捜査本部は、警視庁の刑事が被疑者と会うのを好ましく思っていないようだ。

「仕方がないですね。本部も今が固め時でしょうし」

丁寧に応対してくれる刑事課長に気を遣わせないよう、洸は引き下がった。

「本部の刑事は、警視庁の協力を仰いだ方がいいんじゃないかと言ってるんですが、上から横やりが入ったみたいで」

「横やりって上層部はなにを恐れているんですか」

「岸弁護士ですよ」

「前回の弁護士が引き受けたのですか」

「まだ受けていませんが、すでに事務所から問い合わせの連絡がありましたから、出てくるのは時間の問題でしょう。あの弁護士はすぐにマスコミを利用するので、捜査がやりにくくなると、捜査本部は心配しています」

マスコミ利用より、警視庁の刑事を野村に会わせたことが岸の耳に入ることを恐れているのだろう。

岸は地方の警察本部でさえ嫌がるくらい、厄介な存在だ。ここ数年も多種の刑事事件で毎回記者会見を開いたりテレビのインタビューを受けたりして、冤罪だ、違法捜査の疑いがあると騒ぎ立ててきた。

死刑制度廃止の運動にも関わっているが、ここ数年岸が力を入れてきたのが裁判員裁判の開始とともに今年六月から導入された取調べの可視化である。

去年、痴漢容疑で千葉県警に逮捕された男が無罪になった。その時は外国特派員協会の講演で、「警察は、罪を認めて供述書にサインしなければ家族にも会えないと男性を脅した。無実の人間を救うためにも法務大臣と警察庁長官は勇気をもって来年導入の制度を前倒しして、今からすべての取調べを録音、録画すべきだ」と警察批判を展開した。その大弁論はテレビをはじめ、あらゆるメディアで報じられた。

茨城県警の上層部が危ぶむのも理解できなくない。最近はとくに警察の捜査に対して世間の目は厳しく、だからこそ法務省も弁護士会の要求を受けて、しぶしぶ取調べの可視化を受け容《い》れた。可視化となれば、被疑者が自供する確率は大きく減少するというのに。


「野村は都内の件についてはなにも言ってませんよね」

田口が確認した。

「余罪どころか、本件についても否認していますので」

「反応はどうですか」

「私は捜査本部に入っていませんので分かりませんが、同期の警部補が取調官をやっていますのであとで聞いておきます」

鉾田署に設置されたからといって、鉾田署の刑事課が全員捜査本部に動員されるわけではない。他の刑事事件に捜査の手が回らなくなるため、県警捜査一課以外で動員されるのは生活安全課や地域課など、普段は殺人事件と関係のない捜査員である。

「それには及びません。もし取調官と話す機会でもあればで」洸が言う。

「そう言っていただけるとありがたいです。おとなしそうな男なのに思いのほか、頑固なので同期もカリカリしていました」

「自分たちは現場を見てから東京に戻ります。また機会を見つけて来ますので、可能なら会わせてください」

「はい、捜査本部に伝えておきます」

「現場は農家の私有地でしたよね」

「私の方から農家さんに連絡しておきますよ。その方が河野すみれちゃんの第一発見者です。防犯カメラのデータはうちの署にありますので、見たい場合は言ってください。それくらいは私の裁量でなんとでもしますので」

「助かります」

刑事課長に言われた住所を手帳にメモし、田口とともに鉾田署を出た。

現場は鉾田署から車で二十分ほど、長閑《のどか》な田園風景が広がっていた。カーナビが示す通りに走ると、未舗装の農道に入ったので、車を停めた。

あたり一面がメロン栽培のビニールハウスだった。真夏の強い日射しがビニールに反射し、靄《もや》がかかったかのようにあたり一面がぼやけている。

他県警への挨拶《あいさつ》とあって二人ともワイシャツにネクタイを締めてきた。署を出て車に乗ると、ネクタイをほどいて、後部座席に放り投げた。運転中にエアコンを最強にしたので一度汗は引いたが、外に出た途端、また噴き出てくる。

「ひどい暑さだな、今日は四十度を超えてんじゃないのか」

田口が顔をしかめた。

「そこまで気温が高いのは、埼玉や群馬の方だろ」

「それでも東京よりは暑いだろうよ」

「そんなことはないよ。高層ビルに囲まれた東京の方が風が抜けずにもっと暑いさ」

そう言ったものの、この日は風がないため、都心も田舎も関係ないかもしれない。今年は例年以上の猛暑になりそうだ。

汗は滝のように流れてきて、髪までが濡《ぬ》れてきた。

捜査車両にタオルを取りに戻って、首に巻きたいくらいだが、刑事になりだての頃にその姿で聞き込みをして、先輩刑事から「みっともねえからやめろ」と叱られた。

ポケットに手を入れると、ハンカチが二枚入っていた。菜摘が気を利かせて入れておいてくれたようだ。

隣を歩く田口は、首筋まで垂れる汗をシャツの袖《そで》で拭《ぬぐ》っている。

「これ使えよ」

もう一枚のハンカチを渡す。

「サンキュー、助かるわ」

田口は顔や首筋を叩《たた》くように拭《ふ》くと、ハンカチを開いて顔から被《かぶ》った。

「これ、菜摘ちゃんがアイロンかけてくれたんだろ？　菜摘ちゃんのいい匂いがするな」

「そういうことを言うなら返せ」

奪い取ろうとしたが、ハンカチを被って前が見えないくせに、気配を感じた田口は先に取った。

「冗談だよ、怒るな」

　ハンカチを握ってニヤリと笑う。洸は大学までサッカーをやっていたが、田口もバレーボールをやっていたので、反射神経はいい。

　しばらく歩くと、ビニールハウス横の地べたに麦わら帽子を被った男性が座っていた。

「東京の刑事さんですか」

「はい、森内です。山本《やまもと》さんですか」

「そうです。お待ちしていました」

　刑事課長が連絡を入れてくれた三十代前半くらいの農家の主人が、事件について説明してくれた。

「連れ去られたのはおそらくこのあたりです。向こうからすみれちゃんが歩いてきたのを、男が車の中から見つけたんだと思います。車から降りて、キョロキョロと物色しているのが、そこのカメラに映っていました」

　設置された防犯カメラを指した。付近は見晴らしはいいが、街灯がないため夜七時は相当暗いはずだ。

「女の子は友達の家から一人で帰って来たんですよね。そんな時間に小学校一年生が、一人で歩いたりするんですか」

「田舎ですからね。これまでもすみれちゃんが一人で歩いているのを目撃したことは何回もありますし」

「当日は雨が降ってたんでしたっけ」

行方不明時、黄色い傘に黄色い雨がっぱ、ピンクの長靴を履いていたのを思い出した。

「昼間は降っていましたが、夕方は止んでいました。それが夜半からまた降り出して、朝方は雨音で目が覚めたくらいの雨量でした」

亡くなっていたとはいえ、河野すみれは強い雨に打たれ、辛《つら》い夜を過ごしたはずだ。

「被疑者が近づいてきたこと、すみれちゃんは怪しまなかったんですかね」

田口が質問した。

「どうなんでしょうね。大きな声で挨拶してくる明るい子供だったので、話しかけられてつい応じてしまったんじゃないでしょうか」

「ご両親も一人で帰らせなきゃよかったとショックを受けているでしょうね」

「そうでしょうね。河野さんのおたくは、すみれちゃんの下に、三歳の双子の弟がいるので、お母さんも小さい子を二人連れて、迎えにいくというわけにはいかなかったんだと思います。お父さんは去年、都内に転勤になって毎日、帰宅が遅かったみたいですし」

親は責められない。しっかりした子供だったようだし、野村のような変質者が徘徊《はいかい》しているとは思いもしなかったのだろう。

「うちも小学校に通う息子がいるので、ご両親の悔しさはよく分かります」

山本の言葉に洸も心の中で同感した。咲楽がもし人でなしの魔の手にかかったら、自分が警察官であることも忘れてしまうだろう。

「これまでに怪しい人間がうろついていたという目撃談はありましたか」

田口が尋ねる。

「私は聞いていません。この付近に住んでいる女の子はすみれちゃんだけなので、犯人は以前から目をつけてたんじゃないですかね」

無罪になった十年前の日野事件も同じだった。バス停からの帰り道、寂しげな通りを一人で歩いていたところを狙われた。

しかし通常、被疑者が下調べをすればするほど目撃者は現れるものだが、前回は出なかった。今回も今のところ、事件当日を含めて野村の目撃談はない。

「遺棄現場まで行ってもよろしいですか」

「どうぞ案内しますよ。ここから三分ほどですので」

次第に道幅が狭くなっていく農道を歩く。

「この先は家はないですよね」

「刑事さんも犯人がどうやっておびき寄せたのか疑問なんですね」

まさにそれが謎だった。いつしかビニールハウスはなくなっていて、人の行き来がないせいか、砂利道には雑草が生い茂っている。

「他の刑事も同じことを言っていましたか」

「はい。言っていました。おそらく捜し物でもしてるとか言っておびき寄せたんじゃないですかね。前に近所で猫がいなくなった時も一番捜してくれたのがすみれちゃんでした。すみれちゃんって優しくて、誰に対しても親切な女の子だったので」

親切心を逆手にとって誘い出し、途中で急に抱きかかえたのだろう。茂みに連れていき悪戯《いたずら》しようとした。だが防犯ブザーを持っていたことに気づき、それをすみれが手にしようとしたことに逆上して首を絞めた。解剖の結果、死因は気道閉塞《へいそく》による窒息死、首には扼頸《やくけい》の痕《あと》が確認されている。

「そこです」

山本が指を指した。防犯カメラで確認された場所から百メートルほど離れた休耕地が遺棄現場だった。その奥の方、草むらになっているところに、すみれが好きだったと思われるぬいぐるみや花などが数多く手向けられていた。

黄色の非常線テープは外されていたが、山本によると、昨日までは外部から見えないよう青いシートで覆われていたそうだ。

「可哀そうにな、これから楽しいことがたくさんあっただろうに」

手を合わせてから田口がしみじみ言う。

「夏休みの予定だってぎっしり詰まっていたと思うよ」

黙禱《もくとう》した洸は、遺棄現場の先を確認する。のり面になっていて、一メートル下には住宅があった。そこまで行くと山本の土地ではないらしい。

「しかし山本さん、よく見つけられましたね」

山本が発見したのは行方不明になった翌日の夕方だ。その日のうちに防犯カメラに映ったレンタカーのナンバーから、鉾田署は野村に任意同行を求めていたが、遺体が出ていないため逮捕状は請求できなかった。

「すみれちゃんがいなくなったと聞いて、朝から町内会のメンバーで、警察や消防隊と一緒に捜したんですけど、こことは私の家を挟んで反対側を中心に捜していたんです。あっちは農水路が流れていて、その先に森があるんです。夕方になり、間もなくその日の捜索が打ち切りとなる時、ふと自分の敷地に、まだ捜していない場所があることに気づいたんです」

「それで捜索していた地域とは反対側のここに戻ってきたんですね」

「はい、そうです」

こういうところにも行方不明者の捜査の難しさが出てくる。事件に巻き込まれたことよりも、川に落ちて流された、森に迷い込んで出てこられなくなったという事故を先に疑う。迷子になったままままだ生きている、そう切望するのが人間の心理だ。

「山本さんがこの場所に来るのって、週にどれくらいですか」

「週どころか月に一回あるかどうかですよ。前に不法投棄されたことがあったので、一応チェックはしていますが、収穫などで忙しいと三、四カ月は来ません」

「となるともっと長い間、気づかなかった可能性もありますか」

「たまたま死角になっていただけで、捜索を続けていればいずれ捜し出したでしょう。

それにこの暑さですから、数日発見が遅れたら、腐敗が進んで、下の家まで臭いが届いていたんじゃないですかね」

「防犯カメラを提出したのは？」

「すみれちゃんがいなくなったと聞いた翌朝、近所の交番のお巡りさんが来たので、渡しました」

「山本さんのカメラのおかげでスピード逮捕につながったんですね」

「はい。でも犯人らしき男が映ってると聞いた時は、私もぞっとしましたけどね」

犯行翌日の二十七日の正午、野村が工事期間中に借りていたマンスリーアパートからスーツケースを持って出ようとしたところで任意同行を求めた。部屋を借りていたのはこの日までだっただけに、捜査員の到着が一歩遅れたら野村の身柄はいまだに確保できていなかったかもしれない。山本と茨城県警のファインプレーだ。

ただし現時点では被疑者と特定する証拠はそこまでだ。

どうしてレンタカーを借りたのかという茨城県警の追及に、野村は「二度とここに来ることはないので、車で走って町を思い出に残しておきたかった」と述べたという。県道の拡張工事のため、まだ寒さの残る三月から炎天下の七月まで、朝から夕方まで週六ペースで働いたのだ。思い出を残すといった割には写真を一枚も撮っていなかったし、レンタカーを借りてまで感傷に浸ったとは到底思えない。

そこで一旦山本とは別れた。

太陽の日射しをまともに受けて歩いたので、いつしかワイシャツは汗で背中に張り付いている。濡《ぬ》れたハンカチの端を摘《つま》んで持っていたら、瞬く間に乾いた。ワイシャツの裾《すそ》をズボンから出し、ハンカチを背中に突っ込んで汗を拭《ふ》きとる。

一方の田口はハンカチを頭に載せたが、生地が薄いので日除《ひよ》け効果はないようだ。

「帽子を持ってくりゃ良かったな」

洸は手庇《てびさし》して言った。

「それより日焼け止めだろ」田口が返してきたので、「おまえは女子かよ」と突っ込みを入れた。冗談を言うだけでも暑さでエネルギーが消耗される。

そこにタクシーが走ってきて、農道に停めている捜査車両の背後に停まった。

きちんと七三分けにした白髪に、白い口髭《くちひげ》を蓄えた初老の男が降りてきた。これだけの暑さだというのに、襟と身頃の色が異なる長袖《ながそで》のシャツに、ネクタイを締めている。

「おい、洸、あの男」

隣から田口にせっつかれた。

「ああ」

見覚えのある顔に緊張が走った。

岸登士樹弁護士だ。東京高裁での判決後に、信楽が暴力を振るったと主張した因縁の相手。

車から降りると、岸は真っ先に洸たちが乗ってきた捜査車両の背後に回り、ナンバーを確認した。

「東京のナンバーということはおたくら、警視庁の刑事さんか」

顔を上げ、よく通る声で言う。

返事をせずに立ち止まっていると、岸は馴《な》れ馴《な》れしく近づいてくる。

田口に行こうと顎《あご》で合図して、岸の前で左右に分かれようとした。

「名刺だ」

弁護士会の名称が書かれた、上質な紙の名刺を二枚出すと、両手に持ち替え、受け取れと言わんばかりに指に挟んで差し出す。

「名刺は結構です」

「いいから、受け取れよ」

執拗《しつよう》に言ってくるため仕方なく手を出す。田口もしぶしぶ受け取った。

「おたくらのもくれよ。もらったら自分の名刺を出すのが常識だろ」

てのひらを出す。

「自分ら、今日は名刺を持ち合わせていないんで」と洸。

「茨城に来たのにか？　所轄に挨拶《あいさつ》してからここに来たんだろ？」

「渡し過ぎて切らしたんですよ」

「だいたい警視庁の刑事が茨城の事件になんの用なんだ」

無視してもよかったが、野村の捜査に警視庁が乗り込んできたとマスコミに吹聴されるのも厄介なので、「自分らは情報を提供しにきただけです」と捜査に直接関わっていないことを説明した。

「情報ってなんのだよ」

「それはお答えできません」

「十年前のか」

「違いますよ」

蒸し返していると思われたくないので、そこははっきりと否定した。

「じゃあ、なんだ。また別件逮捕をやるつもりなんだろ。別件逮捕は憲法および刑事訴訟法が保障する令状主義を潜脱するものだぞ」

何が別件逮捕だ。今回は殺人で逮捕されたのだ。それでもここでなにか言い返せばこの弁護士の術中に嵌《はま》ると我慢する。

「それに情報がほしいなら、茨城県警が東京に出向くものだろう。警視庁はずいぶん暇なんだな」

「事情があるんですよ。先生もこの手の事件に長く関わってきたのですから、ご存じだと思いますが」

顔を立てるつもりで呼んだ「先生」という言葉に虫唾《むしず》が走る。

「俺はいろいろ知ってる。おたくたち警察の捜査がいかに杜撰《ずさん》で、あっちこっちで冤罪《えんざい》事件を生んでるかもな」

「でも冤罪じゃなかったじゃないですか」

黙っていた田口がつい挑発に乗ってしまった。

「俺にそれを言うってことは、十年前のことを言ってるのか」

墓穴を掘った田口を突いてくる。止めようとしたが、熱くなった田口はその時には次の言葉を発していた。

「あなたが犯罪者を野放しにしたから、今回の犠牲者が出たんですよ」

「おいおい、おたく、名前はなんて言うんだ。今言ったことは司法制度の冒瀆《ぼうとく》に値する。ことによってはしかるべきところに訴えるぞ」

「やめとこう」

注意すると田口は冷静さを取り戻した。だが岸の煽《あお》りは止まらない。

「あの時、警察はやってもいない犯行を暴力という手を使って無理やり自白させたんだ。無罪は当然で、取調べをした信楽という刑事はクビになってもよかった」

信楽の名前が出た。

「野村の首元に赤い痣《あざ》を見つけたのは俺だよ。どうしたんだ、もしかして刑事に胸倉を摑《つか》まれたのかと訊《き》いたら、野村はぶるぶる震えながら頷《うなず》いたよ。そんなことをされたら、被疑者は恐ろしくなってやってもないことを話しちまうよな」

手柄話をするように笑みを広げ、伸ばした首の、汗で濡れた頸板状筋《けいばん》あたりを指した。

そんなことは嘘っぱちだ。柔道の授業などで習ったが、よほど強く締めつけない限り、服の上から胸倉を握った程度で赤くはれることはない。だが警察官なら誰でもわかる程度の嘘も、二審後に信楽が岸に手を出したことで、事実であるかのように周知されてしまった。

「それでしたら今回の野村が起こした事件はどう説明されるのですか」

洸までが我慢できなくなり、口を出した。

今回も判決までは有罪かは分からない、きっとそう答えるものだと思ったが、岸は論点をすり替えてきた。

「おたくら、塾講師の仕事に就いていた野村がこの十年間、なぜ慣れない肉体労働をしてきたのか分かるか。警察による不当逮捕のせいで、講師の仕事が続けられなくなったからだぞ」

「子供のわいせつ写真を撮っていたような男ですよ。そのような人間に塾の講師なんてさせられませんよ」

「警察が誤った捜査をしなければ野村には立ち直るチャンスがあった。それをつぶしたのがおたくら警視庁だ」

やり込めたと思っているのか、岸の目が嫌らしく光る。この弁護士とはまともな会話はできない。

「もう帰ろう」

岸の右側から助手席に向かった。

「そうだな」

田口は反対側から運転席へと歩き始めた。

そこに農家の主人が「森内さん、ハンカチ落としましたよ」と走ってきた。ポケットに手を入れる。知らぬ間に落としたようだ。

「森内っておたく、信楽と一緒に仕事をしてる刑事なのか？」

なぜ岸が自分の名前まで知っているのだ。たかだか捜査一課の一刑事の名前を。

まだ洸に視線を向けている。まじまじと見てくるこの弁護士に、洸は気味悪さを覚えた。

6

久々に会った末次義正《すえつぐよしまさ》は以前より若返ったようで、口を大きく開けて、祐里が持って来たシュークリームをかじった。

「藤瀬くんもたいしたもんだな、あんな口の立つ弁護士をやりこめるんだから」

記者を立ててくれるのは現役刑事だった頃と変わらない。六十四歳だが、定年退官してから予備校に通って、去年大学に合格したから今は二年生だ。すべての講義に休まず出席しているらしい。

「からかわないでくださいよ、一方的にやりこめられてタジタジだったんですから」

祐里は苦笑いで末次の妻が出してくれた麦茶を飲んだ。

休日を利用して、自分が駆け出しの事件記者だった頃、大森《おおもり》署でお世話になった末次義正の自宅に来ていた。

末次は信楽の下で二係捜査を任されている森内洸の師匠のような存在で、交番巡査だった森内に事件捜査の基礎を教え、その自主講習は署内で「末次塾」と呼ばれていた。

末次から教えを受けるのはなにも警察官だけでなく、大森署を担当していた祐里もその一人だった。

ただし、「犯人を教えてください」など漠然と訊きにいっても話してくれなかった。いろんな方法で取材先を当たり、その上で壁にぶつかった時に相談に行くと、「一般的なことだけど」などと断りを入れてアドバイスをくれた。

――新聞記者はすぐ逃走経路を訊いてくるが、出来のいい刑事は後ろ足（犯行後の足取り）と同じくらい前足（犯行現場までの足取り）を調べる。前足が完璧《かんぺき》な事件は、計画性があるということ。そうなると前科者を調べる必要性が出てくる。

教えてもらったことは目から鱗《うろこ》が落ちる内容ばかりだった。

末次には今年の年賀状で、《大学生になったらしいですね。びっくりしました》と書き、その後に電話をした。

〈藤瀬くんの取材力もたいしたものだな。俺が大学に入ったのなんて、記者で知ってるのは藤瀬くんだけだぞ〉

褒めてくれたが、電話番号は森内を通して教えてもらったのだから、取材源はお見通しだ。仕事には厳しく、取材が甘いと叱られたこともあるが、末次の言葉には必ず優しさが隠れていた。

「だけどあの偏屈弁護士から警察の誰が言っていたか教えろと言われても、藤瀬くんは突っぱねたんだろ？」

「もちろんです。先生、申し訳ございませんが、新聞記者は法廷に引っ張り出されてもネタ元を明かすことはできないんですと答えました」

「ほぉ、それはすごい」

「だってそうじゃないですか。記者がネタ元を明かせないことくらい、弁護士なら知っているはずです」

「そしたらあの正義を振りかざした弁護士はどう言ったんだ？」

「おたくは社会部の記者になって何年だと訊かれましたので、十年ちょっとですと答えました」

「それで？」

「長いこと記者をやってるくせに、私を侮辱するとはたいした度胸だ。今後どういう目に遭うか分かっているんだろうなって言ってきました」

「藤瀬くんはなんて返したんだ」

「私も長いこと記者をやってますが、弁護士の先生から、今後どういう目に遭うか分かっているんだろうなと暴力団のお礼参りみたいなことを言われたのは初めてです。脅しのようなことを言う人には、ますますネタ元は明かせませんと答えました」

「すごい、そこまで言ったのか」

「あまりに面倒くさいことばかり言われていたので、私ももうどうなってもいいやと自《や》棄《け》になっていたんです。岸弁護士もいつもへいこらしている新聞記者に、そこまできついことを言われるとは思ってなかったみたいで、整えられた白い口髭《くちひげ》が赤く染まって見えるくらい顔が真っ赤になりました」

「やっぱりやりこめたんじゃないか」

末次も驚いていた。

「一応、うちへの抗議の電話は止まりましたから、私はミッションを果たしたことになりますけど、あの弁護士は執念深いから、今後は中央新聞だけを会見から締め出して、他紙にニュースを流すと思うんですよね。そう思うと気は重いです」

特ダネを流すどころか、中央新聞一社だけに載っていない、業界で言う「特オチ」にする可能性だってある。

末次の前なのでそれ以上は明かさなかったが、岸から警察の誰が言っていると問われた時が一番戸惑った。

岸が指摘してきた《警視庁も今後の捜査の動向に注目している》の箇所について、部下の小幡が勝手にコメントを作ったのではないかと疑心暗鬼になったからだ。

る記者もいる。

新聞には「捜査関係者」や「警察幹部」、あるいは「情報筋」など匿名のコメントが載る。多くは記事の出所を隠すために用いるが、中には匿名をいいことにコメントを作る記者もいる。

ところが記者クラブに戻って小幡に確認すると、「あのコメントは中野《なかの》さんから教えてもらったんです」と言われた。小幡より一つ上の中野に尋ねると「江柄子理事官ですよ。理事官から、十年前の事件だって野村の犯行だよ、俺は今でもそう思っていると断定されました。その上で茨城県警の捜査の動向に注目していると言われました」と説明を受けた。

部下を疑ったことを恥じた祐里は「ごめん、申し訳ない」と両手を合わせて謝ったが、二人ともなんのことだかとぽかんとしていた。

警察は間違いなく前回も野村の犯行だったと疑っている。それはどの記者も思っていることだが、そのことを推測で書くのと、責任ある立場の人間にしっかり聞いてから書くのとでは、この後の仕事の仕方も違ってくる。

必ず聞く記者で形成されている取材チームは、スタートから正しい方向を向いているし、今後も確認しながら進もうとするから大事な局面で道を誤らない。中央新聞の今の捜査一課担当はまさにそれに該当する。

シュークリームを食べ終えた末次は、一緒に持ってきたエクレアにも手を付けた。お茶のお代わりを持ってきてくれた妻から「食べ過ぎよ」と注意されるが「こんなの若い頃なら五個は軽かったよ」と何食わぬ顔をする。

朝からすべての講義に出て、課題のレポートも必ずこなし、講義の空いた時間には大学のキャンパスにあるジムで汗を流し、体脂肪を五パーセント下げたそうだ。刑事時代と変わらぬほど食欲が旺盛《おうせい》なはずだ。

「岸弁護士って、若い時分はずっと苦労していたみたいですね。学生の頃から冤罪《えんざい》事件に興味を持っていて、刑事事件専門の弁護人になったのは良かったけど、金にならない国選ばかり受けていたから、毎月、食いつなぐのに必死だったと、特集されたテレビで語ってましたよ」

「そんな恰好《かっこう》のいい話じゃないよ。俺は直接関わったことはないけど、刑事の間ではプライドが高すぎて、自分から負け戦《いくさ》をする弁護士として有名だった。超一流大学に入り、在学中に司法試験に合格したくらいだから頭は良かったんだろうけど、弁護士も警察と同じで真実を知るには足を使って調べるという基礎を忘れちまったんだろうな」

「そんな怠惰な弁護士なんですか」

「でなきゃ、なんでもかんでも『警察は無理やり自白させた』『取調べ中に差別発言があった』とマスコミに訴えたりせず、もっと地道に調べるだろう。今でこそ注目されるようになったけど、昔はマスコミにも相手にされない、法廷でも本筋から逸脱した弁論を繰り返すから、裁判官には注意をされて敗訴続き。その結果、入った大手事務所も解雇された」

「今とは大違いですね」

「往々にしてそういう怠け者の弁護士は警察に対して恨み骨髄に徹している。敗訴続きによる逆恨みだけどな」

「日野事件の前から警察を恨んでいたってことですか？」

「じゃなければあんなことはしないだろう」

「あんなことって」

「なんだよ、藤瀬くんほどの優秀な記者が知らないのか。岸が余計なことをしなければ、野村と日野事件とは結び付かなかったんだよ」

「どういうことですか」

「罰金刑のみで、野村は自由の身になってたってことさ」

いくら訊《き》いたところで、さっぱり理解できない。小学低学年児童をモデルにわいせつ写真を撮影して逮捕された野村を、信楽が日野市で行方不明となった女児と関連付けたと、知り合いの刑事から聞いていた。実際はそうではなかったのか？

「岸弁護士がしたその余計なことというのを教えてください」

前のめりになった祐里に、末次は「俺の記憶違いもあるかもしれないから、もし記事にする場合は確認してからにしてくれな」と断りを入れて、話し始めた。

岸のもとに、学生時代からの知り合いだった野村の父親から依頼があった。敗訴続きの岸に父親が頼んだのは、その時点での息子の容疑がわいせつ写真を撮ったという当時としては微罪だったからだ。

微罪で済むはずだったのに、予期せぬことが起きた。岸との接見後、野村が新宿署から逃げたと言うのだ。

「逃げたって、脱走したってことですか。そんなこと、ありうるんですか？」

あまりにびっくりして、声がひっくり返りそうになった。

「取調室がその日はいっぱいだったんで、普通の部屋で接見したらしいな。弁護士の接見だし、罪に大きいも小さいもないけど、新宿署としても書類送検で済む事件だから被疑者もおかしなことを考えないと思ったんだろう。別室で接見させるのは珍しいことではないよ。ただし新宿署が言うには、接見終了の連絡が弁護士からなかったらしい」

「知らせるのは弁護士の義務ではないですか」

逮捕、勾留《こうりゅう》されている被疑者や被告人は、弁護人または弁護人となろうとする者と立会人なしで接見できると刑事訴訟法で定められている。立ち会いなしで会える分、終了は伝えなくてはならない。

「岸は、知らせたけど担当警察官が持ち場を離れていたと言い張った。警察官は普通に声をかけられれば聞こえる場所にいたから、警察に嫌がらせをしようとあえて伝えなかったんだよ。岸が知らせずに退出したせいで、野村は脱走を試みた」

「どこまで逃げたんですか」

「幸いにも建物から出てきたところを、立番《りつばん》が気付いて、署の門を出る手前で、身柄を確保した。そのことで警察は実名で発表した。つまりそれまで報じられなかった野村の名前と塾講師という職業が初めて報道されたんだ。なぜだか分かるか」

「大騒ぎになったからじゃないですか」

立番は黙って捕まえたわけではないだろう。接見は昼間の時間帯だから、当然、警察署には免許の更新など来訪者がかなりいたはずだ。

「それなりの捕物帳になったけど、今のようにすぐ動画サイトやSNSにアップされない時代だし、署内で確保したわけだから隠すこともできた。新宿署が発表したのは、法に携わる人間として許されないことだと、岸を許せなかったからだよ。もし立番が気付くことなく野村が署外に出て、立てこもりなど二次犯罪をおかしてみろ。警察だって責任を負わなくてはならなくなる」

「それでも岸弁護士は伝えたと言い張ったんですね。得意のマスコミを集めて」

「マスコミだって馬鹿じゃないよ。きちんと調べて弁護士が職務を怠ったと報道した。岸が大好きなマスコミが味方から敵に変わったんだ」

「大嫌いなマスコミでしょ？」

即座に言い返す。

「そうだな、心の中では大嫌いで、見下していたマスコミだな。だが影響はそれだけではない。実名が出たことで、捜査一課の遺体なき殺人事件を担当する刑事が、日野事件の被疑者として野村を調べ始めたわけだから」

「日野事件って、信楽さんが担当だったんですか」

今度は完全に声が裏返った。

「そうだよ、信楽くんともう一人の刑事が担当していた。さすが藤瀬くん、信楽くんの懐に入っているのか」

「いえ、何度か取材した程度です」

それだけ伝えておく。警察発表された小学生向けの進学塾の講師という野村の職業と、女児のわいせつ写真を撮影して逮捕された容疑が、信楽の言う端緒となって結びついたということだ。どうして野村が日野事件の容疑者になったのか、腹の中でストンと落ちた。

「岸弁護士も慌てたでしょうね。罰金刑程度で済むと思っていた依頼人が、突然、敏腕刑事のアンテナに引っかかり、殺人の容疑者になったわけですから」

「昔、機動捜査隊で一緒だった同僚がその頃、新宿署にいたけど、その刑事が言うには岸はショックで二、三日、警察に姿を現わさなかったらしいよ」

「ショックって野村が逃げたことに対してですか、それとも殺人容疑のことについてですか」

「両方だろ。一番ショックだったのは、逮捕もされていないのに、野村が日野事件と関係あるって新聞に漏れたことじゃないのか。日野事件の被疑者が逃走して、あやうく別の女の子が殺されたかもしれない、これはとんでもない弁護士だと、ワイドショーまでが出てきて大騒ぎになったから」

「漏れたんですか」

　それも意外だった。信楽は事件では逮捕状請求ができない別件での取調べになる分、表には出ないよう極秘に捜査し、記者の質問にも「分からないよ」で徹するはずだ。

「その時には岸も勢いづいてて、警察は証拠もないのに犯人扱いして依頼人の名誉を毀《き》損《そん》しているだの、記者の前で文句を垂れていたけど」

「ちょっと待ってください。まだ逮捕されていないってことは、当然警察は記事を承知していませんよね。それなのに岸弁護士は野村が日野事件の容疑者になっていることを認めたのですか」

　聞きながら呆《あき》れてしまった。

　弁護士のすべきことは依頼人を守ることだ。それなのに弁護士が未確定な報道を肯定するとは。

　祐里にはマスコミがしていることはデジタルタトゥーの原板作りだと批判したが、記事が誤報だったらどうするつもりだったのか。一度世間に広まった依頼人の汚名をなかったことにするのは、人の噂は七十五日という言葉以上に容易なことではない。

「だけど捜査一課としては、岸みたいな弁護士は嫌だったはずだよ」

「どうしてですか、末さん」

「ああいう警察を憎んでいる弁護士は、法から少しでも逸《そ》れると、そこをとことんついてくる。殺人の捜査なら、殺人罪で逮捕状を取れとか、証拠を示せとか。信楽くんも調べにくかったと思うよ」

末次が調べにくかったと言ったのは二審で逆転無罪となったからだろう。

結果として、野村を逃がしたことまでを水に流してしまう岸の大勝利となった。

なにごとにも慎重な信楽が、逮捕した容疑者を無罪にしたことからして信じがたいが、野村の裁判以降、岸は冤罪《えんざい》弁護士としてマスコミに引っ張りだこになり、その後もいくつかの無罪判決を勝ち取っている。

元々、弁護士としての資質があったのだろう。末次は怠け者と言ったが、なにもせずに勝訴は得られないから、心を入れ替えて働き出したのかもしれない。

「ところで野村が逃げた件は、その後どう処罰されたのですか」

「さて、どうなったんだろうな」

首を傾げて唸《うな》る。

「罪には問われなかったんですかね。それとも弁護士の責任もあるけど、警察にも不備はあったと指摘されたのか」

「まあ、署内だったから、問えなかったのかもしれんな。それに検事にしても一審で求刑通りを勝ち取ったんだ。充分だと思ったのかもしれないな。俺にはよく分からん」

「求刑から無期懲役だったんですか」

最近のケースでは被害者が一人でも、死体遺棄が加わると死刑を求刑されるケースが目立つ。

「死刑を求刑すべきという声もあったろうけど、当時の検察はそう結論を出したんだろうな。俺が若い頃は三人殺したら死刑、二人だと半々、一人では死刑にならないが基準だったから」

「二審で無罪になったことで、他の罪までスパッと消えちゃったんですかね」

「法律はスパッとなんか消えないよ。少なくともわいせつ写真の罰金刑は残ったわけだし」

「それってただの罰金刑ですよね」

「そうだな。さぞかし一課は無念だったろうな」

下唇を嚙《か》み首を捻《ひね》った。信楽も今の末次のように悔しさを嚙み締めたに違いない。いつも着ている黒シャツと同じくらいの暗い表情で。

接見終了を伝えなかったという弁護士の作為的なちょんぼが紆余《うよ》曲折、結果的に警察の汚点となった。

あの時野村を有罪にしておけば、今回の女児は殺されなかったと悔やんでいる。忸怩《じくじ》たる思いなのは信楽だけではない、捜査一課全体、いや警視庁職員全員か。

そう言えば江柄子理事官は中野にこう話した。

――十年前の事件だって野村の犯行だよ、俺は今でもそう思っている。

理知的でいつも淡々と事実関係を話す理事官のぐつぐつと煮え立つ腹の中までが、祐里には覗《のぞ》き見えた。

7

茨城県鉾田市から戻って土日休みが明けた月曜朝、野村の逮捕後初めて、洸は信楽に会った。

信楽はいつものように、データベースをチェックしていた。テーブルの横の炭酸水はすでに空になっていた。

毎日、八〜九時間、集中して見続けても、一週間なにも発見がないこともザラなので、なにかありましたかなどと野暮なことは訊《き》かない。

着任当初は「ちゃんと見ているか、さぼってんじゃないだろうな」と言われたが、集中力がついたのか今は信楽から注意されることはなくなった。

茨城への道中で田口から聞いた話だが、今回、信楽には、野村の事件には触れるなとお達しが出ているらしい。

暴力を振るわれた岸が、過去のことまでマスコミに言いふらす恐れがあるからだ。話を蒸し返したくて、岸は信楽が出てくるのを手ぐすねひいて待っているのだろう。

岸は洸の苗字《みようじ》まで知っていたのだ。名前を呼ばれた瞬間は薄気味悪く感じたが、考えてみればいつ信楽が出てきてもいいよう調べているのだ。上層部の信楽を出させない判断は正解だ。当人には不満かもしれないが。

鉾田署には日を置いて、田口と行くことになっている。行って取調べができるのであれば、野村の犯行が疑われる事案をもう少し絞る必要がある。

警視庁管内の各警察署に通達した過去七年のめぼしい類似事件の報告は、日ごとに増えていき、十件にのぼった。

七年まで遡《さかのぼ》ったのは強制わいせつ事件の時効が七年だからだ。

河野すみれ以外にも野村が殺しをやっていれば、日野事件の二審が終わった九年前まで遡らないとならないが、今はとりあえず強制わいせつ事件に絞るよう、田口が所属する五係の係長から指示された。

七年と九年、数字だけ並べればたいしたことはないが、古くなるほど調べるのも当時の関係者に行きあたるのも困難になるため、手間がかかる。

警視庁管内だけでなく、関東近郊、他県の警察本部からも類似事件があると問い合わせが殺到しているらしい。中には被害者が中学二年生だったり、男児だったりと野村の犯行とは考えられないものもある。

闇雲に野村にぶつけたところで、すんなり認めるわけがなく、刑事がなにも証拠を持っていないと分かると被疑者はつけ上がるだけだ。疑いが強まれば他県の警察と協力して野村の余罪を突き止めていくつもりだが、そのためにはまず都内のものから一つ一つ精査していかなくてはならない。

十時半を過ぎた頃、信楽が立ち上がった。

「新宿署に行こうか」

「どうしてですか」

「行ってから話すよ。行っといて損はない話だから」

信楽が新宿で行方不明者でも見つけたのか。昨今の不明者は頭の中に入っているが、新宿署管内のものはなかったはずだ。

地下鉄に乗り西新宿駅で降りる。庁舎が見えるが、信楽は署とは反対方向に歩いていく。

今日も真夏日だ。心の中はずっと灰色のままなのに、ビルの隙間から見える空は青々としていて、憎たらしいほど太陽が照っている。

洸は早くも汗だくになっているが、信楽は顔にわずかに汗が浮かんでいるだけ。一日何本も炭酸水を飲んでいるのに、水分はどこに消えているのか。

「部屋長、こっちですよ」

「飯を食ってから行こう」

「いいですけど」

信楽と食事をするのも最近では珍しくなくなった。他の刑事となら自然と蕎麦屋《そばや》か中華になるが、信楽とは洋食が多い。信楽が喫茶店で卵サンドと紅茶を頼んだ時は、彼のスマートなイメージにあまりにしっくりして、自分が注文しようと決めていたものを忘れてしまった。

この日に入ったのも洋食屋だった。ランチタイムの前だったため、店内は空《す》いていた。

「俺はオムライスにするわ」

オムライスは二種類あり、信楽は「昔なつかしい」、森内は「半熟卵がトロ〜リ」というのを注文する。二人の分が一緒に出てきた。信楽はしっかりとご飯を覆った卵にウスターソースをかけた。森内のオムライスには半熟卵の上にデミグラスソースがかかっていたので、かき混ぜながらスプーンですくう。

「部屋長って卵料理が好きなんですか」

「オムライスくらい誰だって食べるだろ？」

「この前、喫茶店でも卵サンドだったし、ハンバーグを頼んだ時には目玉焼きが載っていましたし」

「たまたまだよ。だいたいハンバーグに目玉焼きが載ってるなんて、出てくるまで知らなかった」

「和食より洋食が好きなのではないですか」

「森内は俺のことを、長シャリは食わない、古いタイプだと思ってるんだろ？」

「いえ、そんなことは思ってませんよ。それに部屋長は見た目も若いじゃないですか」

否定したが心の中を読まれたのかと思ったほどドキリとした。

刑事は捜査中に麺《めん》類は食わない。事件が延びてほしくないというゲン担ぎもあるし、出前が届いたところに呼び出しなどがあると戻って来た時には麺は伸びている……そうした言い伝えがあるせいか、最初に刑事になった大森署でも次の野方署でも、先輩刑事に倣って蕎麦屋なら丼物、中華ならチャーハンや定食を頼んでいた。

「でも部屋長は、麺類はあまり頼まないですよね」

「あまり腹の足しにならないからだよ。夜は酒のつまみ程度しか食べないようにしてるから」

まったく隙のない腹をさする。酒が好きなのかと思っていたが、体形にも気を遣っているようだ。

「なるほど、昼はしっかり食べる派なんですね」

「確かに昔は長シャリは食わない刑事が多かったよ。だけど今時、食うなと言ってる刑事がいるとしたら、そういう者は刑事の仕事に酔ってるだけさ」

マイペースで仕事をしている信楽から、他の刑事の悪口を聞くのは珍しい。ただし誰かを指したわけではなく、一般論として言っただけだろう。仕事に酔っていると言ったからには、捜査一課にいるからといって、けっして偉そうな顔をしたらいけないぞと、洸に対しても言っておきたかったのではないか。

「森内はビールはキリンを飲まない、飲むのはサッポロだけとか言うんじゃないだろうな」

「そんな迷信でホシが捕まえられるとは思っていませんよ」

キリンは逃げ足が速いから飲まない。一方、サッポロはラベルに星マークがあるから、ホシを摑むという意味で好む。これも昔から刑事内で言われている。

否定はしたが、洸はこれまではビールはサッポロ一辺倒だったし、引ったくり犯を取り逃しかけた後輩が、一番搾りを注文した時には「そんなんだからホシに逃げられそうになるんだよ」と説教したこともある。

信楽が言ったように刑事は自分の仕事に自己陶酔しがちだ。とくに捜査一課は。

花の一課だと威張るのは論外だが、市民が恐れる凶悪事件を必ず解決してやると気概を持つのはなにも悪いことではない。過労死、みなし残業……世間が働き方改革にうるさくなっているこのご時世でも、警察が残業せずに事件の捜査を打ち切れば、マスコミや国民から非難を浴びる。

「森内、もう少しきれいに食えよ」

顔を上げると信楽が目を背けていた。皿の上で卵とデミグラスソースを混ぜていたスプーンが止まる。

一方の信楽は、卵が硬めのオムライスをナイフででも切ったかのようにきれいに切って食べていた。

「すみません、半熟だと混ぜたくなるんですよね」

「森内はカレーも最初に全部かき混ぜるタイプだったよな」

「そんなことはしませんよ」

「いいや、この前、カレーを頼んだ時、そうやって食べていたよ」

「それは残り半分くらいになってからでしょ」

あの日、信楽はつけっぱなしになっていた昼の情報番組を見ながら食べていた。なにが面白いのかと不思議でしかたがなかったが、テレビに興味があったわけではなく、単に洸の食べ方を見たくなかったのだ。

「美的感覚がない男というのは嫌だな。うまいものでも不味《まず》く見えるよ」

「なにもそこまで言わなくても」

かき混ぜられるのが嫌なら最初に言ってほしい。卵がやわらかいオムライスがある店に入らなければよかったのだ。

「森内は最初の現場で、ホトケはしっかり見られたか」

「そりゃ仕事ですからね」

独り暮らしの中年男性の首つり現場だった。糞尿《ふんにょう》が漏れ、耳から体液が出ていた。死後時間が経っていたことから死臭も酷《ひど》かったが、警察学校で教わった通り、遺体についての特徴をメモした。

「俺はダメだったよ」

「えっ」

「引きこもりの息子が、母親をナイフでメッタ刺しにした現場だったけど、部屋にまき散らされた血を見ただけで、気持ち悪くなって、吐いてしまった。鑑識に『現場を汚すな』って怒鳴られるし、もう散々だったよ」

　どんな些細《ささい》なことも注視する信楽に見られないものがあるなんて……鑑識に怒られているシーンすら想像がつかなかった。この人なら、電車の飛び込み自殺後の飛び散った内臓でも、普通の顔して拾えそうなのに。

「血がダメだったんですか」

「そう、血だよ」

「もしかして部屋長は血が付いたときのことを考えて、黒シャツを着られているんですか」

　まさかと思いながらも尋ねる。

「そうだよ」

　正解だった。

「新人の頃から黒いシャツを着てたんですか」

「最初は白を着てたさ。だけど所轄のデカの頃、被害者を介抱してたらシャツに血が付いて。その日は一日中気持ち悪くて。それで血が付いても目立たない黒に変えたんだ」

　そんな理由だったとは。トイレでも必ず石鹸《せっけん》を使って丁寧に手を洗うきれい好きの信楽らしい。だが……。

「森内は今、そんなんでよく刑事になったなと思ったろ？」

「い、いいえ、思ってませんよ」

「いいや、そういう顔をしてたよ」

「部屋長の勘繰り過ぎですって。血が苦手でもこうして捜査一課で重要な仕事を任されているんだから、部屋長はすごい人なんだなと感心したんですよ」

「全然、感心しているようには見えなかったけど」

時々この人は読心力があるのかと驚く。

「それで現場を汚した後はどうなったんですか。所轄に帰ってからは」

今は昔ほどパワハラ体質ではなくなったが、信楽の時代なら、今すぐ警察官をやめちまえと罵倒《ばとう》されたのではないか。

「それが同行した先輩が優しい人でな。上司には黙っていてくれた。でも顔は呆《あき》れてたな。帰り際にその先輩から言われたんだけど、なんて言われたと思う？」

「なんですかね」少し考えて、「遺体から目を背けているうちは事件の本質は見えないぞとか？」と言った。信楽は噴き出した。

「そんなテレビドラマみたいなことを言う刑事がいるのか？　いたら会わせてほしいよ」

「まぁ、いないでしょうね」

自分でも口にして恥ずかしくなった。

「先輩からは、今度解剖に立ち会おうと誘われたよ。解剖見学後に飯が食えれば、どんな遺体も平気になるって。ヤクザが刺殺された解剖で、できるだけ目を背けないよう頑張ったけど、出てくる黒いのが血かと思うと気持ち悪いし、裂けた皮膚から覗《のぞ》く内臓を見てられなくて、そこでもゲーゲーやってしまった」

気にすることなくオムライスを食べていたが、信楽の言っている内容がすべて映像に変換され、途端に食欲が失《う》せた。

「部屋長、僕はまだ食べてるのに、そんなグロい話をしないでくださいよ」

「森内も普通の感覚を持ってるのか。それは安心したよ」

片側の頰を持ち上げて笑った。実際は血など苦手ではなく、作り話をしているのではないか。いや毎日黒シャツを着ているし、仕事も生々しい事件現場には行くことがないのだから、本当なのだろう。

「ところで、その後、家庭はどうだよ」

夫婦の事情を話したのは、長くやっても効率が悪くなるだけだから定時で帰れと言われているのに残業しているのを指摘されたからだ。気になる内容があった時は、説明すれば信楽は残業を許してくれる。だがなにも発見はなく、しかも残業するのが休日前の金曜日に集中していたことから、「森内は家庭がうまくいってないんだろう」と見抜かれた。

この人にはなにを隠しても無駄だと、恥を忍んで話した。一課長から内々示を撤回された時に、妻にひどいことを言ったこと、それまではまったく気にならなかった妻の昔の交際相手が気になりだして、妻とすることが、寝取られたことに興奮しているようで、夫婦生活を避けていることまで。

——ちっちゃい男だな、森内は。

鼻で笑われ、その時には話したことを後悔した。

「旅行に行ったんだろ？　環境が違えば少しは変わったんじゃないのか」

どうせまた馬鹿にするくせに、心配してくれたようなことを言う。

「まぁまぁですかね。最近は早く帰るようにしてますし」

ごまかした。そう言えば「ちっちゃい男だな」と笑った後、信楽には「会話をする時は必ず奥さんの顔を見て話した方がいいぞ。そういうところが大事なんだから」と言われた。それ以来、とりとめのないことでも意識して菜摘を見て話をするようにしている。

顔を見たからといって、菜摘が髪を切ったのも、新しい服を買ったのも気づかないが、ぎくしゃくしていた夫婦関係が少しは修復できた気がする。最近の菜摘は、これまで以上に昼間の出来事や、咲楽のことを話してくれる。

「まぁまぁと言うってことは、相変わらずできてないんだな」

「うちの夫婦の話は放っておいてくださいよ」

また信楽に笑われると思い、洸はそっぽを向いた。

「美人の奥さんは大変だよな」

予想に反して気を悪くしていない言葉が返ってきた。

「別に自分が余計なことを気にしたからいけないんですけどね」

警察官と交際していた事実を知って結婚したのだ。田口からは止められたのに。

「俺が大変と言ったのは、森内じゃなく奥さんのことだよ。モテるがために、やきもち焼きの旦那《だんな》に、昔のどうでもいいことまで勘繰られるんだから」

やっぱり器の小さな男だと言いたいようだ。

「部屋長はご家族は？」

妻どころか子供の話も聞いたことはないが、何度か迎えに行った自宅は一戸建てだったから家族はいるのだろう。

「俺は三年前に離婚した」

「そうでしたか。この仕事をしてたら仕方がないですよね」

家庭を顧みなかったことで、愛想を尽かされたのだろうと思った。熟年離婚は警察内でもよく聞く。

「仕事のせいじゃないよ」

「じゃあ、性格の不一致とかですか」

「元妻は、法律で許される百日ちょうどで再婚した。ということはどう思う？」

「どう思うって、なにも思いませんけど」

「別れる前からその男と付き合ってたんだよ。そうでなきゃ簡単に相手は見つからないだろ」

屈辱的なことを平気な顔で話す。言葉を返すのに時間を要した。

「そのこと、部屋長は知ってたんですか」

「知ってたわけないじゃないか。知ってて普通に接してたら、ただの変態だろ」

「べ、別に、自分はそういう意味で言ったんじゃないですよ」

妻の過去の男を忘れようと努めているのに、そんなことを言われたらまた思い出してしまうではないか。

「それより、部屋長、早く新宿署に行きましょうよ」

残りのオムライスをまとめて口に入れて、立ち上がった。

「向こうも待っているな」

時計を見た。間もなく十二時になる。昼休みに合わせたということは、新宿署は野村の余罪とは関係ないのか。

しかし信楽が離婚しているとは。どうりで毎朝、二日酔いの息で会社に来るはずだ。一人暮らしなので寂しいのだろう。しかもその理由が妻の浮気とは。

感情を見せない信楽だが、自分から元妻の話をするくらいだから、まだ未練があるのか。いや妻の顔を見て会話をしろと洸にアドバイスをするくらいだから、元妻の気持ちが他に移ったことを後悔し、反省しているのかもしれない。

新宿署には十二時五分に到着した。刑事課の強行犯・盗犯のヤマは全員出払っていて、泉吉彦《いずみよしひこ》刑事課長が一人で待っていた。

いる。

「部屋長お待ちしていましたよ」

顔を見るや泉が立ち上がる。泉もかつて二係捜査を信楽とともにやっていたと聞いている。

「森内くんも久々だな、二年振りくらいじゃないか」

「覚えていていただき光栄です」

野方署時代に捜査資料をもらいに来た時に顔を合わせただけだが、やり手と言われる刑事課長に顔と名前を憶《おぼ》えてもらえていたとはこれ以上嬉しいことはない。

「なんだよ、二人とも知り合いだったのか」

「知り合いってほどでは」洸が遠慮しながら否定すると、泉も「一度、会っただけです」と答えた。

「わざわざ俺が来るほどのこともなかったな。まぁいいや。森内が野村の事件を調べているんだ。泉、あの時のことを話してやってくれないか」

「話してやってくれって、まさか」

どうして信楽が新宿署に行こうと言ったのか合点がいった。

「そうなんだよ、部屋長の下で二係担当になった直後に、日野事件の捜査に入ったんだ。自分の刑事人生の中で痛恨の極みとなった事件の、あの時の被疑者が勾留《こうりゅう》されていた新宿署に、刑事課長として着任するとは思いもしなかったけどね」

信楽の前であるにもかかわらず、泉は気にせず日野事件について話した。信楽と一緒に仕事をしていたなら、泉にとっても悔しさは同じだろう。

「そう言えば野村は最初、歌舞伎町で逮捕されたんでしたね」

「一課にも逮捕された三人の資料は回ってきたけど、他の事件に夢中になっていた俺は、軽く目を通しただけで、部屋長に報告もしなかった」

「泉課長は何年二係捜査をやられたんですか」

「三年三ヵ月だよ」

そこで信楽が口を挿《はさ》む。

「東村山《ひがしむらやま》署の香田《こうだ》のあとが泉だよ。その次の担当は、今年の人事で小岩《こいわ》署の刑事課長になった」

全員、刑事課長になっている。所轄の刑事課長だから階級は警部。とくに新宿署は都内に十八ある大規模警察署の一つだから、課長の中でも格が上になる。

「皆さん、出世されているんですね」

「中には一ヵ月くらいで、自分にはこんな地味な捜査は向いていないので替えてくださいと直訴してきたヤツもいたけどな」

むしろやめていった刑事の気持ちの方がまだ分かる。洸自身もこれまで何度、信楽に言い出そうか迷ったことか。

行方不明者届や捜査記録を一日中見続けることが億劫《おっくう》なこともあるが、何よりなかなか成果が出ないことに達成感がなく、モチベーションを維持できない。

それでも捜査一課内には世田谷《せたがや》一家殺害事件など、事件発生から十九年になるのにいまだ容疑者も出ていない未解決事件を追いかけている係もある。逃げ出してたまるかと、自分を発奮させてここまで頑張ってきた。

「泉は三年三カ月で何件解決したんだっけ?」

信楽が惚《とぼ》けた顔で訊《き》いた。

「恥ずかしいこと言わせないでくださいよ。三件ですよ」

「三件もですか」

声をあげたのは洸だった。

「おいおい、きみは一年で二件解決してんだろ。もう俺の三年三カ月にリーチじゃないか」

「僕はなにもしていません。全部、部屋長が解決した事件ですから」

「俺だって同じだよ。三年三カ月いたけど、端緒を見つけたのも、被疑者を落としてホトケの居場所を自供させたのも全部、部屋長だ」

泉も自分と同じように無我夢中で二係捜査に取り組んだのだろう。それこそ信楽が今、なにを探しているのか、なにを根拠に端緒になったと判断しているのか、分からないまま。

ところが信楽から「違うだろ」と否定的な言い方をされた。

「違うってなにが違うんですか」

三件の中に泉が解決した事件があるのかと洸は思った。信楽は洸の顔を見て、硬い表情でこう述べた。

「俺と泉がコンビを組んだ三年三ヵ月で解決した事件は四件だよ」

増えた一件がなにを指すのかすぐに分かった。

「そうでしたね、大事な一件を忘れるところでした」

泉も表情を引き締めた。「その一件のおかげで、あの鼻につく弁護士がメディアに取り上げられるきっかけを作ってしまいましたからね」

怒りをぶつけるように、泉が右手で作った拳《こぶし》で左のてのひらにパンチを入れる。

「どれもこれもが、あいつが作った虚像だよ」

信楽もつまらなそうに吐き捨てた。

「はい、めっきはいつか剝《は》がれますよ」

精いっぱいの強がりにも聞こえなくはなかったが、二人とも当時の悔しさを忘れていない。むしろ今回の事件で増幅している。

「部屋長、森内くんに当時の事件について説明しておきます。部屋長は戻られるんでしょ？」

「やる仕事が山ほどあるからな」

山どころか、頂きも見えないほど行方不明者は途方もない数だ。

「わざわざ来ていただきありがとうございました」

「いいんだよ、俺もたまには泉の顔を拝みたいと思ったから」

「拝むというのはマル暴とか悪いヤツの顔を見る時に使う言葉ですよ」

「違うよ、怖い刑事も拝む、だ。被疑者に怖がられる刑事イコール、有能な刑事だ」

「一課きっての鬼刑事にそう言ってもらえるとは光栄です」

泉が頭を下げたので、洸も「部屋長、ありがとうございました」と礼を述べた。

「行こうか。森内くん、別室を取ってあるから」

泉は顎《あご》でしゃくった。

8

学生アパート一階の六畳間には、五人が間を詰めて座り、若い男女の体温で部屋は蒸しあがっていた。

岸がこの部屋に来たのは同じ法学部の女子学生、木坂尭子《きさかあきこ》に誘われたからだ。

大学在学中に司法試験合格を目指していた岸はサークルにも入っておらず、友人がいなかった。

ただ法学部のマドンナと呼ばれていた尭子とは、学籍番号が隣同士ということもあり何度か喋《しゃべ》った。

ここに来たのも、昼休みに本を読んでいた時に尭子から、「私のゼミでパリコミューンについて研究しているんだけど、岸くんはなんでも詳しいから教えてくれないかな」と誘われたからだ。

パリコミューンとは一八七一年、普仏《ふふつ》戦争後に侵入したプロイセン（ドイツ）に反対したパリ市民が蜂起《ほうき》して作った世界最初の労働者政権。いわゆるアナーキズム思想の先駆けと言われている。

アナーキズムは無政府主義と訳されることが多いが、本来の意味はそうではない。強い政治的権力を否定し、個人の合意のもとに個人の自由が重視される社会を目指す思想のことである。

法律家を志す岸には、定められた法律を否定する論外の思想ではあったが、政府のない国家がどのような秩序に維持されていたのか興味を持って関連する授業を取った。教授から発言を求められ、自由主義的な立場である個人主義的アナーキズムは新しい秩序を生むが、社会主義的な立場である社会的アナーキズムは、支配者に都合のいい既存の秩序に支配されるだけだと意見を述べた。

木坂尭子が近づいてきたのはその発言をした後だったから、それで仲間の勉強会に誘ってきたのだろう。

彼女がアナーキズムに関わるようなゼミを取っているとは初耳だった。法学部の全員が法律家を目指すわけではなく、多岐にわたる将来展望を持っている。学生運動は下火になっていたが、法律の立場から既存の政府に異を唱え、新しい政府の形態を求める研究をする学生は、彼女以外にも多数いた。

　ところが指定されたアパート一階の一室にいくと、男女四人が豆電球一つの薄暗い部屋で、瓶ビールをグラスに注いで飲みながら、どうでもいい話で駄弁《だべ》っているだけだった。

　アナーキズムどころか、英国のプログレッシヴ・ロックと呼ばれるジャンルのバンドについて「彼らは人間に潜む狂気について歌っている。俺にはそう聞こえたよ」「日本人ももっと曲に政治と思想信条を織り込むべきよ」「そうなれば学生と労働者がまた一つにまとまって、権力の横暴を封じ込められるのにな」などくだらない話で盛り上がっていた。

　一番よく話すのがこの部屋の借り主で、長髪で分厚い眼鏡をかけた男。恋人なのか、隣に座る髪が腰まである女の肩に、男は何度か手を回した。

　あとの二人は尭子と、細身の二枚目の男だった。

　岸も尭子の隣に座ったが、岸より、その二枚目の方が幾分尭子との距離は近い。

　部屋全体にどこか淫靡《いんび》な雰囲気が漂っていた。勉強会のつもりで来た岸は、ここにいるのは時間の無駄だと帰るタイミングを計っていた。

「ダイナマイトに必要なものってなんだと思う」

　眼鏡男が急に話を変えると、二枚目が「そりゃ火薬だろうよ」と答えた。

「火薬なしで作るんだよ」

「やめなよ、そういう話、岸くんが困ってるじゃない」

堯子が止めてくれた。

「いいじゃないか、クイズみたいなもんだ。岸なら知ってるだろ」

「俺は興味ない」

「岸は知らないんだな」眼鏡男が見下したように笑った。

「一つはセリグナイトだろ」

むかっ腹が立ち、知識が口から出る。岸が言ったのはプラスチック爆薬のことだ。ニトログリセリンが染み出さないので使用に便利だと、海外のテロ組織が使っている。

「一つはと言うことは他にも知ってるんだろ」

「興味ないって言っただろ」

知っていたが回答を拒否した。その言い方に眼鏡男は挑発されたと感じたようだ。仄《ほの》暗《ぐら》さの中でも顔が紅潮したのが分かった。

「岸はなにか腹が立つことはないのかよ。社会をめちゃくちゃにしてやりたいとか。堯子が岸はいつもなにかに怒ってるというから呼んだんだぜ」

「別に怒ってなんかいねえよ」

「やっぱり怒ってるじゃんか」

今度は二枚目が言って、残りの三人が笑った。

岸は余計に腹が立った。俺が怒っているのはおまえらに対してだよ、こんなところで学生運動ごっこをしてなにが楽しいんだ、プログレッシヴ・バンドが流行の先端みたいに言ってるが、おまえらはこの時点で時代から取り残されている。そう腹の中で罵《のの》った。

「ねえ、岸くんって司法試験目指してるんでしょ。よど号事件みたいなことってないの」

眼鏡男にしなだれかかっている髪の長い女が訊いてきた。

「よど号事件みたいなことってなによ」と尭子が尋ねる。

「ハイジャックみたいな新しい犯罪よ。ハイジャックは想定されていなかったから、あの時に彼らを捕まえたところで、法律で裁けなかったんでしょ？」

「そんなことはない。捕まればなにかしらの法律で裁かれる。法律というのは多角的だ。解釈によっていくらでも見方を変えられる」

そう言い返したところで、眼鏡男がちょっかいを出してくる。

「それだと権力者が自分たちに都合の悪いことを治安維持と称して、国民をいくらでも処罰できるということだよな。岸って国家の犬みたいだな」

「なんだと」

「おまえ、法律家を目指してんだろ。そこは既存の法律の解釈ではなく、おまえが新しい法と秩序を作り上げて、国民を権力から守るべきなんじゃないのか」

「なんで俺が守らなきゃいけないんだよ」

こんな連中の相手はしていられないと、席を立とうとした。

た。

「待って」

尭子に手を摑《つか》まれた。女性との交際経験がなかった岸はそれだけで鼓動が激しくなった。

尭子が空いたグラスにビールを注いでくれたので、それを飲んでから帰ることにした。

すると廊下から足音が聞こえ、ドアが激しく揺らされた。

「開けろ」

ドアが叩《たた》かれ、怒鳴り声がする。

「やばい、マッポ（警察）だ」

そう言って眼鏡男は女の手を引っ張り、正面の窓から出て柵《さく》を飛び越え、二枚目男は、横の小窓から逃げた。武装した警官が部屋に入ってきて、窓の外からライトで照らされ、日の出のように明るくなった。

なにが起きたのか分からないまま岸は立ちどころに警官に取り押さえられた。尭子も逃げようとしたが、足が絡まって、警官に捕まっている。

「痛い、やめて」

両肩を押さえられた尭子が岸の顔を見た。

俺に助けを求めている。

「やめろ、木坂さんから離れろ」

腕を背中の方にひねられていた岸は、暴れて警官を振り払い、尭子を押さえつけている警官を突き飛ばした。

「この野郎」

警官に後ろから警棒で頭を殴られた。目の前がくらっとしたが、尭子の体から手を離さなかった。今度は顔を殴られた。

歯が折れた嫌な音とともに、口の中に金属を舐《な》めたような気持ち悪さが広がった。

逃げた三人も身柄を確保されていて、五人は警察に連行された。

警察署では凶器準備集合罪で逮捕状が出ることを公安警察から知らされた。

どうやら眼鏡男たちは、爆弾を作って大きなテロ行為を企てていたようだ。眼鏡男のアパートの屋根裏からは、自家製のダイナマイトが見つかったという。

一度は逮捕されたものの、初めてあのアパートに行った岸は、三日間留置場で過ごしただけで無罪放免された。

学生の逮捕の報道を受けて、大学は処分会議に入っており、釈放が数日遅れていたら、岸も除籍処分になるところだった。

気になるのは木坂尭子のことだった。彼女に誘われたからあのアパートに行ったのだ。しかも逮捕された中に尭子は含まれていなかった。

取調べをした刑事に尭子のことを尋ねた。その話になると彼らはバツが悪そうに口を噤《つぐ》んだ。

次第に事情を察した。彼女は公安のスパイだったのではないか。だから彼女は無理に逃げなかった……。

それならどうして警察が突入する危険な日に岸を誘ったのか。今度はそのことが解せなくなった。体を押さえられた彼女が岸の顔を見なければ、警官を突き飛ばさなかった。無防備のまま警棒で殴られ、前歯を失うこともなかった。

岸はその後、目標通り、在学中に司法試験に合格した。すでに卒業に必要な単位を修得していた大学四年の後期、旅に出た。行き先は木坂尭子の故郷である佐賀県だった。

友人などを当たってどうにか彼女の実家は分かったが、歓迎してくれたわけではなく、尭子の名前を出した途端に家族は家に閉じこもった。

仕方なく村を歩いて訊いて回った。

驚いたことに自分より幼く見えた尭子の実年齢は、岸より四つも上だった。神戸《こうべ》の女子大に進学したものの、中退して洋裁学校に入ると両親に手紙を寄越《よこ》したきり、連絡が途絶えていたそうだ。

それが半月ほど前、彼女は五年振りに実家に戻ってきた。顔はやつれ、体もやせ細っていた尭子は、二日後の夜、裏山で首を吊《つ》った。

ショックを受けたが、納得できずにその後も尭子について調べた。

彼女は神戸で学生運動に参加、そこで検挙されていた。

どういう事情か起訴されず、その後は学校にも戻らなかったようだ。おそらくスパイとなって、東京の大学に潜伏することを命じられたのだろう。

大学内には学生になりすました公安警察が隠れていると聞かされていた。だが一般の学生にまでなりすましているとは、想像もしなかった。

一番の謎は彼女がなぜ岸を巻き込んだのかということだ。

あやうく除籍処分にされ、起訴されていれば法律家になる道も断たれていた。

それでも彼女に対して怒りが湧くことはなかった。


法律事務所が入るフロアのトイレで、岸は鏡に映る自分の顔をしばらく見つめた。

来年には六十六になるが、生気のあふれた男が見返してくる。

他人からはどう見えているかは知らないが、この顔には劣等感でいっぱいだ。

口を横に広げた。喫煙者でもないのにヤニ焼けしたかのように前歯が黄ばんでいる。

貧乏学生だったため、失った前歯をすぐに入れることができず、しばらく知り合いの前で口を大きく開けて喋《しゃべ》ることもできなかった。

念願の司法試験に受かってから、ローンを組んで差し歯を入れた。

何軒か回って一番安い歯医者を選んだせいか、前歯だけがいかにも差し歯と分かるくらい他の歯と色が異なり、笑うとすきっ歯になる。

五十代半ばになってようやく貧乏弁護士から脱却した。イソ弁を含めたら十数人を抱える法律事務所を開き、充分な収入を得られるようになった。歯の治療法もその頃には進化して、いくらでもきれいで形のいい歯に替えることはできるが、この歳になって急いで替えることもない。そう思って今に至る。

気になるのは前歯だけではない。元から笑うと露出する上の歯茎が、子供の時からコンプレックスだった。歯科医に相談すると上顎の骨の形状、もしくは顔面筋肉の影響らしく、治すには結構大がかりな外科治療が必要らしい。

歯茎が少しでも目立たなくなればと口髭《くちひげ》を生やし始めたが、髪の毛と一緒に白くなり、余計に口許《くちもと》が目立つ。

岸のような歯茎が見える顔を「ガミースマイル」と呼ぶらしい。ネットを見た時、「またガミー弁護士が〜」という書き込みが目に留まった。若い女性弁護士に「ガミーってどういう意味だ」と尋ねると、彼女は困惑した顔で「知りません」と答えた。ネット検索して、容姿を弄《いじ》られていると分かった時は、不愉快な気分になった。

――その尭子って女子は、二枚目の男子学生が好きだったのよ。だけど警察のスパイだったんでしょ。そんなの答えは簡単じゃない。

二十七で結婚した直美《なおみ》からは、まるで女心が分かっていないといった呆《あき》れ顔で言われた。

――好きとスパイがどう関係があるんだよ。

――警察が踏み込んできた時に、あなたが逮捕されて、その男が逃げてくれたらいいと思ったのよ。

――バカ言うな、外にも警官がいて包囲されてたんだ。

いきなり煌々《こうこう》としたライトに照らされて、まるで太陽の中にいるような眩《まぶ》しさに目を瞑《つぶ》った。あの光は今も夢の中でフラッシュバックする。

――警官がいようがいまいが、逃げればなんとかなるかもしれないじゃない。その女があなたの顔を見たのは、あなたには逃げずに捕まって欲しかったからよ。それを助けを求めてるって勘違いするなんて、どれだけ思い違いしてるのよ。

――うるさい、なにも知らないくせに想像で物を言うな。

貧乏弁護士時代を支えてくれた直美との間には一男一女を儲《もう》けたが、愛情はやがて冷めた。その原因は遠慮のない口にある。

刑事事件専門の弁護士になったはいいが、起訴されたら日本の司法制度ではひっくり返すことはほぼ不可能だった。警察の違法捜査や暴力をマスコミに訴え続けても、若い無名の弁護士の主張など新聞、テレビは取り上げてくれず、およそ三十年、食うのもやっとの貧乏弁護士の時代が続いた。敗訴するたび、直美は「こんな無駄なことをやめて、お金になる弁護をしたら」と気を削《そ》ぐことばかり言ってきた。

何度負けようが、刑事事件から手を引こうと思わなかったのは、木坂尭子の誘いに乗ったあの夜の出来事があったからだ。

警官隊に両肩を押さえられ、眉《まゆ》をひそめて助けを求めた尭子の顔は、あれから幾度となく岸の脳裏に去来した。

彼女がどういう過程で公安のスパイにされ、岸の大学に潜伏させられたのか。おそらく彼女が望んだことではない。

女が学生運動で逮捕されたことは一生の疵《きず》になる、それならスパイになれ、そうすれば逮捕記録を消してやる……警官がそう唆したのだ。やらなければ故郷にバラすと脅したか。やるしか選択肢はなかったが、彼女は友人を警察に売った悔いがあった。そうでなければ逮捕を免れた彼女が、故郷に戻って死ぬことはない。

たとえ直美が言ったように、あの部屋にいた二枚目男に恋心を抱いていて、その目くらましのために岸を利用したとしても、一般人を巻き込み、その結果、死に至っても平気な顔をしている警察への憎悪の火は、心の奥底から消えることはなかった。


トイレを出ると、同じタイミングでエレベーターの扉が開き、女性が出てきた。

「ボス、お疲れさま」

「ご苦労さん」

山田杏里、岸法律事務所の一番のやり手で稼ぎ頭だ。

刑事事件を多く扱う岸法律事務所だが、かといって凶悪事件の被疑者だけでは、事務所経営は立ち行かない。

彼女には会社を解雇された経営者や創業家、あるいは高額の賠償が関わる経済事件などを扱わせている。

他にも有能な弁護士はいるが、それも同様だ。きれいごとだけでは、かつての岸のように生活を切り詰め、毎月の返済や支払いに追い詰められ、いつ廃業の危機を迎えるか怯《おび》えながら弁護士稼業を続けていくことになる。

刑事事件は岸を中心に、若手が調査要員としてヘルプする。最近はなんでも受けるのではなく、事件の性質や被疑者の性格や背景などもよく調べて受任するようにしている。元検事がいれば、捜査手法を把握でき、検察側の攻撃方法を見極めて弱点を見つけやすいが、検察も虫が好かない岸は、これまで一人もヤメ検を雇ったことはない。

その分多少のことでは挫《くじ》けないメンタル、そして警察や検事の手抜きを見つけるだけの根気、そうした執念深さがこの法律事務所に勤務する者には求められる。

「外にテレビ局がいましたよ」

勝訴しても他の弁護士のように笑みを見せることのない山田は、冷めた顔で言った。

「訊かれたかね、野村の弁護人は引き受けないんですかと」

事件が発覚して以降、岸もマスコミに会うたびに同じ質問をされる。

「私は訊かれませんよ。テレビ局は私のことを魔女のように恐れていますから」

岸の仕事の手伝いをしていた頃、彼女もテレビカメラに映った。そのことを情報番組のコメンテーターが「あの事務所にこんな美人弁護士がいるってことが、一番の驚きでした」と茶化した発言をした。

山田はテレビ局と週刊誌の双方に抗議文を送った。そうしろと命じたのは岸だが、内容はすべて彼女が考えた。公共の電波で容姿について発言し、それを周りが一緒に笑う行為を許していいのか。男尊女卑、性の多様化、ルッキズムについての意識が旧態依然としたテレビ局には欠けていると列記し、局に謝罪を求めた。

差別に関することでもない限りは謝らないテレビ局が、翌日の番組で謝罪した。以降、事務所の弁護士は、岸以外テレビどころか新聞、雑誌にも載ることはなくなった。

「魔女なら魔法だからまだいいと思っているんじゃないか。だけど法律は解けないからな」

冗談を返したが、彼女に聞き流された。

「それより野村の依頼は受けないつもりですか。ボスはわざわざ鉾田まで行ったのに」

野村とは鉾田の現場の確認後に接見した。顔を見たのは八年振りだ。野村は岸の顔を見ると、「すみませんでした、先生」と泣き崩れた。

弁護してくれると思い込んだようだが、岸は受任についてはなにも言わずに帰ってきた。泣いていた野村は、最後は呆気《あっけ》に取られていた。

「当然、受けるよ。すでに高垣を鉾田に行かせている」

高垣徳也は五年目の弁護士で、事務所ではあまり出来がいい方ではない。

「高垣くんはなんと」

「レンタカーを借りたのは間違いなく野村でしたとか、防犯カメラに映っていたのは野村で間違いないようだとか、警察の後追いばかりやってる。そうした捜査をしたければ刑事になれば良かったんだ」

「おっしゃる通りですね」

山田は愛想笑いで同調した。仕事ができる彼女は、心で思ったことと真逆の態度を見せることもできる。本音では高垣がしていることのなにに不満があるのか、一つ一つ裏付けを取ることも弁護の基本であると異議を唱えているのではないか。

岸にしたってそうして丁寧に調べていく姿勢に異論はない。

だが何十、何百人体制で捜査している警察と同じことを、数人の弁護士がしても勝てる要素は見つからない。

「弁選（弁護人選任届）を出さなかったのは、あの馬鹿者にいつでも助けてもらえると甘く思われるのは癪《しゃく》だからだよ」

「さすがに今回は助けることは無理でしょう。証拠もばっちり出ていますし」

「有罪確定だから弁護は引き受けないとなると、刑事事件の弁護士などいなくなってしまうぞ」

「そうですね、無罪にすることだけが目的ではないですものね。失礼しました」

頭の回転の早い彼女は殊勝に頭を下げた。

無罪にすることだけが目的ではない、彼女はそう言ったが、岸の考えは違う。弁護士バッジを手にした時から、いかにして警察や検察の決定を覆して恥をかかせてやろうか、そう思って負けても負けても立ち上がっては不利な裁判に臨んだ。

裁判で勝つには、なにを論点にするかにかかっている、前回、野村を担当した時期にそのことに気づいた。

マスコミの前では念入りに調査を重ねただけだと控えめに答えたが、岸が考えた戦術は、他の誰も思いつかなかった。一審の判決が覆ることがほとんどないと言われている高裁の裁判官が、過去に逆転無罪を出したことのある判事だったことも僥倖《ぎょうこう》だったが、岸としては見事なまでに法の盲点をついたつもりだった。その上、検察に上告をさせなかった。

「ということは受けるつもりなのに、ボスは泣き顔だけ見て戻ってきたってことですね」

「第四の弁護士会の晴れの舞台を野村は汚したんだ。少しはお灸《きゅう》をすえる必要はあるだろ」

「それは警察が意図的に逮捕事実の発表を遅らせたと、ボスは憤っていたじゃないですか」

「にしても一日、二日の違いだぞ」

「そうですね、なにも十年間、抑えていたのに、今やらなくてもいいですね」

「初めてやったかは分からないけどな」

岸が言ったことが引っかかったのか、彼女は眉を寄せた。

「俺が今、初めてかは分からないと言ったことを、山田くんは日野事件も野村の犯行だと思ったかね。それとも日野事件は判決通り無実だったが、この十年間に未発覚の事件を起こしたと思ったかね」

「それは……」ずけずけ物が言える彼女でも即座に口にできなかった。「後者ですかね」

十年間の間に未発覚の事件を犯しているかもしれないと答えた。実際浮かんだのは違うことだろう。

「どっちでもいいか。ただ俺が調べるのはきみが言った通り、後者だ」

「でもこのままだと日にちばかりが経って、起訴されてしまいますよ」

「どうせ起訴はされるんだ。俺の出番はそのあとだよ」

「そうですね、不起訴や示談ではなく、法廷勝負に持ち込むのがボスの戦術でしたね」

「受けるとは言っていないが、野村にはすべて否認するように伝えてある。警察の厳し
い取調べにどこまで耐えられるかは分からないけどな」

「ボスがどんな方法を取るのか楽しみにしています」

ちょうど二人並んで部屋に入った。彼女は手前の席に座った。一番奥の自席に岸は戻
る。急にやる気になって秘書を呼んだ。

「明日、また茨城に行こうと思っている」

「はぁ」

しばらく野村のもとには行かないと伝えていただけに、彼女も戸惑っていた。

「取調べの調書を見せるように鉾田署に連絡しておくよう高垣に言っておいてくれない
か。言ったところで素直に見せやしないだろうけど」

高垣はどうせ役に立たないだろうから戻してくれと喉元《のどもと》まで出かかったが、やめておいた。

茨城県警も、そして茨城の捜査状況を見ている警視庁も、一人より二人で乗り込んだ方が警戒心は強まる。

9

洸は田口とともに二度目の鉾田出張に向かった。首都高から常磐《じょうばん》道に続く箱崎《はこざき》から三郷《みさと》までが渋滞するため、朝六時に田口を拾う約束をしたのだが、連日の熱帯夜のせいでエアコンをつけてもよく眠れず、疲れがとれない。菜摘が淹《い》れてくれたアイスコーヒーをがぶ飲みして、重たい体を引きずりながら家を出た。

捜査本部には今回は、野村への取調べを要求していない。それなのに二人して出かけるのは、鉾田署の刑事課長が、ここまでの捜査資料や押収品などを見せてくれるよう捜査本部に頼んでくれたからだ。

洸と田口は昨日までにこの七年間に都内で起きた女児へのわいせつ事案を三つに絞り、資料を持参した。

1　昨年二〇一八年八月十三日、葛飾《かつしか》区の公園から帰宅途中の小学一年生の女児が、男に声をかけられた。手を摑《つか》まれたので女児はすぐに逃げた。
2　昨年二〇一八年八月二十七日、多摩《たま》市で小学一年生の女児がビルの脇から手を引っ張られ、服の中に手を入れられるなどいたずらをされた。女児が大声を出したことで男は逃走した。
3　今年六月十日、清瀬《きよせ》市で小学二年生の女児が車の男性に道を訊《き》かれ、乗って案内してくれないかと誘われる。女児が断ると無理やり車に引っ張り込もうとしたが、女児は逃げた。

このうち、一つ目と二つ目は時期が近く、被害女児がともに、今回の河野すみれと同じ六歳だった。

葛飾と多摩なので距離にしておよそ五十キロ、車で移動しても一時間から一時間半はかかる。

また二つ目の多摩市の事件のみ、男は帽子にサングラス、マスクを着用するなど変装していた。

いずれの事件も、子供に嫌な記憶を思い出させたくないと配慮し、現在のところは被害者の家には行っていないし、親にも連絡していない。

普通、この手の犯人は土地勘のない場所では事件を起こさない。

野村は葛飾に祖父母の家があって、子供の頃によく遊びに来ていた。ただし葛飾といっても事件があったのは江戸川区《えどがわ》の総武線《そうぶせん》沿線に近いあたりで、野村の祖父母が住んでいた常磐線《じょうばんせん》沿線の金町《かなまち》とは五キロ近く離れていた。さらに子供時代のことなら土地勘があるとは言えない。

一方、多摩にも清瀬にも、働いていたことも住んだこともない。

だが、こうした被疑者心理も野村には当てはまらない。なぜならば彼は日野事件で女児の遺体を遺棄した八王子の産廃場についても、殺した遺体を捨てる場所を探して辿《たど》り着いたと自供している。その自供も、警察から自白を強いられたと裁判で覆しているが。

もし野村の余罪が分かった場合、一件目は葛飾署、二件目は多摩署、三件目は東村山署、警視庁からは田口が所属する五係の応援が入ることになっていて、洸の出番はない。

そのため洸はこの数日間、自分が担当する二係捜査で行方不明女児に該当者がいないかを都内に限らず、関東一帯まで範囲を広げた。

該当女児は二人いたが、行方不明者届に書かれた記載だけでは、野村と結びつける端緒は見いだせなかった。

それでもこうして田口とともに鉾田署に来たのは、信楽から「森内も行ってこい」と命じられたからだ。

この事件からは外されている信楽だが、十年前の野村逮捕時の部下だった新宿署の泉刑事課長を紹介してくれたし、庁内にいる時は普段にも増して険しい顔で被害届や捜査記録をチェックしている。

信楽はなにがなんでも十年前の失態を返上したいのだ。野村は他にも類似の事件を起こしているはずで、それを必ず暴いてやると。

思い込みの強い捜査は危険ではあるが、泉刑事課長からも当時の捜査が無罪になった悔しさを聞かされてから、信楽の手足となったつもりで動いている。信楽が端緒を摑んだ時は、野村を徹底的に調べて野村を落とす、と。

なぜ十年前、冷静沈着な信楽が岸に手を出したのか、泉から意外な事実を聞かされた。

――野村が逮捕される少し前、部屋長の娘さんが亡くなったんだよ。小学三年生だった。

――病気ですか。

――水難事故だよ。夏休みに奥さんが娘さんを連れて、新潟の実家に帰ったんだ。娘さんはいとこたちと一緒に海水浴に行った。そこで潮に流された。

初耳だった。信楽と一年仕事をしているが、娘の話題すら出てきたことはない。

――部屋長からは離婚したことを聞きましたが、もしかしたら娘さんのことが関わっているんですか。

――そんなことがあれば夫婦仲もおかしくなるさ。部屋長は、妻はどうして子供だけで海に行かせたんだと、ずっと俺から責められてると感じていたんだろうと反省していたよ。

信楽の元妻は、離婚して百日後に再婚したと聞いた。そしてこの夏休み前に信楽は

「家族孝行しないと俺みたいに寂しい独りもんになってしまうぞ」と先に洸に夏休みを取らせた。そうした自虐を混ぜた会話も、自らの苦い過去が関わっていたようだ。

――ですが、娘さんのことがどうして手を出したことに関係してくるのですか。気持ちは分からなくはない。だが信楽の性格からして私情を取調べに持ち込むとは思えない。

――関係はないさ。だけどこうした行方不明事件で遺体が見つかるのって、大概が子供か女性といった弱い人間だろ。そういう者が連れ去られた時、残された家族はどう思う？

――責任を感じるでしょうね。

――そうだよ。この手の事件は残された家族が一番辛《つら》いんだ。それこそ『自分が目を離したからだ』『どうして外出を許してしまったのか』と自分を責め、身内からは『なぜそうしたんだ』と非難される。部屋長は娘さんの事故の後、それまで以上に行方不明者の捜査にのめり込むようになった。日野の女児も、いつも塾の帰りはバス停まで迎えに行っていた母親が、たまたま風邪をひいて行けなかった日に連れ去られた。母親は自分が風邪を引かなければ娘は連れ去られなかったと責任を一人で背負《しょ》い込んだ。部屋長は母親のためにも必死に端緒を探して、上から捜査の許可を取った。

信楽からは被害者だけでなく、家族という言葉をよく聞く。「不明の間、家族はずっと心配して悲しんでいたんだぞ」と。

大抵そう話す時は目を眇《すが》めるようにして遠くを見つめている。

目に映る悲しむ家族は、信楽と元妻の姿と同じなのかもしれない。そして壊れた家族は二度と元には戻れないことを信楽は身に沁《し》みて知っている。

洸と田口が待機していた別室に鉾田署の刑事課長が入ってきた。

「これが野村のパソコンです」

手袋を嵌《は》めて、ビニール袋からパソコンを取り出した。

田口が電源を入れて、ブラウザを開く。

履歴をクリックして、どのようなページを閲覧していたかチェックしていく。

「見渡した限り、怪しいページはないですね。消去しているのかもしれませんが」

田口が言う。削除していたとしても専門家が調べれば復元することは可能だ。

「もう少し先を見てください」

刑事課長に言われたので、田口はスクロールする手を速めた。隣から覗《のぞ》き込んでいる洸も漏れがないかチェックする。

「あった」

いくつかの履歴をクリックすると、性的なマンガやそうした小説のサイト、さらには地下ポルノ写真の売買を示唆する掲示板が出てきた。

「ざっと三週間、そうした厭《いや》らしいページばかり出てきます」

刑事課長が苦々しい顔で言う。

「まともになっていなかったってことか」

「違うよ哲、病気なんだから簡単には治らないんだよ」

「病気でひと括《くく》りしていいのかよ。それだとロリコン犯罪者は処罰できないと擁護するようなもんだろ」

「俺が言ってる病気とは、刑事責任が問えない類《たぐい》のものではない。薬物と同じでアウトはアウトだ」

「それなら洸は野村をどうすべきだったと言いたいんだよ」

「簡単なことだよ。服役して性犯罪特有のプログラムを受けるべきだったんだ。そこで自分の欲望を制御できるまでの自意識が作られていれば、少なくとも今回の事件は起きなかった」

服役しなくとも弁護士をはじめ支援者が責任を持って、野村のカウンセリングをして治療すべきだったのだ。ただ逆転無罪になったことで、有罪となった児童福祉法違反すら水に流されたのだろう。

あの正義のヒーロー気取りの弁護士に言ったところで、それは警察を含めた社会や政治の問題だと責任の所在をすり替えられる。

岸は以前にも出演したテレビ番組で、「現代社会はただでさえネットという目に見えない場所で、集団リンチのような攻撃を受ける。政治や国家がそうした元服役者の社会復帰を本気で考えないと、彼らはいつまで経っても孤立してまた罪を繰り返す」と政府に責任を押し付けていた。言っていることは間違いではない。だが被害者や遺族の気持ちはないがしろにしている。

「更生プログラムを持ち出すと、今回の事件の起因は、日野事件を無罪にした警察、検察の落ち度になるんじゃないのか」

「違うよ。あの弁護士がいけないんだよ。野村の犯行だと分かっていながら、自分の名を高める名誉欲のためだけに、無罪に持っていったんだから」

「そんなこと、あの弁護士の前で言ったら訴えられるぞ」

「もちろん、哲の前だから言ってんだ」

信楽の前でも言わない。誰よりも信楽自身が、野村を無罪にした責任を痛感している。

刑法では無期刑受刑者について仮釈放が許されるのは刑の執行後十年。ただし性犯罪者は被害者家族との和解も必要になるため、仮釈放の壁は高い。野村がいくら模範囚であっても、現時点までに仮釈放が認められることはなく、河野すみれが殺されることはなかった。

この一年、洸は本を読んだり、講演を聴きに行ったりして、犯罪者の心理を勉強した。土日もずいぶん車を飛ばしたし、平日に有休を使うこともあった。

信楽のように鋭い感性を持ち得ていない自分が二係捜査で力を発揮するとしたら、犯罪者が犯行に至るまでの心理を知ることが、一つの武器になる。

人を殺《あや》めた場合どこに隠そうとするのか、それはどのような場所になるのか。そうした人間の奥底に眠る発想パターンを摑《つか》めれば、その小さな端緒が事件解決に結びつくのではないかと考えた。

多岐にわたる講演を聴きに行くと、当初の目的と異なる分野で、はたと気づくことが多々出てくる。

たとえばある心理学者は、実際のカナダの教授の言葉を使って、男女の性的欲求についてこう説いていた。

――パートナーとの親密感の中で刺激を受けることで興奮し性的欲求が高まっていく女性に対し、男性は性欲が先にあり、その後に興奮がついてくる。これは男性ホルモンの作用によるものである。

当たり前のことかもしれないが、振り返って、性犯罪者は圧倒的に男性が多い。

男性の多くは、やっていいことと、いけないことを心の中で線引きしており、たとえ女性と強引に、あるいは未成年少女と肉体関係を持ちたいなどという欲求が生じたとしても、これは絶対にしてはいけないことだと欲望を脳内で制御する。一部の人間はビデオやゲーム、そうした仮想空間で欲求を発散させる。

中には制御ができない人間、あるいはコントロールしていたのに、コップから不意に水が溢《あふ》れてしまったように、突如として実際の行動に移ってしまう者もいる。

ただしそうした性欲が先行する男性だからこそ、ターゲットにされるのは女性、女児が多いと決めつける考えは、多様化が問われる現代社会においては危険だともその心理学者は話していた。つまり女児だけでなく、男児や若い男性が被害を受ける事件も世界的には多数発生していると。

講演を聴くまでは、行方不明者の中でも女児を中心にチェックしていたが、それ以降は男児の不明者の確認も心掛けている。

犯罪の性質を行動科学的に分析していくプロファイリングも、初動捜査を効率的に進めるという意味では、現代の捜査には不可欠だ。

しかし絞ってしまえば当然のことながら、科学では見落とされる死角が生じ、その結果、生きているのに助けられない命が出てくる。結局は二係捜査を命じられた当初に信楽から言われた、一万通りの可能性があれば一万通りの全部を当たっていくしか方法はない。

洸が物思いに耽《ふけ》っている間も、田口はパソコンをチェックしていた。

「ずっと消去されているのに、半年先にはまたいやらしいページがドカッと出てくるな。本人は消してるつもりなんだろうけど、脇が甘いんだな」

田口が言ったようにその近辺は卑猥《ひわい》なサイトが出てくる。

「警察にパソコンを押収されたら、どうせバレると思って消さなかったんじゃないのか」

洸が言う。

「だったら全部、消さなくてもいいだろうよ」

「そこが罪の意識なんだよ」

罪悪感との闘いが、犯罪の抑制にもなる。

しかし罪悪感をもってしても、人は欲望や感情の抑えが利かなくなって凶悪事件を起こす。

それなのにまた罪悪感は発生する。遺体を遺棄することからして殺人は悪いことだという意識からの行動だ。遺棄罪が加わって、かえって罪は重くなるというのに。

そこに、失礼しますと若い刑事らしき人間が入ってきて、立ち上がった刑事課長に耳打ちした。

「やっぱりか」

課長が顔を歪《ゆが》める。

「どうしましたか」

田口が訊《き》くと、課長はその部下らしき者が退出するのを確認してから「やはり受けるみたいですわ」と答えた。

「岸弁護士ですか」

「ええ。前回、接見した時は当然そうなるだろうと思って、捜査本部もピリピリしていたんですが、選任届が出なかったんで拍子抜けしてたんです。今日、再び署にやって来て、本部の刑事が接見時間を取れないと言うと、弁護人の接見は法律で認められている当然の権利だと言い出したそうです。その後、野村と接見して、正式に届けが出されました」

「捜査本部はまた苛《いら》ついているでしょうね」

田口は気を遣って苛つくと言ったが、実際は恐れているに近い。

少しでも捜査に問題が生じれば、マスコミを使って違法な取調べだと訴え、裁判で利用する。捜査本部にとっては小さなミスもできない気が抜けない時間が続く。

「まったく嫌なタイミングで入ってきますわ。こっちは否認続きで焦りが出てきているのに」

暗鬱《あんうつ》とした表情で呟《つぶや》いた。

「これもあの弁護士の作戦なんでしょうね」

洸が言うと、田口から「洸は引き受けると分かってたみたいな言い方じゃないか」と言われた。

「哲は違うのかよ」

「俺は正直、今回は受けないと思ってたよ。だってそうだろ。私がこんな危険な男を無罪にして、自由に犯罪を起こさせました、とわざわざ宣言することもないじゃないか」

「受けなくてもとっくに知れ渡ってるよ」

これもネット社会のすごさだ。多くの人が忘れている事実も、一部の書き込みの拡散で思い起こされる。

「これだけの証拠が揃ってんだから、今回は無罪というわけにはいかないぞ」

「前回だって同じだよ。誰もが有罪だと信じて疑わなかったんだから」

今だってその思いは変わらない。だから他にも余罪がないか調べるため、警視庁はこうして洸と田口を現場に送っている。

「前回は証拠がなかったから、強引な捜査だったと判断されたけど、今回は防犯カメラの映像があるんだぞ」

「野村が付近を徘徊《はいかい》しているだけで、少女をさらった現場を捉《とら》えたわけではないよ」

自分でも考えられないほど洸は冷静だった。殺めた現場どころか、野村と女児が一緒に映っている映像もない。

「じゃあ、洸は今回も無罪になるって言うのかよ」

「そんなことは思ってないよ、必ず有罪になる」

なるという他力本願より、自分たちの手で有罪にするという気持ちの方が強い。警視庁から来た刑事が急に言い争いをし始めたため、刑事課長が割って入るような口調で、

「それから野村のここ七年間の仕事先が分かりましたので、これも渡しておきますね」

と資料を机の上に出した。

「よく調べましたね」

工事現場を転々としていた野村だが、高速道路や下水道工事を行う土木会社のアルバイトだったため、調べるのは難しい。現場によっては偽名で働くことも可能だ。

「人材派遣会社に入っていたのですか」

「最初は登録していたようですが、途中からはすべて知り合いの紹介みたいですね。中抜きされるのが嫌だったんじゃないですか」

「よく絶えることなく仕事がありましたね」

二人が会話をしている間、洸は資料を両手で持って眺めていた。

今年の三月末から七月までの四ヵ月は茨城県鉾田市の道路の補修工事、昨年の十一月末から今年三月半ばまでの四ヵ月弱は茨城県水戸市の道路工事、昨年九月から十一月下旬の三ヵ月間は山梨県甲府《こうふ》市でほぼ週六のペースで働いていた。その前は六、七、八月のおよそ三ヵ月間、宮城県石巻《いしのまき》市にいた。

ちなみに八年前の二〇一一年には福島県楢葉町《ならはまち》、大熊町《おおくままち》という名前がある。原発作業員として原発内での作業、あるいは付近の市町村で除染作業をしていたのだろう。

「仕事ぶりは真面目だったので、工事が終わりかけると、誰かしらに次の現場を紹介されたみたいですね。今回の現場監督もあの野村がと驚いていましたから。仕事中は一心不乱に働いていて、たとえば近くを学校帰りの子供が歩いていても、キョロキョロ見たりなどの不審な行動はなかったと証言していました」

課長が説明している間も洸は資料に目をやる。茨城県水戸市の仕事が終わったのが三月半ば、山梨県甲府市の仕事が終わったのは十一月下旬、その前の宮城県石巻市の現場は八月に終わっていた。今年三月、去年十一月、去年八月……急に光が照らされるかのように隠れていた野村の心理が覗《のぞ》き見えた。

「哲、野村がわいせつサイトを見ていた時期をメモっていたよな。いつだった」

「なんだよ、急に大きな声出して」

驚きながらも横のメモ用紙を読み上げた。

「三月と去年の十一月、そして八月だ。おい、これって」

「工事の仕事が終わる時期と一致している。野村は閲覧したわいせつサイトを消したんじゃない。見ていた時期が限定されていたんだよ」

「つまり工事現場の作業が終わりかけのタイミングで、その手のサイトを見始めたってことですか」

刑事課長が身を乗り出す。

「そうだと思います。念のためにパソコンを業者に出して、閲覧記録を消していないか確認した方がいいかもしれませんが、作業期間と閲覧時期を組み合わせると、そう考えるのが理屈に合うと思います」

「つまり野村はパソコンを見るのを我慢していたのか」と田口。

「見るだけではないよ」

「この期間にわいせつ事件を実行している確率は高いということですね」

刑事課長の問いに、「そう考えていいと思います」と洸は答えた。

「今のこと、捜査本部に伝えてもいいですか。ヒントになると思いますので」

「もちろんです、伝えてください」

洸がそう言うと、課長は「失礼」と机に出しっぱなしになっていたパソコンと野村の勤務時期の資料を抱えるようにして、別室を出ていった。

10

野村栄慈の体は小刻みに震えていた。

岸が知るなよっとした色白で中性的に見えた若者は、三十六歳と年齢を重ね、顔には皺《しわ》やシミができていた。

なにより体つきが違う。筋トレをしているかのように大きくなり、顔も日焼けして逞《たくま》しさを覚える。

だが稟性《ひんせい》はなにも変わらない。異常な性的嗜好《しこう》も。今思えば二審判決からの九年間、よく逮捕されなかったと思う。

「冤罪《えんざい》弁護士」「正義の弁護士」としての岸の異名が定着する前に、野村が再犯をおかしていたら、どうしてあんな男を無罪にしたんだと世間の非難が殺到し、再び窓から日も射さない貧乏暮らしに逆戻りしていただろう。

今回の野村逮捕の一報を聞いた時は、岸への批判が殺到することも覚悟した。だが歳月のおかげで、岸個人への誹謗《ひぼう》中傷は一部のネット民が騒いでいる程度で、テレビも鉾田の事件は取り上げているが、前回の判決を否定するような内容は報じていない。

「ありがとうございます、弁護を引き受けていただきまして」

野村は震える声で頭を下げた。相変わらず顔をしっかり見て、話すことはできない。

前回は考えもしなかったが、もしかしたら発達障害の一種かもしれない。

とはいえ前回の裁判で気づいたとしても、法廷で持ち出さなかったし、精神鑑定にもかけなかった。

そんなものは裁判を引き延ばすだけで、三十日《みそか》に月が出るほど無罪を勝ち取るのは難しい。

あの時の岸には有罪か無罪かの二択しかなく、情状酌量による罪の軽減は頭になかった。それでは警察署での逃走を手助けした汚名は消えないからだ。

「取調べはどうだ。おっかない刑事から怒鳴られたり、暴力を振るわれたりはしていないか」

野村が顔を上げたので、あえて自分のコンプレックスでもある上の歯茎が見えるほど唇をめくって笑みを作った。再び野村は下を向いた。

「はい、今のところは」

「黙秘してんだろうな」

事件についてやったかどうかは訊《き》く必要はない。やっていなければ自分から主張してくる。事実を訴えよう、信じてもらおうと、どれだけ怖くても岸の目を見て話す。たくさんの被疑者と接してそのパターンを知った。中にはやっていると確信しながらも、警察の捜査は不十分だと依頼人を無罪にしたこともある。

「はい、取調べで喋《しゃべ》るなと、先生から言われたので」

「それがいい。取調べではなにを答えても意味はない」

刑事はここで正直に話せば裁判での心証もよくなって、罪は軽減されると唆してくるが、実際に軽くなる保証は過去の法廷記録からも示されていない。

確かに心証を悪くして、検察の求刑通りの判決が出ることもある。だが心証など、裁判のやり方次第でいくらでも変えられる。

先生からそう言われたので、と野村は答えたが、日野事件が発覚する前、野村がわいせつな撮影をして検挙された時は、「ありのままをすべて話した方がいい」と指示した。

あの時、命じたのは、逮捕された三人の中から、小学生の進学塾の講師をしていた野村のみの名前を発表するのではと危ぶんだからだ。野村の父親からも息子の将来が台無しになるから実名の公表だけは避けてほしい、と懇願された。

そのため野村には素直に取調べに応じて反省の姿勢を見せるよう伝えた。一方で警察には「発表するなら三人全員を発表しろ。野村だけを公表したら、職業差別として訴えるぞ」と先制攻撃を入れた。

それでも新宿署は客の中から一人だけを公表した。

それは野村ではなかった。幸いにも三人のうちの一人に区役所の福祉課勤務の公務員がいたのだ。新聞に名前が出ていると妻から聞かされた岸は、それが野村ではないことに胸を撫《な》で下ろした。

だが野村が新宿署から脱走を図ったことで、《野村栄慈、二十六歳、八王子市内の塾講師》と大々的に報じられた。

接見終了を伝えなかったのは、単に警官を慌てさせる程度の狙いだった。気弱な野村が脱走するなどとは夢にも思わなかった。

さらには警視庁の捜査一課は、日野事件と呼ばれた一カ月前の小学四年生女児の行方不明事件と関連づけた。

岸にとってもわいせつ写真撮影で逮捕されただけだと聞いて受けた弁護であって、殺人事件とは青天の霹靂《へきれき》だった。野村と接見した時は体の震えが止まらず、「本当に殺《や》ったのか」と思わず怒鳴ったくらいだ。

〈殺人犯を逃がすつもりだったのか〉

〈次の被害者が出たら、おまえの責任だぞ〉

〈共犯弁護士！〉

岸のもとにはおびただしい数の電話がかかってきて罵詈《ばり》雑言を浴びた。

その段階で弁護人を降りるわけにはいかなかった。進むも地獄、戻るも地獄とはああした状況を言うのだ。そこから先は不安との闘いだった。

ところが児童福祉法違反から殺人死体遺棄に目的を切り替えて捜査に乗り出しているのに、野村を逮捕する気配が警察からは感じ取れない。なぜ逮捕しない？　女児が野村の勤務していた塾に体験入学していたこと、さらには野村が事件当日に仕事を休んでいたことからも逮捕に踏み切るものだと思っていたが、一向にその動きがないのが気持ち悪いほど不思議だった。

そこではたと気づいた。

遺体だ。遺体が出てきていないから、警察は野村を殺人罪で逮捕できないのだ。黙秘するよう命じたのはそこから先だ。

一方で岸は、警察は証拠もないのに殺人事件の犯人だと決めつけ、別件逮捕して野村の勾留《こうりゅう》期間を引き延ばしている——マスコミを集めてそう訴えた。

野村を無罪にしないと自分の弁護士人生が終焉《しゅうえん》を告げるという焦りがあったが、かといって本音を言えば、あの時点では勝てる見込みなど一ミリもなかった。

「日出夫《ひでお》さんもあの世で泣いてるな」

アクリル板越しに父親の名前を出すと、野村の表情が翳《かげ》った。

野村日出夫は、岸が大学時代に住んでいた下宿屋の息子だ。大学生になったのに遊ぶことなく、いつも部屋で勉強していた岸に感心し、仕送りが少なくまともな食生活を送っていないのを見かねて、よく食事に連れていってくれた。

岸より三歳くらい上だったが、着道楽で、いつも粋《いき》なスーツを着ていた。「登士樹くんも弁護士になるならいい服を着なきゃ。みすぼらしいこしらえだと、依頼人も不安になってしまうぞ」と司法試験に受かると着なくなったスーツを何着もくれた。岸が身なりを意識するようになったのは野村日出夫の影響が大きい。

弁護士になってからは交流がなくなった。野村日出夫は遊び人で、親から譲り受けた下宿屋をつぶして都内の一等地にマンションを建てたが、そうした財産の大半はあっと言う間に食いつぶした。

酒好きで、加えて好色漢で、結婚も二度している。将来、老人ホームに入るくらいの金は残していたが、その金も息子の容疑が児童福祉法違反から殺人罪に変わったことで、弁護士費用などでほぼすべてを失った。

おかげで日出夫は足腰が立たなくなってからも自宅に一人暮らし。挙句、三年前に孤独死の状態で、町内の知り合いに発見された。

「おまえどうして父親の葬式にも出なかったんだ。俺はおまえに会えると思って出かけたんだぞ」

葬儀は日出夫の従弟《いとこ》が執り行った。野村が出席しなかったことを、従弟は「無罪になったとはいえ、写真の事件もありますし、栄慈も恥ずかしくて親戚《しんせき》の前に顔を出せないのでしょう」と言い訳をしたが、岸は野村がなぜ来なかったのか理由は分かっている。

「どうしても抜けられない現場にいたものですから。長いこと挨拶《あいさつ》もせずに、先生には申し訳ないことをしました」

「抜けられないって、非正規だって忌引きを申し出る権利はあるだろ」

「それは……」

「自分勝手な男だよ、おまえは」

呆《あき》れを伝えるために大袈裟《おおげさ》にため息をついた。野村は項垂《うなだ》れた。

無罪判決が出てから野村と会ったのは数回だけ。そのうち一回は岸の紹介で期間工として雇われた自動車工場の仕事が、組み立てラインを自動操作通りにこなすだけで退屈でやってられない、同僚から日野事件の野村栄慈だとバレて陰口を叩《たた》かれる、そうした愚痴を言いにきた時だ。

稼ぎのいい期間工をやめて、やがて土木作業員になった。もとより他人から叱られることを恐れ、さぼれない小心者だ。実際、どの現場でも契約期間をまっとうしていたから、土木作業員の方が余計な詮索《せんさく》もされず性に合っていたのだろう。

「今回は無罪にするのは難しいかもしれないぞ」

「は、はぁ」

首を折ったままため息を漏らす。女児を殺したことは間違いない。そうなると別の論点を考えなくてはならない。

「他に事件は起こしていないだろうな。前回の一審は無期懲役だった。だが二人やったら死刑から逃れようがないよ」

少なくとも今回、検察は死刑を求刑してくるはずだ。時代が変わり、最近は一人殺しても死刑判決が出るケースはある。死刑か無期懲役か、言い換えれば生か死かは裁判官、裁判員制度が実施されてからは彼らの胸三寸で、弁護士が死刑を無期刑に減刑するのは、無罪にするのと同様に難しい。

「滅相もないです。やっていません」

急に頭をあげ、汗が飛び散るほど激しく左右に振った。

「やってませんとは、他にか。それとも今回もという意味か」

意地の悪い質問に野村は答えなかった。今回はやっている。それは間違いない。

「殺しではなくても、いたずらはどうだ。それでも併合罪加重犯で死刑判決が出るかもしれないぞ」

「やっていません」

否定したが、岸は一切信用していなかった。

ロリコンの野村は性交には興味はなく、子供の服や下着を脱がして触るだけなので、強制性交罪には該当しない。強制わいせつ罪だ。

強制性交罪が五年から二十年の懲役刑であるのに対し、強制わいせつ罪は六ヵ月以上十年以下。それでも強制わいせつ致死傷罪となると三年から無期懲役と性犯罪は重い。

普通に考えれば、岸にできることは犯罪者扱いされた野村がこの間、世間から後ろ指を指されることに怯《おび》えながら身を隠して生きてきた、その反動で精神を乱した、野村を殺人者に追い詰めたのは前回の誤認逮捕が関係していると、世間に訴えていくことぐらいだろう。

それにしたって余罪が次々と出てくるようでは、ただでさえ弱い論理がますます説得力を失う。

「そうだ、おまえが中学の時の話、前回の裁判では使わなかったが、今回は利用するかもしれない。今日は時間がないから聞かないが、次回の接見までにまとめといてくれ。どれだけおまえが妹に愛情を注いだか、それを感情的に伝えてくれ」

「はい、わかりました」

野村が父日出夫の葬儀にも顔を出さなかった理由は彼の複雑な家庭環境が影響している。

小学二年生で両親が離婚し、父親に引き取られた野村だが、中学生の時に父親は再婚した。その相手には五歳の二卵性の双子がいた。

新しい母親は元飲み屋のホステスで、育児放棄して遊び歩くような人間だった。小さな弟と妹の面倒は野村に押し付けた。

中学でバスケットボール部に入っていた野村だが、弟と妹の世話のため部活をやめ、授業が終わると寄り道もせずに帰宅した。野村が帰ってくるタイミングで義母は出ていく。

野村は幼稚園から帰った二人を公園で遊ばせ、近所の人からもよくできた中学生だと評判だったらしい。義母はそのうち、父親の許可を得て、飲み屋勤めを再開した。

野村が高校に進学した時、義母に新しい男ができて、義母は双子を連れて家を出ていった。

二人のうちとくに妹を可愛がっていたのだろう。その妹と無理やり離れ離れにされたことが野村を児童偏愛に導いたと検察は冒頭陳述で説明した。裁判を手伝ってもらった支援者からも、親に振り回された過去を強調して、減刑を求めるべきだと説得された。だが無罪を勝ち取るつもりだった岸は、裁判で野村の家庭環境の不遇さは一切出さなかった。

野村は自分の中学時代がベビーシッターで終わったのに、ネグレクトの新しい母親を恨んでいなかった。

妹たちと離れ離れになったのは、義母のせいではなく、自分も飲み歩いているくせに嫉妬《しっと》深く、男の影がちらつくと義母に暴力を振るった父日出夫のせいだ。野村は実父を憎んでいた。

そのため父親の葬儀にも姿を現わさなかったのだ。自分の人生をめちゃくちゃにしたと逆恨みして。

時間が来たと係員が入ってきた。

まだ三十秒あるだろう――若い頃はストップウォッチで計測して、そう楯突《たてつ》いたことが何度もある。

今はそんなことはしない。余計なことを言わなくても警察の方が岸を恐れている。

今日からまた、警察との知恵比べが始まる。

11

セミの鳴き声を聞きながら、祐里は西武多摩川線《せいぶたまがわ》の是政駅《これまさ》から十分ほど歩いたコンビニ前で待っていた。

紫外線をたっぷり含んだ夏の朝日を正面から受ける。サングラスがほしいくらいだ。日焼け止めをしっかり塗ってくればよかったと後悔するが、家を出るのがギリギリだった。なにせ相手は毎日、一分も狂うことのない規則正しい行動をする人だ。時間を食えば貴重な取材時間を失っていた。

七時二十五分、いつもの時間に信楽が姿を見せた。半袖《はんそで》の開襟シャツは今日も黒。

「おはようございます」

声が聞こえるところまで信楽が近づいてきてから頭を下げた。

昨年末の町田《まちだ》の女子高生の事件が終わってからも、信楽のもとには一カ月に一度は来ている。

最初の頃に感じた、横を歩くだけで漂ってくるひりひりした緊張感にも次第に慣れた。不愛想な対応も気にならなくなったし、なによりも普段はなにを訊《き》いても「分からないよ」の信楽が、終わった事件に関しては深層にわたるまで丁寧に話してくれるのはありがたい。信楽が多数解決した二係事件で、なにをもとに行方不明者と被疑者を関連付けたのか、そうした内容は、間違いなく祐里の今後の取材の糧となる。

朝に会う信楽は前日の酒が残っていて、機嫌はいい方ではないが、夜に贔屓《ひいき》にしている飲み屋に行ったところで、店内で質問すれば「ここでは取材禁止だよ」と制される。帰り道の質問は許されるが、祐里も酒を飲まなくてはいけないので、酒臭い息で次の夜回り先に行きにくい。

結局、信楽を取材するなら朝の方がマシとこの時間に来ることにしている。

通り過ぎていく信楽の横についた。

「茨城の事件、森内くんが行ってるみたいですね。捜査一課のもう一人の刑事と」

遠回しに様子を窺《うかが》うと、信楽のほりの深い目が開き、瞳《ひとみ》が横に動いた。

「もう一人の刑事なんて言わなくていいよ、名前も知ってるんだろ」

「五係の田口刑事ですね。田口刑事が行っているのは、警視庁管轄内で起きたわいせつ事件の余罪、森内くんが行っているのは行方不明者との関連を調べるためじゃないですか」

決め打ち過ぎると注意されるかと思ったが、信楽に「さすが切れ者だな」と言われた。

「からかわないでくださいよ」

いつしか信楽は祐里のことを「切れ者」と呼ぶようになった。実際、なにをもってそう呼ぶことにしたのか、祐里には分からない。

「からかってないよ。優秀な記者だと認めてるんじゃないか」

「どうして信楽さんは茨城には行かないんですか」

「俺か？」

また黒目が動いた。今度は少し圧を感じた。

「すみません、岸弁護士との因縁も知った上で訊いてしまいました」

二審判決後に信楽は裁判所内で岸に手を出した。

体を押しただけだが、刑法でも他人の体に対する物理力の行使が暴行罪の定義となっている。神聖な裁判所内で、騒ぎを起こしたものだから、警視庁内でも問題となった。

「あの弁護士、噂に違《たが》わず、本当に性格が悪いですね。私も早速嫌な思いをしました」

法律事務所に呼ばれた経緯と、岸からなにを言われたかを話した。

「子供はいるのかと訊かれたので、独身だと言うと、日野事件の小学四年生と今回の鉾田の一年生では同じ小学生でも全然違う。私が未婚で、子供を持ったことがないから、子供の成長が分かっていないと指摘されました」

「それをなんて返したんだ」

「どう思うかは、犯人によるってその場は答えました。だけどあとで調べたら、日野事件で殺された女児って、九歳なのに全国標準より二十センチ以上背が低い、七歳の平均身長くらいの小柄な女の子だったそうですね。それを知ってて、私に子供を育てたこともないから四年生と一年生の違いが分からないんだって嫌味を言うんだから、本当に嫌な男ですよ」

「さすが切れ者だな」

　また同じことを言われた。今回は少し褒めているように聞こえ、背中がむず痒《がゆ》い。

　祐里が遠慮なく岸の悪口を言うのが心地いいのか、信楽の重たい朝の顔が晴れていく。

「あの弁護士が一番引っかかったのが、うちの記事で《警視庁も今後の捜査の動向に注目している》と書いたことです、岸弁護士は、それは誰が言ったんだ、とうちの新聞社がコメントを作ったのではないかと疑って訊いてきました」

　過去にもコメントの捏造《ねつぞう》を岸から指摘された新聞社があったそうだ。その時の岸は、都合よくコメントを作る新聞に公正中立としての役目は消えた、大本営の発表を垂れ流している戦時下の新聞と同じで、今の新聞にも読む価値がないと、テレビや講演で新聞批判を展開したらしい。

　鉾田事件が発覚してからは、メディアへの露出は控えているが、人前に出る時の岸はいつも洒落《しゃれ》た服装をしている。スリーピースだったり、太いストライプのスーツだったり……蝶《ちょう》ネクタイを締めたスタイルはとんでもなくキザに感じる。事務所で会った時は蝶ネクタイではなかったが、ジョージ・クルーニーが着ていそうな白っぽい麻のスーツだった。

　祐里も岸アレルギーに反応するようになったようで、思い出すだけで肌が粟立《あわだ》つ。記者でそうなのだから、無罪にされた上に暴力刑事のレッテルを貼られた信楽は、よほどの嫌悪感を抱いているはずだ。

「岸は中央新聞がコメントを作ったとは思ってないんじゃないかな」

「どういう意味ですか」

「警視庁捜査一課の信楽京介が言ったと、答えて欲しかったんじゃないか」

「私もそれは過《よぎ》りました。信楽さんはどうしてそう思ったんですか」

「どうもこうも、俺とあいつの因縁を知っているなら、想像がつくだろう」

「信楽さんの発言だと知れば、すぐさま記者会見を開いたでしょうね。昔のあれやこれやを持ち出して、また無罪に持ち込もうと作戦を練ってるのでしょう」

「今回はそうはさせないさ。岸だって難しいことは分かってるはずだよ」

「防犯カメラに映ってるだけでなく、衣服の証拠も出てきましたしね」

昨日、茨城県警が、少女の体についていた繊維が、事件当日に野村が来ていた衣服と一致したと発表した。

「私には前回の事件は無罪になったのだから関係ない。そのことを持ち出すことじたい、司法制度への冒瀆《ぼうとく》だと言っていました」

「よく言うよ。自分が法に反したことをやったくせに。たまたま二審は変わり者の裁判官だったせいで無罪になったけど、普通なら、あの男が弁護士をクビになってもおかしくなかった」

信楽が捜査着手に入る前、岸が野村との接見終了を警察官に伝えなかった、そのことで野村が脱走を図ったことを言っているのだろう。

「警察署から逃げたと聞いた時は、相当焦ったでしょうね」

「焦ったどころじゃないよ。弁護士が被疑者を逃がしたとマスコミは一斉にヤツを非難し始めた。しかもわいせつ写真を撮った匿名の被疑者が、その後に殺人の被疑者になったわけだから」

「信楽さんが岸弁護士と初めて会ったのはいつですか」

「野村が脱走を図った三日後だよ。検察官送致されてから八日経っていた」

「八日と言うと、十日の勾留《こうりゅう》期限は間もなく切れるところだったんですね」

　勾留期限は一度だけ延長が認められるが、逃げずに、罪状が児童のわいせつ写真の撮影だけなら、延長せずに起訴されていただろう。

「俺が捜査していることを野村から聞き、岸は初めて、自分の軽率な嫌がらせが、女児が無残に殺された事件と結びついたことを知った。蒼《あお》ざめて、生きた心地もしない顔をしていたよ」

「それなのに、新聞に日野事件との関連が出ると、岸弁護士は記事を事実と認めたそうじゃないですか」

「それには俺も耳を疑ったよ。あいつは自分さえ良ければ依頼人なんてどうなってもいいという考えなんだろう」

　やはり信楽も驚いたようだ。

「岸は野村の犯行ではないと信じていたんですかね」

「それは岸に聞かなきゃ分からないよ」

「そうですね」

そう答えてから「いいえ、野村がやったと分かっていたんでしょうね。分かっていながら無罪を主張した？」と言い直した。

弁護士は無実だから無罪を訴えたと皆、同じことを述べる。だが取材する側からすれば、弁護士の仕事は被告人に有利になるようにすることで、有罪だと分かっていながら無理やり無罪を主張しているように思う。

「どうしてそう思うんだ」

「野村は殺人がバレるかもしれないと恐れて逃げたに違いないんですから。逮捕されたのは児童福祉法違反で名前も報道されていない、あと数日我慢すれば罰金刑で釈放されていたというのに」

「そのことは裁判でも検察が追及したけど、自分の名前が勤務していた塾に知られるのが怖くて逃げただけだと岸は言い張っていたよ。全然理由になってなかったがね」

「岸は無名の頃から警察を恨んでいたそうですね。野村が女児殺しの容疑者だと知りショックを受けたが、その後にこれは自分の名を売る絶好のチャンスだと思い、捜査の違法性を訴える戦法に出た。逮捕事案とは無関係の捜査で勾留を引き延ばしていると騒げば、裁判所は勾留延長を認めないし、自分が野村を逃がしたことも世間から忘れられると踏んで」

「さすが切れ者だな」

　また言われた。だとしてもこれは祐里の頭が冴《さ》えていたわけではない。そこまで考えることができたのは、岸が警察に恨みを抱いていたことを末次元刑事が教えてくれたからだ。

「実際は野村が脱走を図ったせいで、俺が日野事件との端緒を見つけたわけだけど、ヤツは、警察は証拠もなく野村を日野事件の被疑者だと決めつけている、わいせつ写真撮影は別件逮捕だ、警察の目的は被疑者の自白を強要させる違法な捜査だと、マスコミの前で本末転倒の御託を並べた。ただしその頃のマスコミは、誰一人として相手にしていなかった」

「マスコミも日野事件の真犯人だと思ったからですか」

「そっちと同じで、野村には逃げなくてはならない事情があると思ったんだよ。後ろめたいことがなければ脱走なんて無謀なことはしないと」

　その時点ではマスコミに岸の味方はいなかった。

「今回も今のところ、鉾田署は野村の認否について明かしていませんが、否認というか黙秘しているみたいですね。これも岸弁護士が命じているんですかね。これだけ証拠があれば黙秘していいことなんてなにもないのに」

　岸は昨日になって正式に弁護人になった。それ以前にも野村と接見したそうだから、指示を出していたのだろう。

「岸は自分の出番は法廷だと思っているよ。罪を認めさせて減刑に持っていくなんて作戦はあの男にはない」

「どうやって戦うつもりなんですかね」

「そこはまたそっちを使うんじゃないのか」

「えっ、私たちですか」

信楽が顎《あご》でしゃくったことに驚いて足を止めてしまう。

「売れない弁護士の頃からなにかにつけてマスコミを利用してきたんだ。記者の性格も、記者がどんなネタを欲しがっているかということもヤツは熟知している」

「私たちをどうやって懐柔するんですか」

記者だって警察を取材するだけでなく、現場に行って、警察がやっているような地取り（現場周辺の聞き込み）や鑑取り（容疑者の交友関係の調査）をやる。弁護士が言う都合のいい説明を、鵜呑《うの》みにすることはない。

「事務所に呼んだ時と同じようなことだよ。最初は冷たくしといて、それが突然優しくなるんだよ。そういうのはなんて言うんだっけ？」

「なにって、なんですか？」

「ほら、普段はぶっきらぼうなのに、なにかの拍子で好意的になることだよ。そういうのに人間は弱いって言うじゃないか」

「もしかしてツンデレですか？」

たぶん違うだろうと思って答えたが、「そうだ、それ」と言うから当たっていたようだ。岸にツンはあってもデレはない。そもそもツンデレとは、近寄りがたい美人やイケメンキャラクターが急に甘えてくる様を指す語で、信楽は誤って理解しているようだが、そのまま受け流す。

「飼い馴《な》らされかけたんじゃないのか」

「よしてくださいよ」

あの男に懐柔されるなんてありえない。だいたいあの弁護士が記者に好意的に接することじたい想像し難い。

「あなたなら大丈夫だな」

「こちらもよく気を張っていないといけませんね。正義の味方ぶってる弁護士の作戦にはまらないように」

そこでいつもの自動販売機に到着し、炭酸水を買う。

「なにを飲む？」

飲み物は持っていますと断ったことがあるが、「遠慮しなくていいよ」と言われて勝手に買ってくれた。これも信楽の記者との接し方だ。

飲み物はくれるし、終わった事件については話す。ただし取材は武蔵境《むさしさかい》駅までで、それ以降もついていったり、警視庁内で話しかけたりしたら二度と会話はしない。夜も同様で飲み屋の中での取材は厳禁だが帰り道は許される……信楽ルールを理解して以来、お茶とも炭酸水とも言わずに自分の好きなものを頼むことにした。

「いつもの冷たいミルクティーで」

他の販売機で夏場はあまり見かけないが、ここにはある。炭酸水がある販売機も駅までの道すがらこの販売機だけだ。

「どうぞ」

「ありがとうございます」

キャップを開けて飲む。夢中になって喋《しゃべ》っていたので喉《のど》はからからだった。生き返った気がする。

「聞けば聞くほど、狡賢《ずるがしこ》い男ですね。信楽さんも今回は関わらなくて良かったんじゃないですか」

警視庁内を取材したところ、岸に手を出した信楽は監察に呼ばれた。誰もが信楽に処分が下され、刑事部どころか警視庁から外されると思ったらしい。

それでも信楽が残ったのは、支持する幹部が信楽を残してほしいと訴えたからか。もしくは二係捜査の専門家がおらず、代役が育つまでという条件で留任したが、その後いくつもの事件を解決したのでそのままになっているのか……取材すればするほどいろんな説を聞くため、どれが事実なのかは定かでない。

「俺だって鉾田に行きたいくらいだよ。野村の余罪を見つけて、前回の借りを返したい」

「余罪が見つかったんですか」

「分からないよ」

信楽得意のセリフが出た。見つかった上での分からないよか、それとも本当に分からないのか様子を窺《うかが》うが、祐里には判断がつかなかった。

「だけどこれだけは言えるな」

一瞬、やっているに違いないと言い出すのかと思った。だが信楽が言ったのは野村のことではなかった。

「岸は今でも俺を恐れているよ」


是政駅に到着し、入線している始発電車に乗る。信楽は座席が空いていても座らない。徐々に混んできて、周りに乗客がいたので会話は一旦《いったん》停止した。

発車から武蔵境駅までおよそ十五分、都内では珍しい単線電車に揺られながら、岸が信楽のなにを恐れているのかを頭を絞って必死に考えた。

真っ先に浮かんだのは信楽の暴力に脅威を感じたことだが、それはありえない。その暴力は逆転無罪を勝ち取った後に起きた。勝利に浸っていたところに、担当刑事が手を出してきたのだから、岸は警察批判のネタが増えたと、してやったりの気分だったのではないか。

それならなにを恐れる？　いまさら信楽がどのような証拠を見つけようが、確定した日野事件の判決は覆せない。

後輩の中野記者が、江柄子理事官から当時の状況を聞いてきた話を思い出した。

二審判決後、トイレから出てきた江柄子の視界に、信楽と岸が向かい合っているのが映った。嫌な予感がした江柄子は駆け寄った。そこで信楽が岸の耳元でなにか呟《つぶや》いた。岸が言い返し、そこで信楽が岸の体を押した――。

武蔵境駅に到着すると、潮が引くように人が降車していく。

列車の真ん中あたりに、つり革を持って立っていた祐里と信楽も流れに沿って出口に向かう。車外に出てムッとした熱気を浴びたところで、祐里は尋ねた。

「岸弁護士が恐れていることって、二審後に信楽さんの耳元で囁《ささや》いたことと関係してるんじゃないですか」

「ん?」

横顔を見ただけだが信楽の顔に反応があった。てっきり「さすが切れ者だな」と言われるものだと思った。

間違いなく言う。今朝だけで三回も言われたのだ。同じ空気が漂っていた。

「分からないよ」

信楽から期待した言葉は聞けなかった。しかもいつもの「分からない」が、普段とは違ったニュアンスに聞こえた。分からないのではなく、答えたくない。信楽にしては珍しい回答拒否だ。

「了解しました、そのことも自分で調べてみます」

無理やり訊《き》いても答える人ではないのは分かっているので、そこは引いた。

信楽は人の流れに沿って、ＪＲの乗り換え口へと歩いていく。祐里は少し後ろにつく。

調べて情報を持ってきた時は答えてくださいよ。それは信楽さんを最初に取材した時に約束したんですから――信楽の背中に向かって念力を送る。

そこで信楽の歩みが遅くなり、祐里の横に並んだ。

「くれぐれもあの男に飼い馴らされるなよ」

さっきは飼い馴らされかけたんじゃないのかだったが、今度はされるな、だった。

「されるわけないじゃないですか」

「まぁ、大丈夫だな」

「はい、切れ者ですから」

自分から答えた。信楽は目を眇《すが》め、口角を上げた。

そろそろ乗り換え口が近づいてきた。取材もここまでだ。

これもいつものことだが、フェードアウトするかのように信楽から離れていく。礼儀も大事だが、誰に見られているか分からない。取材にはさりげなさも必要だ。

階段の先で信楽の背中が見えなくなると、スマホを取り出し、事件取材の大先輩と仰ぐ、警察庁担当のベテラン記者に電話をした。

「おはようございます。二階《にかい》さんですか。朝早くからすみません」

〈おいおい、藤瀬、この時間で早いなんて言ってたら記者は務まらねえだろ〉

小柄だが声は大きい、二階堂實《にかいどうみのる》の覇気のある声を聞くのは久しぶりだ。

警視庁と違って、キャリア二十年以上のベテラン記者揃いの警察庁の記者クラブは午前中はガランとしているが、二階堂だけはいつも始業時には来ていることで有名だ。息遣いが聞こえるから、出勤途中なのかもしれない。

「私、今、茨城県鉾田市で起きた小学生の殺害事件を追いかけているんですけど」

〈いちいち説明しなくても知ってるよ。警察庁《さっちょう》も事件発覚からずっとざわつきっぱなしだ〉

定年間際になる今まで、記者生活の大部分を事件取材に費やしてきた二階堂は、警視庁が長く、警視庁キャップも経験している。

ただしそれは中央新聞に移籍する前、発行部数も中央新聞よりはるかに多い東都新聞に在籍していた時のことである。

その頃、祐里は新人の警視庁担当だったので、顔は知っていたが、気軽に話しかけられないほど怖い存在で、それでいていつどこで大きなニュースを取ってくるのか分からない、それこそ切れ者記者だった。その警察人脈欲しさに数年前、中央新聞がヘッドハンティングしたのだった。

〈野村に余罪が見つかったのか〉

「見つかったと言いたいところですけど、私はまだ全然、取材が追いついていなくて…

…日野事件でどうして野村が容疑者として浮上したのかも、今回初めて知ったくらいなんです。二階さんは十年前は警視庁ですか？」

〈残念ながらあの事件の時、俺は警察取材を離れていた。大阪に行けと言われて、向こうで大阪府庁を担当させられてたよ。退屈で仕方がなかったけどな〉

「そうですか」

落胆は伝わってしまったようだ。

〈がっかりするなよ。力になるならいくらでも相談に乗るよ、おまえさんにはたくさん借りがあるし〉

借りなんて一つもない。厳しいようで、二階堂は一生懸命頑張っている自社の記者には思いやりがあるのだ。もっとも頑張っている記者とは言わず、「目から血を流して真実を追いかけている記者」と独特な言い回しをする。目を血走らせて、という意味だ。

夜に食事をする約束をした。二階堂に聞けば、各捜査本部から警察庁にどのように報告が入っているか確認を取ることができる。

それは都道府県の警察本部を指揮監督し、情報が集結する警察庁を担当しているからだけではない。

刑事にとって快心といえる事件でも、日野事件のような警察の敗北となった事件でも、二階堂はつねに現場の最前線を取材して、事件の酸いも甘いも知り尽くしているからだ。

生き字引のような頼りがいのある先輩がいることは、中央新聞の事件担当にとって、大きな武器となっている。

12

「よく見てくれる？　この男を見たことないかな」

洸が体を屈《かが》めて、女児に野村栄慈の写真を見せた。

女児は怯《おび》えながらも写真に目をやるが、すぐに逸《そ》らした。

「どう？」

耳を覆ったところで切り揃えられた横髪が左右に揺れた。犯人に似ていないと言っているのだろう。

「ごめん、もう一枚あるんだ。こっちの写真も見てくれる？」

洸は異なる角度の野村の写真を出すが、女児は後ろに立つ母親の太腿《ふともも》の裏に隠れた。

「もういいですか」

母親から怪訝《けげん》な顔で言われた。

「すみません、これで最後ですので、お願いします」

背後から田口は懇請するが、洸は「ごめんね、ありがとう、協力してくれて」と女児に礼を言って曲げていた膝《ひざ》を伸ばした。

「おい」

田口は納得していない様子だ。洸は母親の顔を見て、「お母さんもご心配なところ、協力していただきありがとうございました」と頭を下げた。

お辞儀した母親だが、洸と田口が玄関を出ると、勢いよくドアをしめた。二度と来ないでください、そう言われたように感じた。

「洸、もう少し粘っても良かったんじゃないのか」

マンションの廊下に出ると田口は不満を露《あら》わにした。

「母親も子供も一刻も早く忘れたい過去なのに、勇気を振り絞って写真を見てくれたんだ。これ以上は嫌だと言われたら、押し付けられないよ」

まして写真の男はつい最近、同じ年頃の女児を殺《あや》めた凶悪犯である。この女児へのいたずら未遂も野村の犯行だったとしたら、親は余計に子供に見せたくはない。

「それに事件の再犯を防ぐためと言って頼んだけど、写真の男は捕まって留置所にいることはお母さんも知っているんだ。説得力がないよ」

「野村ではなかったとしても、無駄な捜査にはならないぞ。犯人はそこらへんに潜んでいるかもしれないんだから」

「母親はそうは考えないよ。野村じゃないならこんな写真なんか見せてないで、早くその犯人を見つけてくれ、そう思ってるに決まってる」

鉾田署で野村がわいせつサイトを見るパターンを摑《つか》んだ洸たちは、さっそく、野村の長期の建設作業員のバイトが切れるタイミングで起きた事件を探った。

あらかじめ絞った三つの事件のうち、二つが該当した。

一つが昨年二〇一八年八月十三日、葛飾区で遊んでいた公園から帰宅途中の小学一年生の女児が手を摑まれた事件だ。

野村は昨年六月十三日から八月三十日まで宮城県石巻市の同工事の現場で働き、その後、三日置いた九月二日から山梨県甲府市に移動している。

ちなみに三つのうちの残り一件、今年六月十日、清瀬市で小学二年生の女児が車に引っ張り込まれそうになった事件は、野村は三月末から七月まで鉾田市の現場にいたことからも、野村が欲望をコントロールしている周期とは異なる。

さらにその女児は、身長が小学五年生の平均身長くらい高かったことからも、捜査対象から一旦《いったん》外した。可能性はなくはないが、わざわざ子供に嫌な記憶を思い出させることもない。

石巻の現場にいた頃、野村は市内のマンスリーアパートを借りていた。当初は部屋に空きがなく、前の仙台《せんだい》市の現場から一緒で野村を石巻の土建会社に紹介した先輩作業員と同部屋だったが、八月から部屋が空き、野村は一人部屋に移っている。

先輩作業員の話だと、野村は仕事中どころか、食事をしている時も無口で、自分のことは一切話さなかったそうだ。

同部屋の時に、野村の荷物にパソコンを見た記憶はなく、彼は女性の裸が掲載されているような雑誌に一切見向きもしなかった。仲間内では野村は女性に興味がないと噂されていた。

だが八月にブラウザの履歴が残っているということは、一人部屋になったタイミングを見計らって、パソコン閲覧を再開した。その頃は都内にトランクルームを借りていた。住民票は実家のままだが、実家は三年前に父、日出夫が亡くなったのを機に売却した。つまり現在の野村の住所は不定だ。

お盆休みだった八月十三日、正午前にコンビニに野村がいたのを同僚は目撃している。葛飾区で事件が起きたのは同日の夕方の六時三十分頃だ。石巻から都内までは高速で空《す》いていたとして五時間はかかる。果たしてそんなに長い時間をかけて移動してくるか。

また多摩市で小学一年生の女児がいたずらされた八月二十七日は、宮城県一帯は猛暑になると予想されていて、作業は午後二時に終了した。事件が起きたのは午後七時。深夜十二時に飲んで帰ってきた先輩作業員がお土産を届けに行くと、野村は部屋にいたそうだ。

時間的に不可能な犯行ではないが、よほど車を飛ばさないと難しい。野村は車を所有しておらず、その日から前後して石巻市及び近隣のレンタカー店を当たったが、野村栄慈の名で借りた記録はなかった。

事前に江柄子理事官と田口の上司にあたる五係の係長に相談したが、二人とも無理があるんじゃないかと被害女児に当たるのは慎重だった。

だが信楽からは「野村の行動には欲望を解放するのと禁欲状態でいるのとに周期があ

だろうけど、当たるだけでもやった方がいいんじゃないか」と言われ、「おそらく野村の犯行ではないるのか。面白いことを見つけたじゃないか」と言われ、「おそらく野村の犯行ではない

—性犯罪者が欲望をこれほどまでにコントロールしているケースって、過去の犯罪にも例がありますか。

その際、信楽に尋ねた。

—正直あまり聞いたことがないけど、野村の場合、ある種、特殊な人間だからな。

—特殊とはどういうことですか。

—遺体の遺棄についても疑問に思わなかったか。日野事件の時は産廃場に捨ててあったスーツケースに女児の遺体が詰め込まれていた。だけど今回は草むらに放置してあったんだよな？

—はい、土をかけた様子もなかったと聞いています。

—普通に考えたら行き当たりばったりの犯行だよな。だけどたぶんそうではない。

—部屋長は逆に野村には計算があったと読んでいるのですか。

—知能検査にかけたわけではないけど、俺は野村という男は相当、犯罪ＩＱが高いと思っているよ。こうしたら警察がどう動くか、自分の罪がどうなるか、そうしたことまですべて計算しているように思えてならないんだ。

確かに場当たり的な犯行にも見えるが、指紋や足跡など一切残さないなど、今回の事件も用意周到だ。

——前回の取調べから野村の狡賢《ずるがしこ》さのようなものは感じていましたか。

——最初は暗くて、なにを考えているか分からない男だと思ってた。だけど他にもわいせつ写真を撮影していたのに、ガサ入れした自宅からは一枚も出てこなかった。他の被疑者はあらかたコレクターのように大事に保管しているのに。

——処分したんでしょうか。

——当時は父親と同居していたこともあるけど、あの男は全部捨てたと言い張っていた。最初から捕まった時のことまで想定していたのではないか、そう分析する刑事もいたよ。

——そこまで行くと相当な知能犯ですね。

——俺には危険を冒して手に入れた写真をそう簡単に処分したとは思えなかったけどな。

——どこかに隠したんですか？

——レンタル倉庫やロッカーは当たったけど、当時はどこにも借りてる様子はなかった。ただ警察の上を行くような男だからな。

——上を行くとは。

——遺体が見つかったと通報があった時、俺にはあの男がにんまりと笑ったようで、気味悪さを感じたよ。

——これで自分は逃れられると思ったんですかね。

——遺体が証拠にはならなくなったことを知っていたのかもしれないな。それまでは全面否認していたのが、その後はぽつぽつと喋《しゃべ》るようになり、早く取調べを終わらせたいのか、最終的には殺害も死体遺棄現場も認めるわけだから。

だが裁判になってからは、野村はすべて刑事に強要された、誘導尋問だった、遺体の場所も自分は一切知らなかったと自供を覆した。いや、野村ではなく、岸が誘導尋問でそう導いたのだが。

今回の事件も一見計画性がないようで、綿密に計算されていることが随所に窺《うかが》える。野村は髪の毛が落ちないように帽子を被《かぶ》っていただけでなく、靴にビニールカバーを装着。河野すみれ殺害後に強い雨が降ったが、鑑識がこれだけ探っても足跡が採れないのは野村がなにかしら細工をしたからだと捜査本部は見ている。ちなみに日野事件の当夜も雨で、足跡は採れなかった。

現時点での物的証拠は、すみれの体についていた繊維が、野村が着用していたTシャツと一致したことだが、シャツじたいは量販店で多数販売されているもので、証拠として採用される保証はない。

明らかなのは当日、野村はレンタカーを借り、そのレンタカーとともに、メロン畑周辺で様子を探っている姿が防犯カメラに映っていたこと。録画の時間と、すみれが友人宅から帰った時間が近いくらいだ。

数あるカメラのうち一台にしかナンバーが映っていなかったのも、野村は注意を払っていて、その一台だけを見落としたからだろう。

普段の野村は、女児に手を出してはいけないという罪の意識を持っている。だから長期の肉体アルバイトを選び、仕事中はパソコンを持ってこないなど、欲求が刺激されるのを遠ざけた。

そこまではやれても、脳内から完全に排除することはできなかった。人が自発的に欲を失《な》くすことは心理学的には難しいそうだから、排除ではなく封印か。

細身でインドアタイプだった野村は、朝から晩まで続く作業でへとへとになり、アパートに戻って寝るだけの生活を繰り返す。それが仕事の区切りが近づくと性犯罪者の顔を覗《のぞ》かせ、行動に移す。

河野すみれの殺害がそうだし、他にも事件を起こしている可能性はある。そして抑制していた欲望を発散して、何食わぬ顔で次の現場へと移動する。逮捕されなければ一週間の休暇を挟んで、同じ茨城県内の古河《こが》市の道路現場に、今回の親方の紹介で移る予定だった。その工事もおよそ三ヵ月半と長丁場だった。

「しかし他県の警察はなにをしてんだろうな。都内より、野村が働いていた宮城、福島、山梨の方が確率は高いだろ」

女児のマンションの外を歩きながら田口が口にした。

「当然、調べてるんじゃないか。野村がインターネットを見ていた傾向も茨城県警から他県の本部に伝わっているだろうし」

洸はそう答えたが、実際にどれだけ動いているかは微妙だ。どこも人手不足で、対岸の火事と見ていないだろうか。あるいはどうせ今回の殺人で無期刑が科せられる。余罪が見つかったところで、その余罪によって死刑になるのは稀《まれ》だと考えているかもしれない。

一九七〇年代に全国の捜査本部で始まった二係捜査が次々となくなっていき、今や唯一残っているのと同様に、こうして洸と田口が専従で捜査ができるのも母体の大きな警視庁だからだ。

警視庁は他の警察本部より予算ははるかに多いし、人員も比較にならない。およそ四万五千人の職員がいるが、次は大阪の二万人、福島、宮城、山梨クラスだと三千～五千人。県内で発生した事件を追うのに精いっぱいで、他県の事件はあっちに任せておけ、くらいの考えなのだろう。

「ところで信楽さんはなにをやってるんだよ」

「相変わらず行方不明者届をチェックしているよ」

「野村を直接調べたいだろうけど、上からやるなと止められているんだものな。信楽さんも悔しいだろうな」

「俺もそう思う」

信楽がなにを調べているのかは聞いていないので分からない。だが野村に関しては洸たちに任せ、指を咥《くわ》えて見ているということは信楽の性格からして絶対にない。

野村の余罪に二係事件が入っているのではないか——それこそ血眼になって二審判決から現在までに、野村の犯行の可能性がある行方不明事件を調べているように思う。強制わいせつなら時効は七年だが、殺しとなれば時効はない。

それについては洸も調べた。犯行を疑うような事案は見つからなかったが、信楽は長年の経験から、洸が思いもしなかったところから端緒を見つけてくる気がしてならない。そこまでいくと信楽に期待しすぎか。

駐車していた捜査車両が見えてきた。田口がリモコンキーを使って開錠した。

「早くエンジンかけてエアコンをガンガンにかけたいな」

洸はそう言ったが、哲は無言だった。

「哲はもしかして、俺の専門は二係事件だ、わいせつの余罪だと五係の仕事だから俺には関係ない、そう思って早く切り上げたと思ってるのか」

「そんなことは思ってないよ。洸はあの子の反応を見て、野村の犯行ではないなと思ったんだろ。あの子は被害届を出した時も、若い感じの男と言ってるんだものな。あの子から見たら野村はおじさんだ。もう少し違った反応を示していたら、俺は母親に頭を下げて食い下がったよ」

田口は思いのほか、理解があった。

「それが刑事だものな」

「おまえほどではないけどな」

「どういうことだよ」

「洸みたいに女の子を持つ父親ではないってことだ」

「そんなの関係ないだろ。同じ刑事なんだし」

確かに鉾田の遺体遺棄現場をメロン農家の主人に案内してもらっていた時には、被害女児が咲楽だったらと考えた。それ以降は私情を挟むことなく、一人の捜査員として事件と向き合っているつもりだ。

田口は駐車料金を支払いながら言った。声に混じって、パーキングのロック板が下がっていく。

「俺は幼い子供を持つ洸の執念が、野村のパソコンを見るパターンを見つけ出したと思ってるよ」

「そういうお褒めの言葉は野村を無事起訴できて、俺たちが余罪を見つけてからにしてくれよ。哲に褒められるとどうにも照れ臭い」

「そこまで褒めてねえよ」

晴れていた空に雲が集まって、急に暗くなってきたのに気づいた。

「おい、通り雨でも来そうだぞ」

「本当だな。今、ポツンと来た」

駆け足で二手に分かれて車に乗り込んだ。

田口がエンジンをかけると、洸は手を伸ばしてエアコンのスイッチを押した。吹き出しロから生暖かい風が出てくる。

田口はナビを操作して、次に向かう多摩市の被害女児宅の住所を打ち込む。

その時には大粒の雨がフロントガラスを叩《たた》いていた。

久々の雨だった。

だが最初に鉾田に行って以来、洸の心の中はずっと土砂降りだ。

13

二階堂から誘われた赤坂《あかさか》のふぐ屋に祐里は約束の五分前に到着した。通りから入り組んだところにひっそりと佇《たたず》む、いかにも品のある店だ。

中央新聞に移籍した二階堂に、初めて食事に誘われたのがこの店だった。

季節も今と同じ、連日ハンカチで汗を拭《ふ》きながら取材して回った夏だった。あの時も被害少女の年齢こそ違うが、女の子が命を奪われる残忍な事件の捜査だった。

夏にふぐ？　ふぐは冬場の食べ物だと思い込んでいた祐里は素直に驚いたが、二階堂からは「江戸時代にはふぐは夏に食われてたんだぞ」とすまし顔をされた。

その場で教わった「先入観は罪、固定観念は悪」という言葉は、仕事でも私生活でも、こうだと決めつけようとするたびに、祐里を戒めてくれる。

そうした思考の習性ができたためか、最近は、最初に思ったものと正反対のところに答えがあるかもしれないと考えるようになった。

実際のところ、多くの人が犯人だと思っていた人間が逮捕されても、大きな話題になることは少ない。

だが絶対に犯人でないと思っていた者の犯行だったりすると、テレビやネットを通じて世の中がひっくり返るほどの大騒ぎになる。

新聞記者はそれくらい天邪鬼《あまのじやく》のスタンスでいた方がいい。だからこそ、なんでも疑ってかかれと先人たちは言ってきたのだ。それは取材に限った話ではない。

「おお、待たせたな」

白髪で短髪、小柄な二階堂は、軽く手を挙げて入ってくるや、ショルダーバッグを店員に預け、男性店員が持ってきたおしぼりを広げて顔を拭いた。

「ビール頼むわ」

店員に伝える。動作から喋《しやべ》り方まですべてが粋《いき》だ。

「すみません、お忙しい中、誘っていただいて」

「俺は忙しくなんかねえよ、忙しいとしたらそっちだろ。おまえさん、仕切りをやらされてんだから」

「もうすぐお役御免ですけどね」

持ってきた瓶ビールの栓を抜き、店員が持ち上げた。

「彼女から先に」

二階堂は祐里のグラスに先に注ぐように店員に指示した。こうしたちょっとしたレディファーストにも、二階堂の恰好《かっこう》良さを感じる。

べらんめえ口調で、怒っている時は心臓が縮み上がりそうになるが、ライバルの東都新聞にいた時から、記者として憧《あこが》れる先輩の一人だった。

お通しが出てきた。アンコウの肝とキュウリにポン酢がかけられている。

「注文してるけどいいよな、ふぐで」

「もちろんです、ふぐは夏に食べるものですから」

「よく分かってんじゃねえか」

産卵までのふぐは白子や真子に栄養を蓄えるが、三月から六月までの産卵期を終えると、そこに取られることなく、栄養を全身に貯めたふぐが食べられる、前回、八月にふぐをご馳走《ちそう》になった帰り道に調べた。

その時に食べたふぐちりには白菜の代わりに茄子《なす》が入っていた。茄子には毒消しの効果があるらしく、ふぐの毒にも心配なく食べられるとか。友人に自慢げに蘊蓄《うんちく》を語ったが、その時以来、ふぐ自体を食べていない。

事件記者はいつ事件が発生してもいいように掻《か》きこんで食べられるもの、時間がかからずに出てくるものばかり注文する。鍋物《なべもの》なんてほど遠く、要は健康によくない食生活をしている証《あか》しだ。

ふぐ刺しが運ばれて来た。

「行ってくれ」

「はい」

なんでも上の者が先という体育会系の先輩もいるが、二階堂のように、後輩だろうが先に勧める先輩もいる。そういう人は太っ腹で、おいしいものを人に食べさせたいという思いやりがあるのだ。

「いただきます」

箸《はし》を開いて刺身を五枚ほど一気に摑《つか》んだ。

これも教えてもらった食べ方だ。

「ちょい待った」

摘《つま》み上げて、ポン酢の小皿に入れようとしたところでストップがかかった。

「どうしてですか。長嶋《ながしま》食いをしようと思ったのに」

薄く切った刺身を一枚ずつ食べるのではなく、まとめて口に入れるのは「長嶋食い」と呼ばれているとこの店で聞いた。長嶋監督がそうやって周りを驚かせたとか。二階堂が若い頃の先輩記者は、総じてこうして食べたとも話していた。

「いやな、最近、ちょっと疑問が生じたんだよ」

「疑問ってなんですか」

「なぁ、おまえさん、どうしてそこにねぎがあると思う」

色絵の皿には、薄く切られた刺身が、外側から円を描くように重ねられ、中央が頂点になるよう、菊の花のように美しく盛りつけられている。その皿には皮の部分と、レモンが載り、それとあさつきが、五センチほどの長さで切られている。

「ねぎってあさつきですか」

「あさつきに見えるけど違うんだよ。安岡《やすおか》ねぎといって、ふぐの発祥地、下関《しものせき》の安岡という場所でとれるふぐ専用のねぎだ。いい店はどこも安岡ねぎを使っている」

「このねぎも一緒に食べろということですか」

以前なら一枚、一枚、ふぐの刺身でねぎを巻いて食べていた。

「俺もそのねぎを巻いて食べるために、ふぐは薄く切ってあるのかなと思ったんだ。それをミスターはねぎなんていいと無視してまとめて摑み、それを長嶋食いだ、粋だと俺たちみたいな恰好つけしいが真似した」

「そうじゃなかったんですか」

「去年の暮れ、女房と博多《はかた》に旅行した時に、ふぐ屋に行ったんだ。ほら、十一月の博多というと九州場所があるだろ。その日も関取や親方衆が何人も来てたよ。博多というとクエも人気だけど、その店も半分くらいの客はふぐを食ってた」

「はぁ」

「そしたらそこのオヤジが面白いことを言ったんだ。その店はオヤジで三代目なんだけど、二代目、もしくは初代の頃は、ねぎなんかついていなかったって」

「それがどうしてねぎがつくようになったんですか」

「食欲旺盛《おうせい》の相撲取りは、一枚一枚食べるのが面倒くさくて、あっという間に食い終えてしまう。そうなると同席のタニマチやその家族はふぐにありつけなくなるだろ。昔のふぐは今よりも高価だったからな。それで相撲取りに一枚ずつ食べさせようと、ある店の主人が知恵を働かせて、細いねぎを添えるようにしたらしいんだ」

なるほど、こうやって意味深に置かれると、ねぎを巻いて一枚ずつ食べようと考える。

「それってお店の人が自発的に教えてくれたんですか。それとも二階さんから訊《き》いたんですか」

「俺が訊いたんだよ。ずっと不思議だったからな。このねぎはなんの意味があるんだって」

「いつも長嶋食いしてるのにですか?」

そう言いながらも感心した。この人は疑問に思ったら調べずにいられなくなるのだ。それもネットなどでちゃちゃっと調べるのではなく、足を運んで詳しい人に直接尋ねる。そうやってつねに新しい発見をする。もうすぐ定年のはずだが、情報のアップデートを怠らない。

「とどのつまり、店主のせっかくの工夫を、ミスターがまた元の食べ方に戻したものだから、俺みたいに真似する輩《やから》が増えたってことさ」

「そんなことを言われたら私も一枚ずつ食べなきゃいけないじゃないですか。思い切り贅沢《ぜいたく》に、長嶋食いするぞって張り切ってきたのに」

以前のようにふぐ刺しを一枚ずつ、安岡ねぎを巻いて食べた。なによりも一枚ずつの方がしっかり噛《か》める。庶民の祐里にはこの方が罪悪感もなく、安心して食べられる。

「一応、調べておいたよ」

ビールがなくなり、ひれ酒が出てきたところで、二階堂が本題に入った。

「当時、警視庁担当だった記者や、捜査一課の刑事のＯＢにも聞いてきた」

そう言って会社名が表紙に書かれたメモ用紙を出した。

今はノートか、人によってはすべて録音してパソコンに打ち込んでいるが、二階堂は昔ながらのてのひらサイズのメモ帳にすべて書いている。

字が見えた。早書きで崩しているのに、一文字ずつがはっきりしていて読みやすい。

「すみません、二階さんは大阪にいて関係がなかったのに」

「水臭いこと言うなよ。これくらいは朝飯前だ」

「ありがとうございます」

「警視庁にしてはありえないミスだけど、一審は求刑通りで、無罪になったのは二審だ。すでに警察の手を離れて、検察の事件になってたし、二審の頃は警視庁担当も入れ替わってたから、判決が確定した時は警視庁記者クラブではそこまで話題にならなかったみたいだな。俺にしたって、記憶にあるのは刑事部長が遺憾だという声明文を出した程度かな」

裁判は、東京地検などを担当する司法クラブ記者の管轄だし、次から次へと新しい事件が起きる警視庁担当は、終わった事件を振り返る時間があまりない。

「遺憾なのに検察は上告しなかったんですよね」

「まぁ、最高裁は法律審だからな。控訴審のように判決に不服があるからといって、法令違反や事実誤認でもないと、上告しても最高裁は開かれない。だけど俺は、検察は自信満々だったと聞いていたし、最高裁で争うと思っていたよ」

「刑事が弁護士に暴力を振るった件はご存じですか」

「信楽って刑事だろ」

「知ってましたか」

「もちろんさ、行方不明者の殺人事件を専従で追いかけている刑事だよな」

さすがだ。祐里は前回、捜査一課の担当をした時はそうした刑事がいたことすら知らなかったのに。

「結構な騒ぎになりましたか」

「そりゃなったんじゃないのか。大阪まで伝わってきたから」

「それもあって上告を諦《あきら》めたんですかね」

「関係はあるだろな。だけどあれは信楽って刑事が嵌《は》められたんだよ」

「嵌められたって誰にですか」

「あの狡猾《こうかつ》な弁護士だよ」

岸が出てきた。

「二階さんもあの弁護士は嫌いですか」

「あんなねちっこいヤツ、好きな記者はいねえだろ」

「私もやられましたよ」

　事務所に呼び出され、中野が書いた記事について、どの警察官が言ったんだと名前を明かすように言われたことまで説明した。

「ハハッ。法廷に引っ張り出されてもネタ元を明かすことはできません、か。おまえさん、弁護士相手に法廷を持ち出すなんてやるじゃないか」

「足はガクガクでしたけどね」

「あのキザ野郎が青筋立てて怒ってる顔まで浮かんでくるよ。言っても俺は直接取材したことはなく、テレビでしか顔を見たことはないけど」

「直接話したことがないのに、どうして信楽さんが岸弁護士に嵌められたと思ったんですか」

「だってそうだろ。判決が出ると、記者の多くは先に裁判所の外に出て、待っている支援者を取材する。裁判官は公正に裁判を実施するため、取材には一切応じないし、弁護士や検事、傍聴に訪れた担当刑事などには可能だけど、裁判所内ではぶら下がりはできない取り決めになってる」

　事前のルールで裁判所敷地内での取材は禁止されている。するとしたら敷地外に出てからで、大きな事件の場合はだいたい会見が開かれ、そこで質疑応答となる。

「あの時も、支援者が逆転無罪と書かれた紙を持って、外で待ち構えていた支援者に披露したはずだ。想定外の判決だったから新聞も週刊誌もそっちの取材にてんてこ舞いだったんだろ。それなのに一社だけ、あれは週刊時報だったけど、その記者だけはすべての関係者や傍聴人が引き揚げるのを待つようにして最後に出たらしい」

「撮影したのって、週刊時報だったんですか」

もっともスクープを出している週刊誌だ。

「決定的瞬間を撮影したわけだから大したものだと言いたいところだけど、偶然にしては出来過ぎだ」

「確かに。急に目の前で揉《も》め事が起きても、スマホで撮影しようなんて発想にはならないですよね」

法廷へのカメラやICレコーダーの持ち込みは禁止されている。録音、撮影機能がついていてもスマートホンは認められているが、使わないことが前提だ。

それでも記者は咄嗟《とっさ》にスマホを出したのかと思ったが、二階堂からは「違うよ」と否定された。

「違うってなにがですか」

「当時はスマホは出たばかりで、使ってる記者は少なかった。今でいうガラケーにもカメラはついていたけど、雑誌に載せられるほど画素数は多くなかった」

「カメラを隠し持っていたってことですか」

「相当小さなデジカメが発売されてたからな。荷物検査があるけど、どうにか隠して、持ち込んだんだろう」

「そんなことしていいんですか、警備員に見つかったら大騒ぎになっていますよね」

「その目をかいくぐって撮影したんだろう。裁判所内での撮影、取材には裁判所の許可がいるということは刑事訴訟規則と民事訴訟規則から来ているのだから、それを破ったんだ。週刊誌には当然、裁判所から厳重抗議がいったはずだ。だが刑事が弁護士に手を出したら、週刊時報にしてみたら、出禁《できん》を食らってもいいくらいの覚悟で、載せたんだろう」

ますます岸がそうさせた確信犯的な要素が強まった。とはいえ、狙い通りに信楽に手を出させることなどできるのか。

「あの弁護士は、マスコミは権力の片棒を担いでいるだけだと非難するくせに、マスコミの使い方をよく知ってるんだよ」

「なにがあったんですか」

「日野事件に限って言うなら、岸がマスコミを操ったというより、警察がマスコミに翻《ほん》弄《ろう》されたと言った方がいいけどな。そのことが警察の失態に繋《つな》がった」

「どういうことですか」

「遺体発見だよ。誰が見つけたと思う」

「まさかそこにもマスコミが関係してるんですか」

「そうだよ、信楽って刑事はマスコミに恨みつらみを言ってなかったか」

「いえ、そこまでは」

だが警告するようなニュアンスの言葉はあった。飼い馴《な》らされるなよ——一度目は「飼い馴らされかけたんじゃないのか」と冗談交じりだったが、二度目は違った。丁寧な物言いをする信楽にしては結構きつく聞こえた。

「遺棄を見つけたのも週刊時報ですか」

「違う、俺がいた東都だ」

「東都新聞だったんですか」

「警視庁担当で、藤瀬と同じ捜査一課の仕切りをしていた記者だ。その記者は日野事件をよく調べていた。俺も同じ社会部にいたから知っているけど、変わり者でも、仕事には熱心で熱い男だったよ。彼はいわゆる地下ポルノ店を回って、野村が来ていなかったか、あるいは客を捕まえては野村を知らないか訊《き》いて回ったらしい。遺棄現場の話はその一人から聞いたと会社には報告したみたいだ。野村がそのような話をしていたって」

「新聞にも書いたのですか」

まだ発見されていない遺体の遺棄現場を容疑者から自白させることは秘密の暴露と呼ばれ、真犯人しか知りえない重要な証拠となる。それを先に新聞が報じれば、大事な証拠の一つをつぶしてしまうことになる。

「その記者はそこまで軽率ではないよ」

書かなかったのか。別の会社のことなのになぜかホッとした。

「まずは自分の目で確認しようと翌朝、カメラマンを連れて現場に行ったんだ。野村が遺体を置いた八王子市の産業廃棄物処分場は、タイヤとかが積まれていて、人の出入りがない場所だったらしい。だけどそれだけならまだ良かった。警察も怒らなかった」

「どうして良かったんですか。遺体は出てきてしまったんですよね」

「ざっと見回ってみた限り、遺体などなかった。記者もガセネタだと思ったんじゃないか。ところが連れてきたカメラマンはまだ新人で、現場に一個だけ捨てられてあったスーツケースを開けてしまったんだ」

「勝手に開けたのですか」

「普通は開けないけど、それほど大きくなかったから中に遺体が入ってるとは思わなかったのかもしれない。そしたら女の子の遺体が転げ落ちるように出てきて、カメラマンは腰を抜かしたらしい」

　自分なら絶対に触れないし、新人だったとしてもそのカメラマンは軽率だ。だが、これもその場にいないと分からない。言われた場所とは印象が違ったなどガセネタだと感じると、骨折り損のくたびれ儲《もう》けではないが、冷静さを失う。

「遺棄現場について、野村はそれまで一切話していなかったんですよね」

「黙秘だったからな。遺体の遺棄場所どころか殺害も、誘拐したことも否認だ」

「記者からの連絡を受けて、警察は初めて遺体がそんな場所に捨ててあったことを知ったんですね」

「残念ながら、そういうことだ」

二階堂は顔をしかめてひれ酒に口をつける。刑事を非難しているというよりは、信楽に同情しているように感じた。

辛抱強い刑事といえども簡単に自供を引き出せるものではない。証拠も目撃者もいないのだ。野村も黙っていれば遺体は出てこず、無罪になる、そう思って黙秘を貫いたのかもしれない。

「まぁ木埜内《きのうち》らしくはないけどな」

「木埜内って人が、その記者さんですか」

「俺なんかと違って酒飲みではないし、警察官の夜回りはするけど、酒どころかお茶を出されても、そういうのは結構ですと断るほどの真面目一筋の男だ。だが焦りがあったんだろうな。冷静沈着な男があの時は平常心を失っていた」

「焦りって、なにがあったんですか」

「日野事件に対する野村の嫌疑を最初に報じたのが東都だったんだよ」

「書いたのって、東都だったんですか」

「ああ、わいせつ写真撮影で逮捕された段階では、区役所職員の名が逮捕者として報じられただけで、野村の名前は出なかったのは知ってるだろ」

「はい、詳しく知ってるわけではないですが、岸弁護士が意地の悪いことをして、それが野村の脱走を生み、名前が公表されたと聞きました」

「脱走後に初めて野村の実名が報じられたわけだけど、その段階では実名報道に変わっただけで、言っちゃなんだがただの脱走したロリコン男だった。それが一カ月前の日野事件で捜査されていると東都が書いた」

「その木埜内記者が摑《つか》んだんですか」

「ああ、容疑者が逃げたといっても、それは逮捕した生活安全課の問題だ。それなのに刑事課が慌ただしくなった。勘がいい木埜内はこれはなにかあると感じたんだろう」

「それで日野事件で捜査していることを摑んだんですね」

取材方法はいくらでもある。新宿署の署長、副署長、刑事課長……。捜査一課でも課長、理事官クラスなら当然報告は入っている。

「真面目な木埜内はしっかり裏取りをした。おそらく当時の一課長だと思うけど、木埜内の性格からすると、惚《とぼ》けられない段階まで調べてぶつけただろうから、一課長は事実を認め、捜査に支障をきたすから書かないでほしいと頼んだ」

「だけど木埜内さんには、そんな泣き落としは通じなかったということですね」

「そういうところは徹底していたからな」

書かない場合はもちろん、自白した時は真っ先に教えてくれなどと記者も交換条件を持ち掛ける。だからといって警察が約束を守るとは限らず、警察側が交換条件を持ち掛けても応じない記者もいる。むしろ木埜内の姿勢こそが、三権とは独立した報道機関の記者の姿だ。

「ただそこからが木埜内の焦りになるわけだ。書いたはいいけど、なかなか逮捕されないんだから。ただのロリコン犯を、殺人事件の容疑者にしてしまった。これで嫌疑なしになったら、新聞は人権侵害で訴えられる」

「だけど捜査が入ったことは、岸弁護士が認めたんですよね」

「認めたくせに、書いたのは新聞社だ、私はそれが事実だと思って発言しただけだと開き直り、会社に抗議してきたらしいよ。デスクも参っていたらしいから」

捜査の事実を自分も認めておきながら、逮捕されないのをいいことに、最初に報じた新聞社の事実誤認にするとは。どこまで勝手な男なのだ。だが今回の中央新聞と同じで東都のデスクも参ったのだろう。岸の抗議を受けた田浦デスクは仕事に復帰したが、この事件に関しては勇み足をすればまたしつこい電話がくると、過剰なほど慎重になっている。

「あの頃の木埜内は、ただでさえ無駄話をしないのに、まったく口を利かなくなり、追い詰められた顔をしていたらしい。それでも朝から夜中まで、野村の交友関係を当たったみたいだ。職場や大学院時代の同級生だけでなく、地下ポルノ店なども回って」

取材の過程で八王子の産廃場が出てきたのだろう。自分が書いた記事が間違いではないか確かめたいと、居ても立ってもいられなくなり現場に向かった。

スーツケースに触った新人カメラマンに注意できなかったのは明らかなミスだが、自分の目で確かめようと現場に行くのは記者として当然の行動だ。

「そうだった。木埜内が取材した人間は、遺体のことは分からない、野村は過去に入手したわいせつ写真をその産廃場に捨てたみたいだと話していたらしい。だけどそれは嘘で、写真など出てこなかった」

「じゃあ、その情報はガセだったんですか」

「ガセではないだろう。遺体が出てきたんだから。写真などなくとも遺体が見つかればそれで充分だ」

「木埜内さんも、まさか自分たちが遺体を発見したせいで、二審で無罪になるとは思わなかったでしょうね」

遺体が出てくれれば、そこから先は野村の指紋や毛髪や血痕《けっこん》、衣服の繊維など証拠が出てきて、事件は解決に向かうと安心したのかもしれない。それなのに証拠はなにも出てこなかった。

「俺も方々を訊《き》いて回ったけど、あの事件に逆転無罪が出るとは木埜内も思っていなかったみたいだ」

「警察はよく逮捕状を請求しましたね」

「今思えば無理はあったと言われてしまうけど、検察からの異議はなかったと聞いている。野村の塾の生徒ではなかった女児も、体験入学していたなど接点はあったわけだしな。他にも証拠として採用されなかったが、根拠はあったんだろう。一審では過去の同等事件の判例通り無期懲役を取ったんだ。警察はやれることはすべてやった」

「その木埜内さんって今はなにをされているんですか。二階さんより少し年下ということは部長くらいですか」

記者ではなくても、ネットや営業、販売などの部長をやることもある。中央新聞もそれに近いが、社内に用意されている部長席の半分くらいは元記者、それも政治部か社会部の記者が座っている。

東都新聞時代は数々のスクープを書き、後輩からの人望もあった二階堂だが、上とソリが合わず、社会部長にはなれなかった。このまま東都に残っても、自分の好きな仕事はできないと思った、そんな矢先に生涯一記者をお願いしますと頼んできたものだから、給料の低い中央新聞に移籍した。

「木埜内は、今は東京にはいない。社会部長になってもおかしくないほど出来のいい記者だったけど、七、八年前に長野に帰った」

「長野ですか、連絡先を知ることは可能ですか」

ひれ酒を飲んでから、二階堂は目を眇《すが》めて祐里を見る。

「まさか会いに行くのか」

「そりゃ行きますよ、二階さんがここまで調べてくれたんですから」

「相変わらず熱心だな」

「ふぐ刺しにあさつきが載っている理由を訊きに、博多まで行った人に言われたくはないですよ」

「あさつきじゃねえよ、安岡ねぎだ」

「それは失礼しました」

「言い忘れたけど、それは説の一つで本当かどうかわからないと、そこのオヤジは言ってたぞ」

「説で充分です。世の中、どんなことでも複数の説が存在していることが鉄則ですから」

　ポンポンと言い返すと二階堂は苦笑いを浮かべる。

　腰を上げて、尻《しり》ポケットからメモ用紙を出した。四つ折りしたそのメモを広げる。

「おまえさんのことだから、そう言うだろうと思って、あらかじめ木埜内の住所と電話番号も調べてきた」

「メールアドレスは無理でしたか」

「俺に教えてくれたのは、七十を過ぎた元記者だからな。メールなんて使いもしないよ」

　最近は電話をかけても、未登録の番号だと出ない人が多く、また留守番電話も設定していない人が多い。

　長野に帰ったと言うことは早期リタイアしたのか。

　そうなるとますます電話に出ないだろう。メールアドレスが分かれば、長野まで行かずメール取材という手もあったが。

「なんべんも電話してりゃ、記者の勘が働いて出るかもしれない。かくいう俺も非通知は絶対出ないが、三回同じ番号からあったら、気になって取るよ。だいたいは墓を買ってくれとか畳交換とか、古物はありませんかといったセールスだけど」

そう言って今度は前のポケットから携帯電話を取り出した。すっかり見かけなくなった二つ折りのガラケーだ。最近は社員の多くがＬＩＮＥでやりとりしているが、二階堂への連絡は電話のみ。社員に与えられている中央新聞のドメインのアドレスも、二階堂のは祐里も知らない。

「取材に応じてくれるかは分からないけど、その時は俺の名前を出せ。偏屈な男だが、若い頃は俺が何度か助けてやったことがあるから二階堂と聞けば、おまえさんを無下にはしないだろう」

「ありがとうございます。助かります」

二階堂が出した紙を両手で受け取る。

まだ刺身は半分ほど残っているのに次のから揚げが来た。

「ほら、ふぐ刺しが残ってるぞ、とっとと食え」

二階堂にせっつかれたので、「せっかく歴史を教えてもらいましたが、長嶋食いで行かせていただきます」と祐里は四、五枚を箸《はし》ですくうように摑んだ。

14

その記者は長野に帰った。そう聞いた時は、木埜内は東都新聞を早期退職して故郷に帰り、悠々自適のセミリタイア生活を送っているのかと祐里は思った。

——まさか、いくら東都の給料がよくても、四十代でセミリタイアできるほど余裕はねえよ。それに確か木埜内は、同じ東都にいた前妻との間に子供がいたから、養育費だって払ってるだろうし。

二階堂が言った東都新聞の給与が気になって、どれくらい違うんですかと尋ねた。

——生涯賃金で比較するなら中央とは倍は違うな。

——倍ですか。

——東都、毎朝は中央、東洋の倍。業界では昔から中央地獄、東洋監獄と言われているからな。

あまりの衝撃に一瞬声が出なくなった。そりゃ中央新聞や東洋新聞で鍛えられてようやく一人前の戦力になった途端、次々とやめて、東都新聞や毎朝新聞に移籍するはずである。

どうやったら生涯賃金が二倍になるのか。倍も違うのに、二階さんはよく東都から中央に移ってきましたね、と完全に頭が給料にいっていると、二階堂から意外なことを言われてまた驚いた。

――木埜内は長野支局の軽井沢《かるいざわ》近く、佐久《さく》通信部の記者をやっているよ。

――通信部の記者ですか。もしかして……。

心に浮かんだ言葉は、ミスをして左遷されたのか、だったが、そう口にするのは通信部の記者に失礼だ。

中央新聞には東京本社、大阪本社以外は各都道府県、政令指定都市などに支局があり、その下には通信部がある。警察でいうなら駐在所のような役割で、一般的に自宅を仕事場兼用にして、一人でそのエリアを任されている。ただし支局業務も兼務しているので、中央新聞の佐久通信部の記者は、月に何度かは長野支局に出向いて泊まり勤務もやっているはずだ。

記事が全国版に採用されることは少なく、載っても地方版。定年間近か、もしくは定年再雇用されたベテラン記者、またはある程度他社で記者経験を積んできた人が地方採用で入社してきたりするなど、いずれもこの仕事が好きで、いつまでも記者をやっていたい熱い人が多い。その一方で、本社で大きなミスをすると地方支局、ミスの度合いが大きいと通信部に島流しに遭うのも事実としてあるが。

二階堂は祐里が言いかけたことを見抜いていた。

――左遷されたわけでも、出世争いに負けたわけでもねえよ。

――そんなつもりで言ったんじゃ……。

――東都は給料が高い分、競争は中央より激しいからな。出世できなかった記者は、地方支局で支局長やったり、デスクをやったりする。その椅子の数にも限りがあるから仕方ないんだけど、木埜内の場合、自分から通信部に行かせてほしいと志願したらしい。もともと軽井沢の隣町の出身だから。

――出身ということは、実家に戻らなきゃならない事情でもあったんですか。

――俺も聞いた時はそうなのかと思ったけど、理由は誰にも言わなかった。普段から口数が少なくて、なに考えているのか分からないような男だから、俺たちも深くは考えなかった。

なに考えているのか分からない変わり者なら、アポイントを取るだけでも苦労しそうだと祐里は頭を抱えた。

ところが電話をしたら出てくれ、昔の事件のことで話を聞きたい、会ってほしいと頼むと、佐久ではなく新幹線の停車駅である軽井沢まで出てきてくれるという。

軽の四駆に乗って軽井沢駅前の喫茶店に現れた木埜内悠馬《ゆうま》は、山男のような髭面《ひげづら》をしていた。喫茶店に入ってきた時から表情は硬く、名刺交換をしている時も眉間《みけん》に深い皺《しわ》を寄せていた。

「さすが真夏の軽井沢ですね、新幹線はすごい混みようでしたし、早く着いたんで有名な軽井沢銀座を歩いたんですけど、東京にいる私でも知ってる店がいくつもありました。駅の反対側にアウトレットがあったんですね。そっちに行けば良かったです。前から友達にブランド品が安く売ってるって誘われてたんですけど、私にはハードルが高くて」

一方的に話すと、ようやく木埜内が口を開く。

「用件を言ってくれ。俺はこの後、子供の迎えがあるんだ」

顔を見ることもなく早口で喋《しゃべ》ったその言葉には、記者としての仲間意識もなければ、東京から新幹線でやってきた同業者へのいたわりも感じられなかった。

「お子さんいらっしゃるんですか。おいくつですか」

二階堂からは同じ社の記者と結婚したが離婚したと聞いていたから再婚したのか。

「そんなことあなたに説明しなくてもいいだろう」

「そうですね、初対面なのに失礼しました」

「訊《き》きたいことってなんだ」

「日野事件で無罪になった野村栄慈が、茨城県で殺人事件を起こしたのはご存じですよね」

「これだけ騒ぎになってるんだ。知らない記者などいないだろう」

「日野事件の当時のことを聞きたくて来たんですが」

「昔の話だ、話すことなどない」

一刀両断に切り捨てられた。

それならなぜ会ってくれたのか不思議だ。このタイミングで東京から自分に会いに他紙の記者がくるとしたら、日野事件以外にはありえない、普通はそう考える。

「日野事件の当時の一課担当の仕切りが木埜内さんですよね。遺体を最初に見つけたのも警察ではなく、木埜内さんだったと二階さんから聞いたものですから」

二階堂の名前を出したが、遺体を最初に見つけたと言った箇所が非難めいて聞こえたのかもしれない。ただでさえ無愛想な髭面がいっそう険しくなった。

「なにが言いたい」

声にも険を帯びている。

「そのことを詳しく教えてほしいと思ってきたんです。産廃場の情報、誰からどうやって聞いたのですか」

「取材源については答えられないことは、あんたも記者なら分かるはずだ」

喧嘩《けんか》を売っているかのようなぞんざいな言い方が続く。祐里の方が年下だが、初対面だし、会社の後輩でもないわけだから、こんな偉そうな言い方をしなくてもいい。次第に腹が立ってきた。

「では質問を変えます。その情報源は確かなんですか」

情報が確かではなく、情報源が確かかと尋ねた。木埜内も引っかかりを覚えたようだ。

「俺が無関係の人間を取材していたとでも言いたいのか」

「無関係とまでは言いませんが、現場に行くに値する人物かということです。我々は警察の言いなりになる必要はないですから、捜査に遠慮することなく自力で調べるのは当然の仕事です。それでも現場に行くことは、場合によっては現場を汚すことになるわけですし」

今度は祐里の言葉遣いが刺々《とげとげ》しくなった。少なくとも一番の疑問がそこにある。遺体が出てくることを警察が知らなかったということは、木埜内は殺人の捜査が入ったネタは一課長に裏取りしたのに、産廃場については確認しなかったことになる。

口を結ぶ木埜内は、回答を拒否しているように感じた。仕方なく祐里が続ける。

「普通は誰から聞こうとも捜査一課長などに確認するんじゃないですか。二階さんは、最初に日野事件の容疑者に野村があがっていると東都新聞が書いた時は、木埜内さんはきちんと一課長にぶつけたと言っていました」

木埜内が目を剝《む》いて睨《にら》みつけてきた。だが祐里が視線をぶつけた時には、彼は目元を緩めて嫌らしく笑った。

「一課長に訊かずに現場に行ってはいけない決まりでもあるのか。俺も長いこと警視庁を担当したが、そんなルール初めて聞いたな」

「そうやって自分たちでブレーキをかけているから、今の事件記者は駄目なんだとおっしゃりたいのですね。その批判は甘んじて受けますが、私が木埜内さんの立場なら、現場に独自に行くのはもう少し慎重になっています。結果的に遺棄現場を自供させるという証拠能力を消してしまったわけですし」

「まるで俺のせいで、野村が無罪になったと言いたげだな」

「そうとは言ってませんが」

その可能性は大いにあったと思っている。

「遺体は大事な証拠だ。だがつごう二十三日間調べて警察は自供させられなかったんだ。あの朝、うちが見つけなければ、不起訴になっていたかもしれない」

「最終日に野村を落としたかもしれませんよ。実際、木埜内さんたちが見つけた後には野村は犯行を認める供述をしているのですから」

「結果論で物を言わないでくれ」

確かに推測でしかない。それでも遺体から指紋などの証拠が出なかったのに起訴した。秘密の暴露さえあれば、逆転無罪になることなどなかったはずだ。

「あんた、なぜ事件記者は警察にいちいち確認を取らなくてはならないんだ」

「それは警察が一番、事実に近いところにいるからです。あとは捜査妨害をしてはならないということもあります」

二つめの捜査妨害については祐里自身、違和感を覚える。捜査妨害というなら取材のすべてが該当する。捜査妨害と言われて取材をやめてしまうようでは、警察にとって都合の悪い事実を表面化させることはできないし、そもそも生感覚で事件を知ることはできない。

木埜内は祐里が最初に口にした、警察が事実に近いところにいると言った点に食いついてきた。

「事実に近いって、警察が重大な証拠を隠していることは怪しまないのか」

「もちろん、怪しむケースもありますよ。だからこそ発表を待つより先に、記者は取材合戦でいち早くスクープを書くのだと思っていますから。警察発表には、警察が知られたくない内容が隠されています」

そこまで正論を述べて、木埜内がなぜそんなことを言い出したのか想像がついた。

「木埜内さんは、警察は遺体が産廃場にあるのを知っていて、そのままにしていたと考えているのですか。野村が自白するまでわざと放置していたと」

「ありえなくはないだろう。あの事件はブツがなにも出ていない。野村に自供させる、その結果、供述通りに遺体が出てきたことを唯一の証拠にすることだってありうる」

そんなことがあるのか。女児が奇跡的に生きているかもしれないのだ。放っておくなど考えられない。

だが一度死んでいるのを確認していたらどうだろうか？　証拠がないのも確認した？　さすがにこのケースではありえないと心の中で打ち消した。信楽がそうした汚い捜査手法を取るなら、二係捜査はもっと多くを解決しているし、日野事件は無罪にならなかった。

「私も疑い深い性格ですけど、木埜内さんの疑問はドラマや映画のようで、現実味がありません。野村が供述するのを待つより、警察は一刻も早く遺体を司法解剖したいでしょう。時間が経てば経つほど腐敗が進み解明は困難になります」

「それなら警察が先に遺体を見つけ出すべきだったのでは？」

「警察だって万能ではないです。木埜内さんが優秀だったと言った方がいいんでしょうけど」

「お世辞はいらない」

「どういった理屈があろうと、スーツケースを開けたのは行きすぎです」

「それはうちのカメラマンの先走りだった。俺も他の場所に目をやっていて、まさか彼が大胆な行動に出るとは思わなかった」

「新人のカメラマンだったそうですね」

「彼がスーツケースを開けなければ、警察が無理やり自供させていたかもしれない。そうしたらまた新たな問題が生じていた危険性はあったろうな」

「危険性ってなんですか」

「野村が自白した場所がA地点だったとする。だがスーツケースがあったのはB地点だった。その場合、警察はどうすると思う」

「秘密裡《ひみつり》にスーツケースを動かすとでも言うんですか」

言いながら身の毛がよだった。

「正義の味方のお巡りさんは、そんなことはしないって顔をしてるな。あんた、捜査一課担当の仕切りをしてるってことは、そこそこキャリアはあるんだろ？」

「記者になって十三年目ですけど」

「それならあれこれ知ってるだろ。日本の警察の悪さを」

「すみません、私はそれほど大きな不正にぶち当たったことはないので」

支局や警視庁の方面担当をしていた時に、自分の担当する警察署の刑事が何人か処分された。不倫だったり、交番内で男女が淫《みだ》らな行為をしたり、暴力団事務所から情報料をもらったりといった内容で、いずれも戒告程度の処分が出た後に、依願退職している。起訴に持ち込むために警察が遺体を動かすなんて考えたこともない。

「俺の若い頃、マル暴刑事が拳銃《けんじゅう》を集めるのに、暴力団から提供を受けた。あるいは交通課の巡査部長が、中古車屋を友人と共同経営して、書類を不正して海外に車を販売していた。警察はすべてを知った上で、先に巡査部長を退職させてから検挙した」

「遺体を動かすのとは、ことの重大さが比べものになりませんよ」

「事件を作ったという意味では同じだ。日野事件にしたって裁判官から捜査が甘いと指摘を受けたわけだから、作り話は多少は混在していた」

違う。遺棄現場を自供させていれば二審で無罪にはならなかった。この記者とはいくら話したところで、堂々巡りになるだけだと言葉を呑《の》み込んだ。

「信楽京介巡査部長ってご存じですか」

「知ってるよ、今も二係捜査をやってんだろ」

「木埜内さんは信楽さんが不正をする刑事だと思っているのですか」

「その刑事のことは分からない。だけどその刑事は当時から、取調べに違法性があると噂があった。捜査のほぼすべてが、裁判所から令状を得た事件とは無関係の捜査だ」

否定しなかった。二係捜査とはそもそもが別件での容疑者を調べることに端を発する。そうした取調べに懐疑的な刑事は警視庁内にもいる。

　木埜内の取材姿勢は正しい。なにも記者は警察の言いなりになる必要はなく、警察の発表や夜回り先での刑事の発言を鵜呑《うの》みにせず、つねに疑問を持つ意識があっていい。

　それに記者にだって、警察が気付かなかった事件の本質を見抜く洞察力、そこまで辿《たど》り着く胆力が求められる。

　警察より先に記者が遺棄現場を発見したことについても、捜査妨害ではなく、木埜内の取材力が勝っていたということ。記者の行動を批判するより、情報収集能力の遅れが警察にあったことを非難してもいい。

　その結果、野村のように無罪判決が出たとしても、それは遺体以外の証拠を探せなかった警察の落ち度である。そもそも証拠が不足しているならば、無罪推定の原則から野村を起訴すべきではなかった。

　それでも祐里は解せなかった。この記者はカメラマンがスーツケースを開けたことのみ、行きすぎだったと反省したが、それ以外はすべて正当性があると言い張っている。

　本当にそうだろうか。

　そこで二階堂があの当時、木埜内には焦りがあった、と言ったのを思い出した。

　新宿署から脱走を試みた野村を、日野事件の容疑者として捜査対象になっていると書いたのは木埜内だ。その後、数日間、警察は逮捕状を請求できず、勾留《こうりゅう》期限が迫っていた。

「遺体発見現場を聞き出したのは記者としての役目だったとしても、野村を日野事件の容疑者だと書いたのはお手付きだったんじゃないですか」

「どうしてお手付きだったんだ。逮捕されたじゃないか」

「結果は無罪ですよね。木埜内さんが言っていることは矛盾していませんか」

「矛盾しているのはそっちだろ。逮捕されたのは事実だし、無罪になったのも事実だ。その二つは別問題だ」

「それだと警察が発表したから正しいということになり、先ほど木埜内さんがおっしゃった警察のしていることを怪しむという姿勢に反しませんか」

矛盾点をついたことで滑らかだった木埜内の口の動きが止まった。またなにか言い返してくるのかと待ったが、反論は聞こえてこない。そこでなぜ木埜内がここまでムキになってくるのか思い当たった。

「東都新聞に今回、抗議の電話が殺到しているのではないですか。あの時、東都新聞が余計なことをして野村を逃したから、今回の事件は起きたのだと」

「そんなことはない」

木埜内は顔を強張《こわば》らせた。それは穿《うが》ちすぎか。遺体を発見したのが当時のどこの新聞だったかまで、一般の読者は知らないだろう。

「木埜内さんは、今回の事件だけでなく日野事件も野村の犯行だと思っているんじゃやないですか」

　木埜内は夜回り先で酒やお茶を出されると、そういうのは結構ですと断るほどの真面目一筋の記者だと、二階堂は話していた。

　口では自分がしたことの正当性を訴えているが、心中は違う。自分たちの取材によって野村を無罪にしたことが、今回の河野すみれの事件に繋がったと後悔しているのではないか。

「もう一度お尋ねします。木埜内さんは、前回の取材を悔やんでおられませんか」

「それはない。俺はもう帰らせてもらう。言っておくが、俺が言ったことを記事にはしないでくれ。俺はあなたが二階さんの名前を出したから会っただけで、本来なら断っていた」

　本当にそうだろうか。確かに電話で二階堂の名前を挙げ、直接話を聞きたいと頼んだ。他紙の記者なのだから、普通は電話で済ませようとする。こうして祐里と対面したのは、東京の警視庁記者の顔を見て、今、警察や記者の間で自分がどのように取り上げられているのか、確かめたかったのかもしれない。

「それでも気になるんじゃないですか。鉾田での野村の犯行が」

「そんなこと、警察が捜査すればいいだけの話だ。本当に野村が殺《や》ったのならきちんと捜査して起訴すればいい」

「では日野事件は？」

「あんたもしつこいな。同じことを言わせるな」

これでは祐里の方が堂々巡りに持ち込んでいる。

すっかり気を悪くした木埜内は「迎えの時間だ。失礼する」と、自分のコーヒー代だけ置いて、店を出ていった。

15

夕方の六時に、洸は自宅の前で田口に車を停めてもらった。

「お疲れ」

「そう言うなら、たまには運転しますって言えよ」

「哲が運転したいって言ったんだろ。嫌ならいつでも代わってやるよ」

信楽と出かける時は必ず洸が運転する。ドタキャンされたとはいえ捜査一課長の運転手役に取り立てられそうになったくらいなのだ。運転は得意だ。

「冗談だよ。明日も鉾田市までお連れいたしますよ、巡査さま」

哲も同じ巡査だが、「運転よろしく頼むよ」と伝えた。

鉾田署から連絡があって、野村の取調べ時間をわずかだがもらえることになった。五係の係長からも許可を得た。

そうはいっても野村と会ってもぶつける材料がない。

昨日は葛飾の女児の後、多摩市の女児の家に行ったが、母親は娘に会わせてくれなかった。

男が帽子にサングラス、マスクをしていたことでほとんど顔を見ていないこともあるが、今回三件に絞った事件のうち、多摩市の女児のみビルの脇に連れ込まれ、体を触られている。母親としても娘に嫌な記憶を思い出させたくないのだろう。

洸と田口は雰囲気だけでも似ているか娘さんに確認させてほしいと粘ったが、許してもらえなかった。

そして今日は野村の行動パターンではありえない今年六月十日、清瀬市で車の男性に道を訊《き》かれて、車に引っ張り込まれそうなった小学二年生の女児の自宅に向かった。

六月は鉾田のマンション建設現場で働いていて、まだ完成まで一月半あったし、パソコンの履歴も怪しいものは残っていない。

予想していた通り、写真を見た女児は「この人とは違う」と否定した。

唯一、可能性があるとしたら多摩の事件だが、夏場にニット帽にサングラス、マスクとむしろ目立つ出で立ちをしていることが、用心深い野村らしくはない。

野村の犯行を疑える事件を持っていなかったとしても、野村に会う価値はある。

前回、奇跡的に無罪になったというのにまた犯行を起こしたのだ。この間、なにを考えて生きてきたのか、犯罪者にありがちな演技性パーソナリティ障害（目立ちたい）や自己顕示欲（事件現場に自分の仕業だと残す）といったものが野村には見られない。そうした彼の性格を自分の目で確認したい。

成果が出ないことに、鉛を背負ったような体の重さを感じながら階段を上がり、鍵《かぎ》を回してドアを引く。

「ただいま」

自分の声にも元気がないように感じた。夏休みをもらったばかりだと言うのに、こう捜査が空振りばかりだと、体は夏バテだ。

いつもなら台所からおかえりという菜摘の声が聞こえ、咲楽と一緒にくる。この日は菜摘だけが出てきた。声も出さず、足取りがおぼつかない感じがする。

「どうしたんだよ、菜摘」

顔を見ると血の気が引いていた。菜摘は玄関に膝《ひざ》から崩れ落ちた。

「ごめんなさい、洸くん、咲楽が」

そう言って泣き出す。

「咲楽がどうしたんだ」

行方不明になったのかと思い気が動転する。脱ぎ掛けていた片方の靴を履き直した。

そこで廊下の奥の台所から、咲楽が「パパ」と言って走ってきた。

この日の夕方、菜摘は咲楽を連れて児童公園で遊んでいた。

そこで同じ官舎で、菜摘と同じ元交通課の母親と会い、つい話し込んでいるうちに咲楽の姿が見えなくなったそうだ。

公園にいた母親たちが捜してくれた。数分後、公園の外を咲楽が歩いているのを、近所の主婦が声をかけて引き留めてくれていた。

咲楽はママが先に帰ってしまったと思った。だから公園を出て捜した。声をかけてくれた主婦に「ママがいない」と訴えていたらしい。

その主婦と咲楽が一緒にいるのを見て、菜摘は大声をあげて駆け寄った。時間にしたら姿を消したのは五分にも満たなかったが、咲楽が誰かに連れていかれたのではないかとパニックに陥ったという。

洸には、無事だったのになぜ菜摘が詫《わ》びたのかが、理解できなかった。

菜摘は涙を拭《ぬぐ》いながらこう言った。

「私、自分が情けなくて。公園で子供が遊んでいるのをただ見ているだけなのに、ママ友との話に夢中になって咲楽が動いたのを見過ごしていたのよ。こんなことで咲楽になにかあったら、洸くんに顔向けできないって」

「なに言ってんだよ。俺だって今まで咲楽と公園に行って目を離したことがあったよ。それになにかあったとしても俺に謝ることなんかないよ、子育ては二人の責任なんだから」

「洸くんは仕事が大変じゃない。子育てくらいは私がちゃんとやらないと」

そう言って再び瞳《ひとみ》を濡《ぬ》らした菜摘を、洸は「俺は全然気にしていないから。菜摘が一人で責任を背負うことはないんだよ」と言って抱きしめた。咲楽までが「ママ泣かないで」と慰めていた。

洸もミスした時には、情けなくて泣きたくなる。菜摘も同じ気持ちだったのだろう。普段から菜摘は、自分はしっかりしていると自覚している。それなのに子供一人きちんと見られなかった。そのことが悔しかったのだ。

心が沈んだ妻を見て、洸も父親としての自覚を改めないといけないと思った。

子育ては妻がやるものという前時代的な考えは持っていない。だが子供は夫婦二人のものでありながら、どちらかと言えばお腹を痛めて産んだ妻の方が結びつきが強いという意識が、心のどこかにあった。

離婚した夫婦の親権を父親が獲得すると、男親に育てられる子供を不憫《ふびん》に思うし、子を失う母親に同情した。

咲楽に対する愛情が欠けているわけではないが、家族の一員なのに、母子関係の外に自分を置く傍観者になってしまい、その思いが、子育てを完璧《かんぺき》にこなして当たり前だというプレッシャーとなって菜摘に伝わっていた。

危ない目に遭ったわけでもない、黙っていれば知られずに済んだことなのに、泣いて謝ってきた菜摘に対して愛《いと》おしさでいっぱいになった。

その晩、自分から菜摘を誘った。咲楽が生まれた後からだから、実に二年数ヵ月振りに肌を重ねた。

強く抱きしめてから、ゆっくりと体を押し入れた。閉じていたものを無理やり裂くような感覚があった。

灯りを落としたシーツの上で眉《まゆ》をひそめた菜摘の顔がうっすら見えた。長いブランクがあったことで洸はすっかり夫婦の営みが不得意になっていた。

「ごめん、大丈夫か？」

「平気、続けて」

男は身勝手だと思う。やめるつもりなどないくせに、大丈夫かなどと訊《き》く。やめてと言えば男が不機嫌になるから、女は続けてと答えるしかない。

それからはほとんど動かずに、ただ深く入ったまま両手を背中に回した。次第に痛がる顔も消えた。

「ありがとう」

そう言って彼女から離れる。

「洸くん、終わってないんじゃないの」

「俺はいいんだ。今日は久々だから、菜摘の体も慣れてないだろうし」

「大丈夫だよ、洸くんも満足できないでしょ」

「いや、これからまたしよう」

言ってから大胆なセリフに照れた。

関係を避けていたこの間、夫婦というのはセックスレスになってから始まる、つまり体の関係がなくとも心が通じ合えるか、それを試されていると考えたこともある。

歳を取ればやがてそうした時期が来るだろう。だが今は違う。一つになることで自分は菜摘が大好きなのだと改めて実感できた。うじうじと悩んでいた器の小さな男のわだかまりなど、風に飛ばされるタンポポの種のように消えてなくなった。

旅行に行ってもどこかぎこちなかったパパとママが通じ合えるよう、咲楽がきっかけを作ってくれたのかもしれない。万が一のことを考えたら、一瞬でもいなくなったことをいいように捉《とら》えてはいけないのだろうが。

終わってからも菜摘の頭を左胸に乗せて抱き寄せた。伸ばした右手で、菜摘の背中の産毛を逆立てるように撫《な》でている。

咲楽が生まれるまでは、彼女が眠りに落ちるまで背中を撫でていた。こうやってもらえると悪い夢を見ることなく、幸せな気分で朝を迎えられる、初めて過ごした夜にそう言われた。菜摘を少しでも安心させ、自分を選んで良かったと思ってほしいと思って続けていたが、この程度のボディータッチすら二年以上疎《おろそ》かにしていた。

「優しいね、洸くんは。落ち込んだ私を慰めてくれるんだから」

胸の中から菜摘の声がした。

「違うよ。俺自身が申し訳なかったと反省してるんだよ」

「どうして洸くんが反省するの」

「今日のことで俺は、子育てを全部菜摘に押し付けていたと気づいたんだ。俺の方こそごめんな。菜摘にばかり大変な思いをさせて」

「洸くんが謝ることなんてないよ、私が好きでやってるんだから」

妊娠が発覚して入籍を決めた時、菜摘から退官すると言われた。彼女が仕事に未練を持っているのは分かっていた。古いと言われる警察でも今は子供が満三歳になるまで取得できる育児休業を選択する女性警察官は増えている。

育休は女性だけではなく、もちろん男も取れる。だが捜査一課に上がることしか頭になかった洸は、自分が休んで子育てするなど考えたこともなく、菜摘にやめて後悔しないかと確認すらしなかった。

最近は再雇用制度で警察に戻る元警察官も増えている。子育てが落ち着いたら、良かったら応募してみないかと菜摘に訊いてみよう。

「菜摘がそこまで心配したってことは、このあたりでも子供に声をかけて連れていくような事件があったのか」

まだ二歳になったばかりの咲楽が、野村のような児童わいせつ犯に狙われることはないと思っている。

だが乳幼児の誘拐事件はたびたび起きていて、身代金目的もあれば、自分の子供として育てるケースもある。諸外国では拉致《らち》、または人身売買される事件も存在する。

「こうした事件っていろんなパターンがあるから心配なのよね」

胸の中から菜摘の不安げな声が聞こえる。

「なにか怪しい人間を見かけたとかあったのか」

「不審者が目撃されたわけではないんだけど、半年くらい前、幼稚園児がいなくなって。その子はビルの非常口で見つかったんだけど、その時、ちょっと騒ぎになって」

「誰かに連れ込まれたのか」

マジックミラー越しに見た眼鏡の奥で暗い目をした野村の顔が浮かんだ。日焼けした太い腕で女児をさらう。あの男が咲楽の身近にまで迫っていたらと想像すると背筋が凍りつく。

「それが真相は分からないのよね。警察に届けた方がいいってママさんたちがアドバイスをしたけど、そのお母さんが息子はなにもなかったから心配しないで、と言い張るから」

「息子ってことは、男の子だったのか」

「うん、年中さんの男の子」

そう聞いて野村の姿は脳裏から消えた。それでも被害に遭った男の子や家族から、今も恐怖の記憶が消えていないと考えると、怒りを覚えた。

16

洸と田口が鉾田署に設置された捜査本部の取調室に入ると、野村がいた。礼儀正しく座っている。髪を横分けにし、ノーフレームの眼鏡をきちんとかけていて、大学院まで通った聡明《そうめい》さが雰囲気にも出ている。ただし眼鏡の奥の瞳は、どこか灰色がかっていた。

「ではよろしくお願いします」

茨城県警の取調官二人は退室した。ここから先は洸と田口のみだ。与えられた時間は十五分と短い。

「警視庁の森内と言います」

「田口と言います」

順々に挨拶《あいさつ》した。

「はい」

目も合わさずに返事をする。態度だけで判断するならここまで犯行容疑に対して黙秘を貫いているとは思えない従順さも感じ取れる。

「信楽って刑事を覚えていますか。あなたが前回の殺害容疑で逮捕された時に取り調べた刑事です」

ハッとしたかのように、うつむいていた野村の額が上がった。

「あなたは信楽から暴行を受けたと弁護士に伝えたそうですね」

「それは……」

「弁護士があなたの体に痣《あざ》があるのを見つけて気づいたんでしたっけ。でもそれも違いますよね。あなたは取調べで暴力など振るわれていない」

無感情だった野村の表情が変わった。咄嗟《とっさ》に思ったのは、法廷で嘘の証言をしたことを後ろめたく思っている？　それとも違った。なにか物思いに耽《ふけ》っているような顔つきだった。

「あなたのパソコンを見せていただきました。自分の欲望を必死にコントロールしていたのがよく分かりましたよ。あなたはできるだけ自分の嗜好《しこう》を遠ざけようと、パソコンもニュース程度しか見ていなかったようですし、二人部屋の時などは部屋にパソコンはなかったそうですから借りていたトランクルームに保管していたんでしょう。作業員仲間がヘアヌードが載ってる雑誌を回し読みしていても一切、目も向けなかったと聞きました」

「…………」

「昔、自動車工場の期間工をしていた時期も記録から出てきました。ですが契約期間をまっとうせずにやめているんですね。期間工は給料がいいそうじゃないですか。私はいずれも経験はありませんが、深夜労働などの時間帯を除けば、オートメーションの工場で働くのと、肉体労働では体の疲れも違うでしょう。それなのに厳しい肉体労働を選択したということは、あなた自身、心身に余裕があれば犯罪を起こしかねない、日野事件は無罪になったのでここでは触れませんが、少なくとも小さな女の子に関する前科はあります。そうした欲望から意識を遠ざけようとした努力は感じました」

虚空を彷徨《さまよ》っていた野村の視線が、洸に向いた。なぜ理解するようなことを言い出したのか疑問を覚えているのだろう。

　都内での犯行の疑いが薄いと分かったことで、田口と話し合って、この取調べ時間をどう使うか決めた。なにかを自白させるための時間ではない。野村という男を知るための時間にした。

　隣で田口が注視して、表情に変化がないか窺《うかが》っている。洸にはいまのところなにも読み取れない。十年前、犯行発覚を恐れて警察署から逃げようとして事を大きくした、そうした気弱さすら感じない。

「あなた、やはり前回、刑務所に入るべきだったんですよ。そうしていれば、自分で必死に制御し、欲望と闘うなんて苦労も味わわずに済んだし、もっと楽な仕事ができたんです」

　一度視線を落とした野村が再び洸を見た。相変わらず瞳《ひとみ》は曇っていて、感情が汲《く》み取れない。

「警察ではあなたのような性犯罪者に対するプログラムが組まれます。心理学者も入り、定期的にカウンセリングも受けられます。あなたは中学生の頃に、双子の弟と妹が急にできて、その子たち、とくに女の子の世話をした経験が、幼児性愛に繋がったと前回の捜査記録にも出ています。つまりあなたがしたことは犯罪である前に、病気だったとも認定できるわけです。残念ながらその病気は人間の意思で抑制できると判断され、責任能力なしという判断は下されません。それでも情状酌量の余地はあるでしょうし、しっかり治療すれば、もう病気に苦しむことはなかったんです」

無期刑だったのだから治療したところで野村が出所できたかどうかは分からない。だが罰金刑であってもプログラムを受けることは可能だ。そうしたプログラムでは性犯罪につながりやすい認知を持っているかをチェックし、考え方を変えることで行動を変えるという、いわゆる認知の歪《ゆが》みを矯正していく。そして知らず知らずに生じたサイクルから脱却させることで、欲望をかき立てる場面に遭遇した時に異なるロールプレイ(役割演技)を体に覚え込ませる。野村の場合、工事期間の終了が近づくと、抑えていた我慢が爆発するかのようにネットを見始め、そして行動に移す。そうした習慣、発想のパターンも訓練によって取り除ける。

捜査とは無関係なことを考え、目を離したせいか、再び野村の顔を見た時、彼の顔に変化を感じた。

野村が口を押さえた。

「どうしました、大丈夫ですか」

瞳が揺れ始めたから泣き出したのかと思ったが、大いなる勘違いだった。くっくっと声が漏れる。驚いたことに野村は笑いを堪《こら》えていた。

「なにが、おかしいんだ、野村」

田口が先に指摘した。

「刑事さんっていい人だなと思ったんです」

口を押さえたままくぐもった声で言う。感謝して言ったわけではない。嘲笑《ちょうしょう》している。

「どういうことですか」と洸。

「本当に俺のことを考えてくれているなと思って。大昔の妹や弟の世話をしたことまで出してくれて。そうなんです、俺は病気だったんです」

「病気でも治さなくてはいけない病気だと言ったでしょ。あなたは矯正するためのプログラムすら受講しなかった」

「刑事さんが言ってた通り、抑えられていたんだからいいんじゃないですか」

「欲望をコントロールしていたと言いたいのですか」

「刑事さんの話を聞いて、俺ってすごく立派な人間なんだと思いましたよ。自覚して、自分の行動を抑制しながら十年間も生きてきたんだから」

やはり嘲《あざけ》っている。態度まで最初とは違う。ちらちらと洸の顔を見る姿は、刑事などまったく恐れていない自信のようなものが漲《みなぎ》っている。

「別にあんたを立派な人間だと認めているわけじゃない。十年も耐えてきたのにこうやってまた犯罪をおかしたんだ」

田口が口を出す。

「耐えてきた？　刑事さんに感謝と言ったのはそう言ってくれるところですよ」

「なんだと」

「ちょっと待て、哲」そう言って手で制した。「もしかして他でも犯罪をおかしたことを認めるんですか。もちろん我々もわいせつ事件や未遂事件を調べています。隠していても明らかになるんです、話してくれませんか」

「未遂事件ね」

意味深なことを言って、わざとらしく口を歪めた。

「未遂ではないって、じゃあ他でもやったということか」

それまで極力丁寧に話していた洸も我慢ができずに言葉が雑になった。

「やったって、殺したって意味ですか、それともいたずらしたってことですか」

「殺したのか」

田口が続く。

「調べてみればいいじゃないですか。そのために警視庁の刑事がはるばるやってきたんでしょ。あの信楽って刑事はまだいるんですか。いるならあの刑事が調べれば簡単でしょう。岸先生に聞きましたよ。あの刑事はこれまでいくつものお蔵入りした事件を解決したって。実際、俺と日野事件も関連付けたわけだし」

「日野事件もあんたの犯行だと認めるのか」

「さぁ、どうなんでしょうね」

口を窄《つぼ》めて斜め上を向き、目を緩めた。これまでとは別人のような態度に神経がざわつく。

「認めるんだな」

認めたところで法的にはどうすることもできない。だが今後の裁判には影響する。

「無罪でしたよ」

「判決を訊《き》いてるんじゃない。おまえがやったのかどうかを尋ねてるんだ」

急に沈黙した。それまで漠然と洸を見ているようだった野村の目は威力を増した。強い視線を洸にぶつけてくる。洸も見返す。沈黙を破ったのは野村だった。

「やっていません」

言葉遣いこそ丁寧になったが、顔の太々《ふてぶて》しさは変わらない。

「嘘を言うな」

「本当ですって。前回の裁判で言ったのがすべてですって」

「おまえ、刑事が日野事件と関連付けたと言ったじゃないか」

「関連付けたけど間違いだったんです。裁判官が言った通りです」

「他の容疑はどうだ。今回と類似した事件を起こしたんじゃないのか。工事期間の契約が切れるたびに……。そうしないとおまえは次の仕事に向かえなかった。おまえはロリコンという病気だからな」

ロリコンというくだりに気を害したのか、ねめつけてくる。ただ強い目つきすぐに萎《しぼ》んでいき、視線を落とした。いったいこの態度の変調はなんなのだ。

「なにもやってませんって。刑事さんがあまりに親切だから、つい冗談を言っただけです」

「からかったのか、おまえ」

田口が声のボリュームをあげたので、「落ち着け、哲」と止めた。

ここで暴言を浴びせたのが岸に伝わると、茨城県警は二度と時間を提供してくれなくなる。

「本当になにもしていませんって。今回のことだって誤認逮捕なんですから」

「いい加減にしろよ」

睨《にら》みを利かす田口を、野村は見ようとしない。

その態度に怖気《おじけ》づいた様子はなかった。

17

「野村、おまえ、どういうつもりだ」

連絡を聞いて急遽《きゅうきょ》、東京から来た岸は、鉾田署に着いても五臓六腑《ろっぷ》が煮えくり返ったままだった。

野村が黙秘を破っただけでなく、余罪についても仄《ほの》めかす供述をした。

次回の接見予定を入れようと鉾田署に電話をしたところ、事情があって弁護人への時間が取れないと断られた。「被疑者の人権を無視するのか」と吠《ほ》えたところ、取調べで野村がそのようなことを言ったため、捜査本部は野村の供述について裏付けを取ると言われたのだ。

通常、警察が取調べ内容を弁護士に伝えたりはしない。

被疑者からどのような取調べを受けたか訊《き》けば分かることだが、時間が取れないと岸を怒らせておいて、そこから野村の変貌《へんぼう》を話したことに、警察の悪意を感じた。挑戦状を叩《たた》きつけてきたのだ。

警察よりも腹立たしいのは野村だ。なぜそんな一文の得にもならないことを言ったのか。黙秘しろと言った命令を無視しやがって。

「すみません、警視庁の刑事が偉そうに説教してきたので」

出てきた野村はいつもの気の弱い、蚤《のみ》の心臓の持ち主そのものだった。

「警視庁だと？　信楽じゃないだろうな」

「違います。若い刑事が二人でした」

「その男たちにどんな説教をされたんだ」

「僕のことを病気だ、病気だから前回逮捕されて、治療を受けていれば良かった、そう言われたんです」

「そんなこと、とっくの昔から言われ慣れたことだろう」

無実になったことで野村の悪評が、殺人者からただのロリコン趣味の変態男に戻った。

そうした陰口を叩かれるのが辛《つら》いと、世話した自動車工場の期間工の仕事もこの男はやめた。

「弟や妹の話もされて。僕が妹の世話をしていたから、女の子に興味を持ったと決めつけたことを言って」

「それも事実じゃないか」

野村の目が反応した。一瞥《いちべつ》した岸が鼻から息を吐くと、彼は視線を落とした。所詮《しょせん》はこの程度の男だ。なぜ刑事に刃向かったりしたのだ。彼らのアプローチがこれまでの茨城県警の刑事とは違ったのか。

「おまえ、日野事件も自分の仕業だと示唆したらしいじゃないか。どういうつもりなんだよ」

「日野事件もやったのかと訊かれたから、さぁ、どうなんでしょうねと惚《とぼ》けただけで……」

「同じ意味だよ」

野村が言い終わる前に封じ込めた。

「どうして同じなのですか。あの事件は先生のおかげで無罪が確定したじゃないですか」

「法律的にはな」

「法律以外になにがあるって言うんですか」

「警察がマスコミに流したらどうする。野村栄慈が無罪になった日野事件の犯行を今ごろ、仄めかしているって。当然マスコミは騒ぎ出す。日野事件について二度と裁判が開かれることはない。法律の上ではおまえが殺したのは今回が初めてだ。だが裁判官の心証はそうではない。まして今は裁判員制度だ。感情に左右される素人が判決を決めるんだ。一人を殺しただけで死刑判決が出るかもしれない」

「死刑ですって」

なにかが爆《は》ぜたかのように表情が変わった。いつもの泣き顔だ。

野村を頭のいい男だと思ったこともある。さすが大学院まで行って、数学を志しただけのことはあると。だが数式は解けても自分の将来は解読できない、ただの精神不安定者だ。よりによって日野事件について仄めかすとは。これほど迷惑なことはない。

「おまえ、それに余罪があることも仄めかしたんだって。俺にはないって言ってたよな」

「ありません」

「ないなら、どうして調べてみればいいなんて言ったんだ」

「僕がなにか言うと、向こうの反応が変わるのでつい面白くなって」

「おまえに刑事をからかう余裕などあるのか」

この場で弁護人を辞退してやると言おうかと思った。なにからなにまで世話をしても、この男はろくな裁判費用は払えないのだ。岸に得になることは何一つない。

「あとはなにを話したんだ」

「信楽って刑事のことを話しました」

「信楽だと？」

「あの刑事がいるから調べるのも簡単だろうと」

「やっぱり、やってるんじゃないか。なにをやった。すべて話せ」

「からかっただけですって。なにもやっていません」

「おまえ、信楽の厳しい取調べに遭っておきながら、よく余裕をかませるな」

血圧が上がり、頭がフラフラしてきた。

「別に厳しい取調べに遭ったわけではないですよ。怖さでいうなら、最初の事件での新宿署の刑事の方が怒鳴ってきて、嫌だったですし」

「自供したじゃないか」

「それは遺体が出たと聞いたから」

「遺体が出た後だって同じだよ。あれだけ絶対に答えるなと言ったのに、おかげで一審は有罪だった。俺が暴力での自白の強要を訴えなければ、おまえは今も刑務所にいる」

あの時も叱った。その後の接見では僕を助けてください、刑務所に行きたくない、そう泣いて頼んできた。無罪判決になってからも「僕はこれからどうやって生きていけばいいんですか。もう塾の講師はできないし」と泣き言を漏らした。

自分一人ではなにもできない。そのくせ、支援者が用意した心療内科のカウンセリングは二回行っただけでばっくれた。医者は僕が殺したと疑っている——確かそのような理由だった。支援者は困っていたが、他の弁護に追われていた岸は、野村の社会復帰どころではなかった。

そう考えるといっそう、この男が許せなくなった。しばらくお灸《きゅう》をすえる必要がある。

「おまえの弁護をやるかどうか、もう一度考えさせてくれ。やったところで俺にはメリットはないんだからな」

また泣き出すと思った。以前にも一度弁護人をやめると言い捨てたことがある。その時は接見室の床に土下座して号泣した。

だが今回は表情すら変えなかった。

「なんだよ。文句でもあるのか」

「いえ、別に」

そう言っておきながらなにか不満があるかのようで、どこか反抗的だ。

「言いたいことがあるなら言えよ。ことによっては俺も考えてやってもいい。ただし今後は余計なことは一切口にしない、俺の言うことにすべて従うと約束したらだけどな。誓約書を書かせたいくらいだ」

「誓約書？」

まだ不貞腐《ふてくさ》れた顔をしている。

「当然だろ。俺のおかげで自由の身になれ、お天道様の下で過ごせたんだ。いくら礼を言っても足りないくらいだ」

「よく言うぜ」

一瞬、聞き間違いかと思った。だが間違いなく野村の声だった。

「おまえ、今なんて言った」

目を剝《む》いて日焼けした顔を凝視する。

「なにがお天道様の下で過ごさせてやっただよ。全部、あんたがめちゃくちゃにしたんだろ」

この男、なにを言っている、おかしくなったのか。元はといえばこの男が塾帰りの女児を殺したからだろう。自分がやったことを、さもやっていなかったかのように記憶を上塗りしたのか。

「あんたが警察署から脱走させなかったら、俺があの事件で疑われることもなかったんだ」

「おまえが勝手に逃げたんだろ」

「あんたが警察に接見の終わりを伝えなかった」

「伝えなければ逃げてもいいのか。おまえは逮捕されていたんだぞ」

勝手な言い分に呆《あき》れたが、野村は一方の唇の端を引いた。

「あんた、終わった後、何度も俺の顔を見たじゃないか。あれは、おい今なら逃げられるぞ、と俺を煽《あお》ったんだろ。俺はそう受け止めた」

「バカ言うな、弁護士がそんなことするか」

「するさ、だから終わりを告げなかったんだ。あんたは警察を恨んでた。親父が言ってたよ、岸くんは大学の時、不当逮捕に遭って暴力を振るわれたから、警察を毛嫌いしている。それで無理な刑事事件ばかり進んで受けて、敗戦続きだ。せっかく弁護士になったのに惨めだなと」

「惨めだと」

自分の人生を侮辱されたようで怒りに体が震える。こんな男に言われるとは。

「おまえ、父親のことを憎んでたんだろ、なのにそんな会話をしたのか」

「憎んでたって同じ家に住んでたんだ。親父の声は聞こえるさ」

「惨めだと思っていたなら、なぜ俺に弁護を依頼した」

「それは親父が決めたからな。写真を撮っただけのたいしたことない罪だと思ったからじゃないのか」

「当時の刑法ではたいした罪ではなかった。それをおまえが事を大きくした」

「違う、あんたが俺を使って警察を困らせてやろうと企《たくら》んだからだ」

腹立たしいが、この男が言っていることはあらかた当たっている。あの瞬間、岸の中に長年の警察への恨みが溢《あふ》れ、ここで野村が逃げだしたら彼らがどれくらい慌てるかと、意地の悪い気持ちが湧き上がった。

とはいえ、本当に逃げるとは思わなかった。署内で立番《りつばん》の警察官に捕まったが、あのまま逃亡して事件でも起こしていたら……想像するたびにぞっとする。

「だとしても証拠があるのか。いまさら、合図だったなどという戯言《ざれごと》、なんの意味ももたないぞ」

「あんたが好きなマスコミに言うのがいいんじゃないのか。あの時、僕が逃げたのは、冤罪《えんざい》弁護士として有名な岸登士樹弁護人に唆されたからですと」

「そんなこと、誰が信じるか」

「信じるでしょう。だからあんただって、あんなことをしたんだし」

「あんなことってなんだよ」

分かっていたが、訊《き》き返す。岸の心のざらつきは収まらなくなっていた。すっかり調子に乗った野村は、薄笑いを浮かべながら話を戻した。

「あんたが俺を逃がさなきゃ、信楽って刑事だって出てこなかった」

「何度も言わせるな。おまえの意思で逃げたんだ。おかげでこっちは大迷惑した」

「あのせいで俺の名前が公表されたんだ。弁護士が依頼人の不利になるようなことをするかね。それまで伏せられていたのに、おかげで俺は元の塾講師に戻れなくなった」

公表されなくても、いずれは同じ罪を繰り返して子供の塾講師など続けられなかったはずだ。そのセリフは呑《の》み込んだ。反論することすら不愉快だった。

岸が黙っていたせいか、野村はますます図に乗っていく。

「今さらあんたが、俺の弁護人を降りるなんてことはありえないってことだよ」

あまりに強気な言い草に、言葉が出なかった。野村にここまで図々《ずうずう》しくも狂気じみた一面があるとは今の今まで知らなかった。

「あんたがすべきことは一つだけ。俺を無罪にすることだ」

「そんなこと、簡単に言うな」

震えそうになるのを必死に堪《こら》えて言い返す。

「無罪が無理なら少しでも早く出られるように刑期を短くしてくれ。二度とやらないから」

二度とやらない――今回の事件は自分がやったのだと認めている。

この男のことを小さな世界に閉じこもり、次第に空想と現実の区別がつかなくなる社会的弱者だと思ってきた。それが今は弁護士を操るモンスターだ。

「あんたがやってくれなきゃ、俺はあのことを全部喋《しゃべ》るつもりだ」

「あのことってなんだよ」

「あのことと言えばあのことだよ。俺が無罪になったすべてのことだ」

胃をぐっと摑《つか》まれたようで唾《つば》すら呑み込めない。

「喋ったところでなんになる、おまえが死刑になるだけだ」

気持ちの悪さを振り払って強気に言い返す。膝《ひざ》は震えていた。

「死刑か、その方がいいかもな。どうせこれから刑務所に入れば、出てきたところでなにもできやしない。今回も無罪だったとしても、もうしんどい仕事はごめんだ」

「仕事せずにどうやって生活するんだ」

「あんたの事務所で働かせてくれよ。経理がいいな。計算は誰よりも得意だぜ、数学科を出てんだから」

「ふざけるな。おまえなどに任せられるか」

「じゃあ金だけくれればいいよ」

なんなんだ、この支離滅裂な開き直りは。さっきは刑期を短くしてくれと懇願してきたのに、死刑でもいいと言い出したり。

逃げ隠れするように肉体労働で放浪生活をしていた辛《つら》さが、ついに限界に達したのか。今回だけではない。他でも殺したとまではなんとも言えないが、この男には余罪がある。

「どうして急にこんなことを言い出したんだ。前回は俺の言うことを素直に聞いたじゃないか。そして俺とおまえの二人の力で無罪を勝ち取った」

俺とおまえの二人の力で——そう言うことで岸なりにこの猟奇的な性犯罪者に擦り寄ったつもりだが、まったくの逆効果だった。

「俺はあんた一人が冤罪弁護士だと英雄気取りなのが気に入らないだけだ」

「おまえを助けた結果に世間が注目した。なにも俺が望んだことではない」

「へえ、望んでいない人がテレビで偉そうなことを言うんだ」

「まさか俺への恨みのために今回の事件を起こしたとか言わないだろうな」

「法廷でそう証言するのも面白いな」

野村がケラケラと笑う。

岸は身体が震えるほどの寒気に襲われた。

18

野村のことを田口は「モブ」、アニメなどに登場するたくさんいる名無しの一人のような存在だと言っていたが、昨日の取調べで野村が持つ裏の顔を見た。

「正直言って、俺はおぞましさを感じたよ。この男は犯罪を愉《たの》しんでいるんじゃないか」

田口は呟《つぶや》きながら、生姜《しょうが》焼きを口に入れる。昨夜はあまり眠れなかったため朝飯を抜いた二人は、早めに鉾田署近くの定食屋に入ったが、食欲は湧かなかった。

「確かに犯罪者には自分がやったことを知ってほしいという願望がある。犯罪者に限らず、人が昔の悪さを『もう時効だけど』と断りを入れて、決して道徳的にはよくないのに武勇伝のように話すのも同じ心理だ」

「俺が感じたのは、そういうのとはまったく違った冷たい恐怖だな。あの男はサイコだ、必ず余罪があると確信したよ」

田口が言う。怒りが沸点に達したかのように声を荒らげた田口だが、あの瞬間はむしろ恐怖を覚えたと話す。

「だとしたら前の事件からあまりに年月が経っているけどな」

「それが表に出ていないだけだろ」

「哲の言う通りだな。そう考えてもっと入念に調べなきゃだな」

「二審判決後の九年前まで遡《さかのぼ》って調べるか。だけど七年でも大変なのに、これがさらに二年増えるとは気が重くなるよ」

田口が顔を歪《ゆが》める。

「もうやってるよ」

「やってるって、誰がだよ」

「部屋長だよ」

洸は答えた。

「信楽さんはこの捜査から外されたんじゃないのか」

「毎日、行方不明者に野村との端緒がないか探っている。あの人は粘り強いから」

粘り強いを通り越して諦《あきら》めが悪いと言ってもいいくらいだ。

長年見つからなかったということは、根を詰めて調べた警察官の考えが及ばなかったところに真犯人がいたということだ。この捜査は、常識的な発想だけでは突き止められない。

「信楽さんはなにを調べているんだ。昨日の晩、電話したんだろ？」

「なにを調べているのかは聞いてないよ」

「聞いてないのかよ。洸は直属の部下じゃないか」

「部屋長は、頭の中で固まるまでは簡単に口にしない人なんだ」

たまに信楽の方から訊いてくることはある。それは自分の考えで正しいか、質問してくるケースだ。疑う事件をまだ見出《みいだ》せてはいないのだろう。

「ただし野村の態度が急変したことを電話で伝えた時は、やっぱりそうかと言ってたけど」

「やっぱりって、前回もあったのか」

洸もその言葉を聞いた時は、捜査の中で急に野村がサイコチックな一面を見せたものだと思った。

「部屋長や泉課長に対してはなかったそうだ。だけど弁護士の話をすると、それまでおとなしかったのが、急に睨《にら》みつけるような顔に変わったらしい」

「それは信楽さんが弁護士の悪口を言ったからじゃないか」

「警察署から逃がした話だけどな」

「野村が逃げたのではなく、岸が逃がしたと、野村に同情したってわけだな」

「そう言うことで、依頼人と弁護士の信頼関係を壊そうとしたんだろう」

「さすが信楽さんだな。勉強になるよ」

「結局、無罪になったわけだから、壊したままではいかなかったけど」

いっとき、野村は間違いなく岸に怒りを覚えていたらしい。だが無罪になるため、岸の言いなりになった。

どう言いなりになったのか信楽に尋ねたが、〈今日はもう退庁時間だから今度話すよ〉

とはぐらかされた。

「俺と哲が、野村の裏の顔を見ただけでも今回は収穫だよ。あの虫も殺しそうにない男の顔が表から裏に変わる瞬間、そこを突けばすべての事件が解決するかもしれない」

すべての事件とは日野事件も入っている。法的にはどうしようもないが、それでもなぜあんな判決が出たのか、頭の中でだけでもケリをつけたい。

「正直、野村は理解不能だけどな。そもそも俺たちの前であんなことを言う必要があったのか。前回同様、裁判までモブの振りをすればいいだけだろ」

「罪を償うべきだったと言ったことがよほど気に入らなかったんだろう。それとも病気にされたことに、カチンと来たのか」

「その程度で余計なことを言うってことは賢くはないよな」

「いや、ヤツは頭がいいよ。なにせ自由になってから何年間も欲望をコントロールしてきたんだから。その制御の装置がなにかの拍子で壊れたんだ。今回だけか、それとも途中で何回か生じたかは分からないけど」

これもセミナーで学んだことだが、犯罪は遺伝要因と環境要因の二つが重なって起きる。ただし環境要因といっても、人は学習によって、してはいけないこと、すなわち反社会的行動と、しても許されること、向社会的行動について分別がつくようになる。それが刺激によって、学習したものが崩れてしまう。

その刺激とは誰かに批判されるとか、いじめとか外的要因が多いが、内的要因のケースもある。自分はいったいなにをやっているんだろうかという空疎感や劣等感。社会に恨みを持つ通り魔的犯行やテロ的行為には、内的要因への刺激が顕著に見られるという。

　昨日の野村の態度の変化についてはもちろん鉾田署の刑事課長に話をした。

　――そんなことを言い出したんですか。

　課長は驚愕《きょうがく》し、洸の説明を一字一句漏らさないようにメモを取った。

　余罪を仄《ほの》めかしたことで、捜査本部の動きも忙《せわ》しくなった。

　鉾田市内のビジネスホテルに宿泊し、朝一番で鉾田署に電話を入れた。二日続けて洸たちを取調室に入れるのは難しいと、刑事課長からは申し訳なさそうに言われた。

　それでも捜査が行き詰って、再び自分たちに調べさせてくれるかもしれないからと、田口は鉾田署に顔を出すと言った。

　洸は俺もあとで合流するから、河野すみれの通っていた小学校まで乗せていってくれと頼んだ。

　学校に行くのは、今朝のニュースで、この日が夏休み期間中の登校日で、全校生徒によるすみれのお別れ会が行われると聞いたからだ。

「哲も行かねえか」

「うーん、俺はいいや」

　田口は少し首を捻《ひね》ってからそう答えた。

「どうしてだよ」

「そういうのを見ると可哀そうすぎて、いたたまれなくなっちまうんだ」

「俺だって同じだよ」

「そうだよな。洸には咲楽ちゃんがいるんだものな」

「自分の娘だったらもっと許せねえだろうって、嫌でも想像しちまう」

見たくはないが、それでも被害女児の教師や友だちの顔も目に焼き付けておくべきだと自分に言い聞かせた。家族や友人の悲しみを忘れたら、捜査に行き詰った時に、絶対に犯人を突き止めてやろうと踏ん張れなくなる。

データベースの行方不明者届から、他の事件の被疑者との関連がないか、端緒を探していく信楽の姿が脳裏に浮かんだ。

捜査の過程で信楽が見せる鋭い目つき。あの眼には娘を失った哀しみが宿っていることを、一年共に仕事をして、初めて知った。

捜査資料を眺めているだけでは挫《くじ》けそうになる。こんな地味な仕事より、特捜本部に入り現場を動き回って目撃談や証拠を拾って犯人を絞り込んでいくほうが自分の性に合っていると思ったことは、数えきれないほどある。

しかし誰かがこの仕事を続けていかないことには、殺されて遺棄された行方不明者は永遠に見つかることはない。

信楽のように何十年も従事するのは無理だが、信楽のそばにいるうちに一つでも多くの端緒を見つけ、遺体なき殺人事件を解決したい。それが大事な人を失っても弔うことさえできず、無意識のうちに責任の擦《なす》り合いをしている遺族への救済となる。残された家族の哀しみや苦しみを和らげられるのは、警察が事件を解決する以外他にはない。

田口の運転で小学校まで送ってもらうことになった。信号で停止したところで田口が口を開く。

「こうして学校に行こうとすることからして、さすが洸だな。信楽さんがおまえを選んだのが分かる気がするよ」

「俺は別に部屋長に選ばれたわけではないよ。部屋長は一課に上がるまでは俺の名前すら知らなかったんだから」

「そうだったな」

彼はなにか言いたそうだったが、やめたようだ。妻子がいる云々《うんぬん》を口にしようとしたが、それが信楽が洸を選んだ理由であったとしても、このタイミングで口にするのは悪いと感じたのだろう。口は悪いが、田口には気配りがある。

小学校の校舎が見えてきた。付近を子供たちがランドセルを背負わずに歩いている。校門の前で先生五名が子供たちに声をかけていた。

一般的な小学校の通学風景より、見送りの父母の姿を多く見かけるのはやはり事件の影響だろう。

田口はハザードを点滅させ、車を脇に寄せた。

「朝礼が終わったら電話してくれよ、迎えに来るから」

「大丈夫だよ、終わったらタクシーで署に行く」

校門の前で降りた。

暑さを考慮して、お別れ会は体育館で行われた。遺族は出席していなかったが、保護者たちも来ていたし、マスコミもテレビクルーを引き連れて中に入っていた。

校長が事件を報告した。

すみれは本を読むのが好きで、折り紙が得意な女の子だったようだ。校長は「悔しい、こんな事件が起きて悔しくてたまりません」と言って目をつぶった。続いて担任の女性教師が壇上に立ったが、泣いていて言葉にならなかった。

同じクラスだと思われる女児が数人、泣き出し、先生やクラスメートが抱きかかえて慰めていた。今度は慰める先生や児童までが啼泣《ていきゅう》する。洸ももらい泣きしそうになり、ポケットからハンカチを出した。

被疑者は、すみれの遺族だけでなく、たくさんの子供の心に傷を負わせた。

憎むべきは野村であるが、国民の多くは、前回の事件で野村を野に放った検察、そして杜撰《ずさん》な捜査と指摘された警察に憤っていることだろう。

泣く児童は増える一方だった。もはや見ていられなくなり後ろを向いた。開けっ放しになった扉の外に見覚えのある男の後姿が見えた。

その後ろ姿が消える。

保護者を避け、体育館の外に出た。左側には誰もいなかった。右側の校門の方向に生成りのジャケットを着た男が目に入った。

「待ってください、岸さん」

弁護士に向かって声をかけた。

椋鳥《むくどり》が風を切るように羽を動かし、ビニールハウスの上を横切っていく。昨日は感じなかった南風がやんわりと吹いているせいで、葉擦れの音も聞こえてきた。

それでも頭の天辺《てっぺん》から射す強い太陽に、ハンカチで何度も汗を拭《ぬぐ》った。暑さが収まらないのは隣を歩く手に花を持つ岸も同じようで、小学校で着ていたジャケットは待たせたタクシーに置き、ネクタイも外して、ハンカチを首筋に当てている。

体育館の外で、「女児を弔いたいから遺棄現場に連れてってくれ。昨日は花を持って行けなかったんだ」と言われた時は、「行きたければ一人で行けばいいじゃないですか」と断った。

「山本って農家から、警察と一緒だったらいいと言われたんだよ」

茨城県警は関わりたくないと岸の頼みを断ったのだろう。洸も拒否しても良かったが、悩んだ末に連れて行くことにした。岸がなぜお別れ会に顔を出し、花を手向けたいと言い出したのか、信楽が言っていたこの弁護士の虚像を見たくなった。

洸は小学校からタクシーに乗って以降、ひと言も口を利いていない。岸は何度か口を開いたが、「安ホテルのエアコンの効きが悪かった」「ホテルの近くに飯屋がなくて困った」といった取り留めのない内容だった。

遺棄現場には今朝も誰かが訪れたようで、新しい花が供えられていた。岸は花を置き、しゃがんで合掌する。洸も手を合わせて瞑目《めいもく》した。

すみれちゃんのことが大好きな友達に会ってきたよ、みんな悲しんでたよ……そう心の中で伝えた。

目をひらいて隣を見ると、岸はまだ手を合わせていた。それからようやく目をあけて立ち上がった。

「戻りましょう。こんなところをマスコミに見られたら迷惑しますから」

言ってから、密《ひそ》かにマスコミを呼んでいるのではないかと嫌な予感が生じ、その場に立ち止まった状態で周囲を見渡した。

マスコミの前では前回の弁護が過ちとは認めていないが、女児を弔う姿を見せることで、自分は弁護士の仕事をまっとうしただけであり、心の中では反省している、そうした印象操作もこの男ならやりかねない。

藪《やぶ》の中にも人影がないか、カメラが出ていないか探ったが気配はなく、考え過ぎだったようだ。

岸は立ち上がったが、一歩も動かなかった。強い光が照り付ける花や供え物をまだ見続けている。

「おたく、弁護人がこんなことをしてるのを意外に思ってんだろ」

視線を動かすことなくそう言った。

「別に思いませんけど」

「弁護人にも被害者を悼む気持ちはある。俺にも子供が二人いて、そのうち一人は娘だ。もう成人してるけどな」

成人しているということは十年前も娘を持つ父親だったということだ。

そんなことより早く現場を去りたいと、洸は体の向きを変えて先に歩き出した。

後ろをついてきた岸は途中で電子タバコを吸い始めた。農家の私有地ですよと、注意しようとしたところ、タバコを咥《くわ》えた岸に機先を制された。

「前回の事件は警察に問題があった。あんな粗放な捜査と取調べで有罪に持ち込もうとすることとじたい大間違いだったんだ」

「無理やり自白させたって話でしょ。その話は充分聞きましたよ」

うんざりして言い返す。隣に並んだ岸の目が嗤《わら》っている。

「その恨みがあったから、昨日、おたくたちの前で野村は余計なことを仄《ほの》めかしたんだよ」

野村の供述は岸にも届いていた。知られるだろうと思っていたからとくに驚きはない。

「そうですかね、他にも恨みがあるように思いましたけど」

信楽の言葉を思い出して示唆する。歯牙《しが》にもかけずに聞き流されるかと思ったが、岸は黙った。

「どうしたんですか」

「恨みがあるとしたら社会に対してだろう」

「それも警察のせいだと言いたいんですね」

「当然だ、おたくらが野村を晒《さら》し者にしたんだから」

「晒し者にしたのは岸さんではないですか」

「ん？」

今のは失言だった。脱走させたことで信楽が日野事件の捜査に入ることになったが、岸は逃走の幇助《ほうじょ》を認めたわけではない。

「今の発言は取り消します。とくに意味はないので」

先に断った。それでも四の五の言ってくるかと構えていたが、岸は再び電子タバコを吸って、遠くを眺めていた。

「信楽はなにをしてんだ？」

「なにをって、普段通りの仕事ですよ」

「どうせ野村に余罪がないか、無理やりなにかにこじつけて、罪を着せようという魂胆なんだろうな」

「決めつけないでくださいよ」

「得意の別件か」

それまで前を向いていた岸が突然、洸に顔を向ける。

「別件もなにも野村の今回の逮捕容疑は殺人です。余罪を調べるのは普通ではないですか」

「ほら、やっぱり信楽は調べてるんじゃないか」

うっかり岸の挑発に乗り、ほぞを嚙《か》む。

「おたく、自分たちの捜査は任意ではできない、そう言いたいんだろ？」

答えればそれこそ藪蛇だと、スマホを眺めて、心ここにあらずの振りをする。岸は構わずに喋《しゃべ》り続けた。

「日野事件にしたって、児童福祉法違反で十日の勾留《こうりゅう》延長なんかせずに、きちんと殺人の嫌疑で逮捕状を取って、調べれば良かったんだ」

遺体も証拠もないのに裁判所は逮捕令状を発付しない。法的手続きが分かっていてこの男は無茶なことを言ってくる。

「罪は児童福祉法違反だけではないですよ。逃げようとして身柄を確保されています」

「警察署内を移動しただけだ」

「そんなの屁理屈《へりくつ》です」

「屁理屈ね。だけど罪ではない」

立件されなかったのは敷地を出るより先に、立番が捕まえたからだ。一歩間違えれば自分の立場がなくなっていたことが分かっていて、この男は言っている。

「おたくの方こそおとなしそうな顔をしてなかなか口が立つじゃないか」

岸は電子タバコをしまい、唾《つば》を地面に吐いた。装いだけは真夏に麻のスーツとジェントルマンだが、やっていることはすべて品がない。

「警察はすぐそう言って、逮捕権を行使しようとするが、大事なことを忘れてるぞ。逮捕というのは一般市民にとってとても強い権限であり、憲法で国民に保障されている基本的人権のうち『移動の自由』を制限するものだ。だからこそ本来は『証拠隠滅の恐れのある場合』『逃亡の恐れがある場合』のいずれかの要件に当てはまらないことには逮捕はできないと、刑事訴訟法で厳格に規定されている」

立て板に水のごとく岸は喋り続ける。

「そんなこと、言われなくても分かってますよ」

強い権限だからこそ、警察は逮捕後、四十八時間以内に検察官送致し、検察は二十四時間以内に裁判所に勾留請求し、それができないのであれば釈放しなくてはならない。勾留請求が認められた場合は十日、一回の延長ができるので計二十日間の取調べで、起訴か不起訴かの判断をする。どんなに凶悪な事件でも持ち時間は最長二十三日間しかない。

時として、この時間を有効に使うため、警察は再逮捕を繰り返す。だが本件の調べを延ばすための別件逮捕は認められておらず、再逮捕した場合は、再逮捕の容疑についてしか調べられない。それが刑事訴訟法の立て付けになっている。

「岸さんが言いたいことは理解しています。ですがもし前回、野村を児童福祉法違反でさせましたか」

公訴し、一旦《いったん》、保釈した後に任意で殺人の取調べを求めたら、あなたは野村に捜査協力

「もちろんしたさ。それが国民の義務だ」

臆面《おくめん》もなくそう言った。

「本気で言っていますか？」

「それは野村を疑う理由を警察がきちんと説明できた場合の話だ」そう言ってから「任意捜査なら、信楽が野村に暴力を振るうこともなく、丁寧に捜査しただろうけどな」と付け足し、口の周りに嫌らしい皺《しわ》を浮かべた。

「暴力は振るっていませんよ」

「そうでなきゃ野村が遺棄現場を話すわけがない。密室でなにが起きていたかなんて、警察以外には分かりゃしないよ。それに俺に手を出したことで、ヤツが暴力刑事だというのは立証された」

岸の長広舌は止むことがなかった。こんな男、連れてこなければよかったと今さらながら後悔した。

「信楽に会ったら言っとけよ、俺を恐れて若いのを寄越したりしないで、文句があるならおまえが出てこいと」

「どうして信楽さんが恐れるんですか」

「恐れているから俺に暴力を振るったんだろうよ」

「二人になにがあったんですか。教えてくださいよ」

「なにもないさ。あの男は二審の判決後、俺に向かって、次に野村が犯罪をおかしたらあんたのせいだと言ってきた。二審判決後だぞ、裁判軽視も甚だしい」

「それに対して岸さんが何かを言い返したと聞いてますけど」

「俺はなにも言ってない。黙っていたら信楽が俺の体を押してきた。江柄子って今の理事官が止めに入らなければ、俺は殴られていたかもしれないな」

この男は嘘をついている。それだけは刑事の勘が訴えている。

「俺を恐れている証拠に、信楽はこの九年間、俺の前には一度も姿を現わしていないからな」

親指と人差し指で口髭《くちひげ》を弄《いじ》る。

「ご高説はもう結構です」

会話を打ち切った。

待たせていたタクシーにようやく戻った。

「どうされますか」

運転手に行き先を訊《き》かれた。

「僕は鉾田署に行きますので、岸さんは途中で降りてもらえますか」

茨城県警の捜査員に岸といるところを見られたくはなかった。

「俺は東京まで帰る。おたくが警察署に戻るなら俺がこのまま駅まで乗っていく」

「僕が呼んだタクシーですから」

「こんな炎天下で俺にタクシーを待てというのか。俺が熱中症になったらどうする」

「分かりましたよ。では僕が途中で降ります」

二人で後部座席に乗ると、タクシーが動き出す。

「運転手さん、タクシーが拾えそうな大通りに出たら停めてもらえますか」

農道を出たところで伝える。

「このあたりは流しのタクシーはいませんよ。無線で呼んどきましょうか」

「大丈夫です。自分で電話しますから」

「でしたらこれ、うちの番号です」

運転手は片手をハンドルから離し、会社の名刺を渡してきた。

広い通りに出て、ファミレスの看板が見えた。ここならタクシーを呼ぶ目安になる。

「運転手さん、このあたりで降ろしてください」

尻《しり》ポケットから財布を出す。メーターは五千円を回っていた。全部出すことはないが、出してもらうわけにはいかない。千円札を三枚出した。

「いいよ」

岸の声を無視して、運転席横の釣銭トレーに載せた。

減速していく中、シートベルトを外す。停止し、ドアが開くと、熱気を顔に浴びる。

外に出て、ファミレスに向かって歩き出す。その横をタクシーが通り過ぎていく。

岸は運転席のヘッドレストに頭を倒し、目を瞑《つぶ》っていた。


その夜ももう一泊、鉾田のビジネスホテルに宿泊した。

五係の係長への報告は田口に任せ、部屋から信楽に電話をした。

すでに夕食時を回っている。スマホをスピーカーにすると〈おお、どうした〉と声が聞こえた。飲食店にいるような雑音も漏れてくる。

〈ちょっと待ってくれ、店の外に出るから〉

しばらくして雑音が消えた。

「今日また岸に会いました。遺棄現場に花を手向けたいから連れていってくれと言われ、どうしようか迷ったのですが、地主の許可を取っているというので案内しました」

不用意すぎると叱られるのを覚悟で報告した。

〈あの男はお喋り好きで、その上、自分に都合のいいことしか言わないからな。追っ払うのも大変だったろ〉

「そうですね。逮捕には強い権限があるとか、知ってる話を延々とされました。僕はまともに聞いてませんでしたが」

〈なんにせよ、相手の懐に入るのはいいことだ〉

予想外に評価された。

「話の中で野村の恨み云々《うんぬん》になったんです。そうしたら警察が晒《さら》し者にしたと言い出したので、それは岸さんではないかと思わず口から出てしまいました。すぐに取り消して事なきを得ましたが、岸も野村が自分を恨んでいることに気づいてるんじゃないですかね」

〈そうだといいんだけどな〉

返ってきたのは短い言葉のみだった。推測の話をしたところで意味はない。

「会話の中で部屋長の名前が出ました。信楽は今どんな捜査をしていると、気にしているようでした」

〈正義のヒーロー弁護士に警戒されているとは俺も光栄だな〉

「部屋長は今回の捜査とは関係ないと言いましたが、全然聞いてなくて、僕を寄越さずに信楽が出てこいと言ってましたよ」

〈なにが出てこいだよ。俺を恐れているくせに〉

前回と同じことを言った。だが岸もまた信楽が自分を恐れていると得意然と話した。

「十年前の取調べについても、しつこく言われました。あの弁護士、テレビでも言うことすべてが理屈っぽくて毎回不快な気分になりますけど、実際に会うとテレビの比ではないですね」

〈マスコミ嫌いな振りをして、マスコミを利用するのがヤツの戦法だからな。日野事件だってマスコミに片棒を担がせなければ、逆転無罪などありえなかった〉

「片棒ってなにを指しているんですか」

〈こっちも少し失敗したけどな〉

暴力のことを言っているのかと思ったが、〈筋読みを少し間違った〉と言った。

「どう間違ったんですか」

〈筋読みといえば筋読みだよ〉

見立て、見込み、筋読み……捜査の中ではそう言った言葉がよく出てくる。刑事によって使い方は様々だが、信楽の場合、「見立て」は事件の性質を推測すること、「見込み」は被疑者や犯人像をあらかじめ決めるといったプロファイリングのこと、「筋読み」は今後の捜査を予測する意味で使う。

筋読みを間違ったということは、信楽の予測とは違う方向に、捜査が進んだということになる。

「ですが、僕にはどうしても部屋長と、あの弁護士に手を出したことが結びつきません。いつも冷静なのに」

江柄子が言うには、二審の閉廷後、信楽が岸弁護士の耳元でなにか囁《ささや》いた。それに対して岸はなにか言い返した。だが岸はなにも言っていないと言い張っている。

九年前は監察の調べどころか、盟友の江柄子にも話さなかったと聞いていたから、尋ねたところで答えてくれないだろうと思った。だが通話口から声が聞こえた。

〈俺は次に野村が犯罪をおかしたらあんたのせいだと言ったんだ。そうしたらあの弁護士、こんなひどい捜査をしてるからバチが当たったんだよと、言ってきた〉

「バチと言ったんですか」

「ああ、そう言ってニヤリと笑ったよ」

　バチがなにを意味しているのか瞬時に分かった。自《おの》ずと拳《こぶし》の中で爪が立つ。泉課長から聞いた娘の事故死だ。

「部屋長のお嬢さんのことを調べて、そう言ったんですね」

〈公私を分けて仕事してるんだから、娘のことを言われようが我慢すべきだった。だけど予想外の逆転判決が出た後だったので、俺も頭に血が上った。江柄子や当時の一課長、監察にはずいぶん迷惑をかけたよ〉

　悲しみに追い打ちをかけるようなことを言われ、さすがの信楽も冷静ではいられなかったのだろう。週刊誌にその場を撮影され騒ぎになった結果、検察は上告を見送った。靄《もや》に包まれていた日野事件の残像が、はっきりと見えた。

「あの男、人として最低ですね」

〈いまさら俺たちがなにを暴こうが、結審した判決が覆されることはないけどな〉

　一事不再理の法律のもとではどんな事実が判明しようとも判決は変わらない。それでも信楽は事実を明らかにしようとしている。それこそ警察官、いや二係捜査に専従する刑事の意地だ。

「泉課長から聞くまで、お嬢さんのことは知りませんでした。気が利かずにすみませんでした」

〈いいよ、そんな昔のこと〉

「そう言うだろうと思っていました」

〈俺から話さなかったのだから、森内が知るわけないことだし〉

　いつもより優しい。それは娘や元妻を思い出しているからか。

「自分はあやうく、奥さんを誤解してしまうところでしたよ」

〈誤解させるようなことを俺が言ったか？　ああ、妻に離婚前から男がいたって話したことだな〉

「部屋長からは『百日ちょうどで再婚した』と言われただけですけどね」

　本当は「別れる前からその男と付き合ってたんだよ」と聞いた。

〈どっちでも同じだよ。夫に何年経っても責められ続けたんだから。とっとと別れて違う男と人生をやり直したいと思うのも当然だ〉

「仕方ないですよ、娘さんを失ったわけですから」

〈俺としては責めてるつもりなんかなかったんだけどな。だけど向こうがそう感じたなら、ハラスメントと同じで、俺に非があるよな。俺は葬儀で号泣したんだから〉

「泣いたんですか」

〈大事な娘が突然いなくなったんだ、泣くだろう。泣いただけでなく、妻がいる前で『すべてが空っぽになっちゃったな』と呟《つぶや》いた。あとになって妻から、あの言葉が一番きつかったと言われたよ〉

「でも娘さんがいなくなったのだから……」

空っぽと言う表現は間違っていないと言おうとした。頭に過《よぎ》ったことは、信楽も承知していた。

〈空っぽはないよ。俺には妻がいたんだよ。誰よりも彼女が一番責任を感じていたんだ〉

悲しみで妻の気持ちにまで気が回らなかったのだろう。どんなことでも表情を変えない信楽が泣く姿は想像できなかった。それくらい子供を失うことはショッキングな出来事なのだ。昨日まで自分のそばで笑ったり泣いたりしていた子が突然消えてなくなるのだから。

〈俺は自分が立ち直るために仕事に打ち込もうとしたけど、俺が真っ先にしなきゃいけなかったのは、彼女を慰めて、気持ちが落ち着くまでそばで過ごすことだったんだよ〉

自分を戒めるようにそう言われると、返す言葉が見つからなくなり、会話は停滞した。

ここでやめれば信楽に嫌な記憶を思い出させただけで終わるので、もう一つだけ質問することにした。

「部屋長、お嬢さんのお名前って、なんて言うんですか」

〈みつきだよ、美しいに月だ〉

「いい名前ですね」

〈そうだろ。三回候補を出してようやく妻に「その名前がいい」とＯＫをもらったんだ。

女の子の名前は苦労するよ。ありふれた名前だと嫌がるだろうし、大袈裟《おおげさ》にしたら歳を取った時にどうするのって怒られそうだし〉

宵闇の月影のようにしんみりと聞こえた。

「自分も相当悩んで、咲くと楽しいと書いて、咲楽《さくら》と名付けました」

〈今風の漢字の使い方だな。いいじゃないか〉

「その咲楽が先日、妻が目を離した隙に、ママがいなくなったと勘違いして、公園から勝手に出てったんです。五分くらいで近所の主婦に保護されたんですけど、妻はそのことにショックを受けて」

〈そりゃ親はショックを受けるよ。見つかったから良かったけど、もし見つからなかったらと最悪のことを考える。そういうことはトラウマになって、思い出すたびに背筋が寒くなるもんだ〉

信楽は親の気持ちをよく理解していた。

だがもっとも悲惨なのは、子供が二度と戻ってこなかった時だ。泉からも日野事件の母親について聞いた。あの時自分が風邪などひかず、いつも通りにバス停まで迎えに行っていたら事件に遭わずに済んだと悔やんでいたと。その後悔は今も消えていないだろう。

〈森内の奥さんが心配したってことは、付近で女児を狙うような事件があったのか〉

「うちの子はまだ二歳なので対象ではないですけど、あるにはあったみたいです。ただし男の子ですけど」

〈男の子がどうしたんだ？〉

「幼稚園児の男の子がいなくなって、ビルの非常口で見つかったらしいんです。親がなにもなかったと言ってるので、なにが起きたかは不明なんですけど」

そう言ってから「野村とは無関係ですけど、妻は心配していました」と付け足した。

しばらく信楽の返答はなかった。通話が切れたかと思った。

〈さすが森内の奥さんは、元警察官だけあるな〉

間を置いて信楽の声が耳に届く。

「どういうことですか」

〈事件の性質を決めつけない。そうしたところにいい警察官か、警察官の仕事に酔っているだけなのか、違いが出るんだよ〉

「事件の性質ってなんですか。女児が殺されたいたたまれない事件である以外、なにがあるんですか」

〈なに言ってるんだよ、野村のパソコンを見たんだろ〉

確かにそれは見せてもらった。そして野村が児童ポルノ系のサイトを見ているパターンを見つけた。すぐに思い当たらなかったが、サイトの中身を思い起こし、「あっ」と声をあげた。

思い込みという大きな勘違いをしていたかもしれない。

「もしかして部屋長って、今」

今度は返答が早かった。

「そうだよ。森内の奥さんと同じ発想で調べている」

19

岸法律事務所の会議室で、野村事件について初めて会議を行った。

ここまで担当しているのは弁護士になって五年目の高垣徳也一人だったが、数日前からエース格である山田杏里をメンバーに入れた。

ただ高垣にはもちろん、山田にも野村に解離性同一性障害のような二面性があり、これまで見せたことのない一面を覗かせ、脅迫めいたことを言ってきたことは伝えていない。

今ごろ伝えると、十年もの間、多重人格の疑いに気づかなかったという自分の無能さを、片腕として買っている一番の部下が知ることになるからだ。その部分は伝えなくとも、頭のいい彼女は、岸がこの事件に行き詰まりを感じていることを察している。

高垣が調査内容を報告した。

「私が調べたところ、やはり信楽京介巡査部長は、鉾田事件には関わっていませんが、過去の野村の余罪について調査しているようです。二審後の九年前まで遡《さかのぼ》って調べているという話があります」

　竹に油を塗るようにすらすら話すが、岸は苛立《いらだ》った。その程度の情報、わざわざ聞かなくても分かる。警視庁の幹部は岸との接触を避けるために表向きは信楽を捜査から外しているが、あの粘っこい男が指を咥《くわ》えて見ているわけがない。

「その情報、出所はどこ」

　山田が尋ねる。

「毎朝新聞と東洋新聞の記者です」

「その記者たちはどこから取ってきたものなんだ」

　今度は岸が問い質《ただ》した。

「それは……」

　高垣は言い淀《よど》んだが、横から山田がフォローした。

「おそらく捜査一課内のアンチ信楽の刑事からだと思いますよ。信楽の捜査が大々的に報じられるものだから面白く思っていない刑事もいます。信楽は大きなヤマを扱っているのに、得点稼ぎしか考えていない刑事は好きではなく、距離を置いているらしいです。見た目からして物静かで、体育会系の刑事とは反りが合わないんでしょうけど」

「物静かに見えるのは風貌《ふうぼう》だけで、根は得点稼ぎのために雑な捜査をしている粗暴刑事と変わらない。なにせ証拠なしに、勘だけで捜査してるんだから」

　愛用のマグカップに淹《い》れた紅茶を飲みながら聞いていた岸が口を差し挿《はさ》んだ。

「一応、勘ではなく、本人は端緒と言って、疑問点を見つけてから動いてるみたいですけど」と山田。

「端緒なんて本人の思い込みでどうにでもなる。冤罪《えんざい》事件でよくある捜査手法だ。出発点からして間違えているからすべてを見誤るんだ」

強調すると、高垣が「先生に手を出したくらいだからとんでもない男ですね、離島にでも飛ばすべきだったんじゃないですか」と調子を合わせてきた。山田は愛想笑いもしなかった。さっきはフォローしていたが、彼女は高垣などヘルプにもならないと見下している。

信楽のやっている二係捜査を、岸はこれまで幾度となく非難してきた。

テレビカメラの前で、あんな捜査は戦前の特高やゲシュタポ同然で、罪のない者を無理やり刑務所に収容していると発言したこともある。過激な発言に司会者は眉《まゆ》をひそめたが、日野事件が無罪になったことで、一般国民は岸を評価した。だが岸自身は、信楽の捜査を甘く見ているわけではない。

「高垣は毎朝新聞と東洋新聞を出したけど、東都新聞はどうなんだ」

「東都はうちには協力しないでしょう」

高垣に尋ねたのに山田が笑顔で混ぜ返した。一人だけボスと呼び、事務所でもっとも忠実だと言われている山田だが、実は岸に対しても冷ややかさを感じる。大きな企《たくら》みがあるとも。もとよりそういう欲深い人間でなければ、弁護士は務まらない。

「ちなみに今、信楽が信頼している記者が中央新聞の女性記者です」

高垣が言った。

「女性記者？　どんな」

「三十代半ばぐらいで、美人ですよ」

そこで高垣は視線を感じたのか「失礼しました」と発言を撤回した。ルッキズムにうるさい山田の視線が気になったのだろう。

「もしかして俺がここに呼び付けた記者か」

「来ましたっけ？」

高垣は口をポカンと開けた。あの時点で鉾田に送っていたから高垣は見ていない。代わって山田が口を出す。

「その女性です。藤瀬祐里という一課担当の記者です」

別の裁判の準備に追われていた山田だが、しっかり確認していたようだ。こういうところは抜け目がない。

――先生、申し訳ございませんが、新聞記者は法廷に引っ張り出されてもネタ元を明かすことはできないんです。

あろうことか弁護士に対して、そのような生意気な口を利いた女性記者である。肝が据わっているとは思ったが、まさか信楽のもとに行っているとは……。どうりであの後、岸の前に現れるどころか、電話一つ寄越《よこ》さないはずだ。

昔の記者はいくら追い払ってもやってきた。そのうち岸も彼らにネタになる土産を与える。普段門前払いにしている分だけ、土産は効果がある。

規則違反承知でデジカメを法廷に持ち込み、信楽が手を出した瞬間を撮影した週刊時報の記者もそうだった。

「私もその女性記者の話は聞きました。彼女、今回の事件というより、日野事件を追いかけているという噂があります」

山田杏里が薄いメイクを施した顔を岸に向ける。

「日野事件って、今さらなにを調べてるんだよ」

「詳しくは分かりませんが、なぜ無罪になったか立証してるんじゃないですか。当時の記者にも当たっているみたいですから」

「当時の記者って誰だ」

「そこまでは分かりません、私の情報源は中央新聞ではありませんので」

まさかあの時の記者か。野村が言っていた脅しが耳奥で反芻《はんすう》され、おぞましさが二重、三重になって襲ってくる。

「今さら無罪が確定した事件を追いかけて、どうする気なんですかね」と高垣。

「いくらでも方法があるんじゃないの。今回の事件後に出すのよ。未解決事件のようなルポで」

「法的にはなんの意味もないですよ」

「その時はこっちの出番よ。司法無視、弁護士への侮辱だと名誉毀損《きそん》で訴えればいいのよ」

「なるほど、記事の取り下げと謝罪を要求して、賠償金を支払えと要求すればいいんですね」

「ボスは正攻法の弁護で野村を無罪にしたんだから」

　二人の会話をこれ以上聞いていられなくなった。正攻法の弁護——藤瀬はそこに疑問があると調べているのか。そんなことをいまさら調べたところでなにも証拠は出てこない。いや、出るかもしれない。野村だ。あいつはとんでもない時限爆弾だ。こんな法律事務所の一つくらい簡単に吹っ飛ぶ……。

「ボス、どうかしましたか、顔色が良くないですよ」

　山田に気づかれた。

「考え事をしていただけだ。引き続き山田くんは中央新聞がどのような取材をしているか、一人で大変なら高垣を使って調べてくれ」

「了解しました、ボス」

「もちろん信楽の動きも頼む」

「ボスはどうするつもりですか」

「俺はいま一度、野村に接見するよ」

「ボスの見立てはどうなんですか」

「やってるな」

「鉾田事件をですか。それともそれ以外にもですか」

山田に訊かれる。

「他にもだ。さすがに殺しはないと思うけど」

どう言おうか迷ったか、素直に吐露した。

「今後余罪が出てくるとなると、一人殺害でも死刑判決が出る可能性はありますね」

「そうだな」

性犯罪に対する刑法は利欲的なものだと厳罰化されていて、とくに児童に関するものは、過去の判例より重い判決が出る。

「こうなったら冤罪を被ったせいで野村は社会に調和できなかった、それが今回の事件に繋《つな》がったことを論点に、情状酌量に持っていくしかないんじゃないですか？」

「そんな理屈が通用しますかね。世間は日野事件まで実際はやっていたと決めこんでいますよ」

口を出した高垣を、岸が目を剝《む》いて睨《にら》んだ。

「ワイドショーで好き勝手なことを言ってるタレントと同じ考え方しかできないなら、刑事弁護人などやめた方がいい」

「すみません」

高垣は頭を下げた。

「いっそのこと、精神鑑定に持ち込んだらどうですか。過去に同様の事件で、対人関係を築くことが難しい発達障害の一種『自閉スペクトラム症』だと鑑定が出た裁判がありますその法廷の判事は『殺害が違法だと理解できる程度の判断能力はあった』と認定しましたが、それでも懲役二十年で済んだ判例があります」

その判決文は岸も読んでいたが、山田に同意はできなかった。

「要求をすれば、なぜ十年前にしなかったんだとマスコミに叩《たた》かれかねない」

「死刑になるよりマシじゃないですか。ボスの指針の一つに死刑廃止もあるんです。自分の被疑者を死刑にしなかったことでまた評価が高まります」

山田が言っていることは正しい。だが死刑を阻止することは死刑判決が出てから考えればいい。それより今は守らなくてはならないことが先決だ。

「また性懲りもなく無理やり吐かせるかもしれませんね」

高垣の言葉には、岸は頭が違う方向に行っていて返答しなかった。藤瀬という記者が日野事件を追いかけているということがやはり気になる。藤瀬の背後には信楽がいる。

山田がテーブルに置いてあったペットボトルのキャップを開けて、口をつけた。

岸も自分のマグカップを手にする。

「ねえ、高垣くん、あなた中央新聞に知り合いはいないの」

山田が藤瀬の新聞社の名前を出したことに驚く。いつもなら良く俺の考えていることを先回りして理解したと褒めるが、今はそうした気分ではなかった。冷や汗が出た。

「いないことはないですけど、親しくはないです」

「うちの事務所と親しい記者なんているわけないじゃない。記者は恐れ多くてうちには気安く近づけないんだから」

「そうですね」

「たぶん、信楽からなにかを頼まれたか、それとも調べるヒントをもらったんだと思うのよね」

「日野事件についてですか。でもなにを？」

「それが分からないから、あんたに頼んでんじゃない」

「そうですね、すみません」

「私も当たってみるけど、高垣くんもあらゆる人脈から中央新聞の記者の狙いを調べてくれない」

二人の会話を上の空で聞きながら、胃に押さえつけられるような強い痛みを感じた。

ポケットからピルケースを出し、横を向いて胃薬を口に入れた。

紅茶で喉《のど》の奥まで流し込む。

「ボス、薬ですか、どうしたんですか」

山田にめざとく気づかれた。

「最近ちょっと血圧が高いんだ。医者から飲み忘れないよう言われたのに忘れてたよ」

「野村がまたやらかすから、ストレスが溜《た》まってるんですよ」

「しかも第四の弁護士会を披露するタイミングで逮捕されるんですから」

高垣が続いた。

「あれは会に合わせて、警視庁が茨城県警に言って、逮捕を一日延ばしたのよ。鼠壁《ねずみかべ》を忘《わす》る、壁鼠《かべねずみ》を忘れずで」

「警視庁じゃなくて警察庁じゃないですか。茨城県警に意見できるとしたら」

「いちいち揚げ足取らないでよ」

山田に怒られ、高垣は体をすくめた。

彼女が言ったことわざは、ネズミは自分がかじった壁のことなど忘れているが、壁はネズミにかじられたことを忘れない、さしずめ、苦しみを受けた側の怒りは永遠に消えないという喩《たと》えだ。

これまで信楽に恐怖を感じたことはなかった。だがヤツが受けた仕打ちを暴こうとしているとしたらと、急にそら恐ろしさを覚える。

ポケットに手を突っ込んでピルケースを振った。さっき開けたのに、残りがあったかも記憶から飛んでいた。ポケットの中で薬が揺れる音がした。

二人が部屋を出てから、岸はもう一錠、薬に頼ることにした。

20

祐里は二度目の軽井沢に向かった。

新幹線で軽井沢駅に到着してからレンタカーを借りる。

ペーパードライバーの祐里は、車の運転をするのは岐阜の実家に帰って親の車を運転した時以来だから二年振りだ。

親の車が十年落ちの古い車のせいで、エンジンをかけるのがキーではなくボタンなのも知らず、レンタカー店の若いスタッフも不安そうだった。それでもオートマなので走り出したらなんとかなった。

夏休みの渋滞が続く中軽井沢を抜けて、追分《おいわけ》方向に進む。中山道《なかせんどう》の宿場町で、旅籠屋《はたごや》や茶屋が並ぶ追分宿までは距離にして十キロ程度だが、道が混んでいたせいで、四十分もかかった。

そこから浅間《あさま》サンラインという無料の道路に入ると、道が急に空《す》いたので軽快に飛ばした。

エアコンを止めて窓を開けた。爽《さわ》やかな風が入ってくる。夏の信州《しんしゅう》はやはり涼しい。

いや、そうでもなかった。日射しは強く、涼しく感じたのは一瞬だけ。車内パネルの気温表示が三十一度になっていることに気づき、慌ててエアコンに切り替える。カナダ人宣教師やジョン・レノンによって有名になった避暑地でも、地球温暖化は確実に進んでいる。

浅間サンラインに入ってからは前に車もなく、ペーパードライバーの祐里も気持ちよくアクセルを踏み、そこからは約二十分で佐久市役所に到着した。

ここに来たのは木埜内記者にもう一度会うためだ。東京から連絡したらおそらく断られる。そこで木埜内が家を出た時間帯を狙って東都新聞佐久通信部に電話した。妻らしき女性が出て今日は佐久市役所の記者クラブにいると教えてくれた。中央新聞と名乗ったことで、祐里を通信員仲間だと思ってくれたようだ。

地元の人だから多少のショートカットや渋滞回避の裏道を知っているにしても、木埜内は前回、三、四十分はかけて軽井沢駅まで来てくれたのだ。いかにも東都のエリート記者といった不遜《ふそん》な態度だったが、根は悪い人ではないと思っている。

市役所に入り、記者クラブの場所を聞く。中央新聞の名刺を出すと、教えてくれた。太陽の光が入って明るい記者クラブは、ぱっと見た限り、人がいるようには見えなかった。

一人だけいた。

日の当たっていない隅の席で、資料を見ながらパソコンを打っている男、それが木埜内だった。

「こんにちは」

声をかけると木埜内が顔を上げる。一瞬で険しい顔になった。

よほどの緊急発表でもない限り、今日は他の記者は来ないと木埜内から言われたので記者クラブで話すことになった。

「なんの用だ、この前で用件はすべて済んだはずだ」

「日野事件を知るために、もう一度、当時のことを聞きたいと思いまして」

「当時のことなら、中央新聞にだって警視庁担当だった記者がいるだろう」

その時の捜査一課担当は今は文化部長だ。社会部のラインから外されたことを根に持っていて、社会部の記者と会っても口も利かない人なので、一切相談していない。

「木埜内さんがどこの社よりも取材していたと聞いたので」

「そんなことはない。あれだけの事件、記者なら取材するのは当然だ」

「木埜内さん、遺棄現場の情報、誰から聞いたんですか」

「取材源に関わることは話せないと言ったろ。あんた、記者なのにそんなことも分からないのか」

目が吊《つ》り上がり、剣呑《けんのん》さを増す。

「それに俺は遺体があると聞いたわけではない。他の物が隠してあると聞いたんだ」

「撮影したわいせつ写真ですよね」

「撮影だけではない。野村は児童ポルノ写真も購入している」

自分の取材に誤りはない。言葉には強い信念をはらんでいた。

「木埜内さんは、野村が仲間と知り合った歌舞伎町の店のようないかがわしい店の店主や、他店に出入りしている人間に当たり、野村のことを訊《き》いて回ったそうですね。野村がたくさんの写真を所持していたのは事実なのに、家宅捜索では写真は一枚も発見されませんでした。野村は警察の調べで捨てたと供述したようですが、木埜内さんはどこかに隠していると考えてそれを調べた。そうしたら仲間が、野村が写真など大事にしている物を隠している在処《ありか》を知っていると聞いた……」

木埜内は祐里の話を黙って聞いていた。岸のような鼻の下だけでなく、口周りも濃い髭《ひげ》に覆われているので、当たっているのかそれともまったく的外れなのか、表情が読みにくい。だが祐里が聞きたいのはそのことではない。

「その情報って、会って聞いたわけではないのではないですか」

「どういうことだ」

「電話じゃないですか。その電話を受けて木埜内さんは翌朝、現場に向かった」

「俺がまともな取材もせずに、電話の情報だけで動いたみたいな言い方だな」

微《かす》かに顔色に変化が生じたが、目を吊り上げて突っかかってくるだけで、正解かは見当がつかない。

「木埜内さんは取材をされていました。私が取材した刑事もそう話していました。一番動いていたのは東都新聞だと。広く取材をしていたからこそ、電話での情報が事実である可能性があると判断されたのでしょう」

刑事と言っただけで、信楽だと分かったはずだ。

「ただし、その電話をかけてきた人間は、名前を名乗らなかった。つまり匿名でした」

匿名というあやふやな情報だったから、まずは自分の目で確かめようと、現場に向かったのだ。

そう考えると、木埜内がその情報を捜査一課長や警察関係にぶつけなかった理由も納得がいく。そして信楽が飼い馴《な》らされるなよと祐里に忠告した理由も。

「あんた、さっきからなにを言いたいんだ。もういいだろう、俺は取材に行かなくてはならないんだ」

これ以上聞きたくないのか、木埜内は立ち上がろうとした。祐里は止めることなく、結論を急いだ。

「その電話の主は岸弁護士だったということです。つまり岸弁護士が匿名で、東都新聞に遺体の遺棄現場を伝えてきたんです」

山男のような髭に囲まれた口が開き、読めなかった木埜内の表情が明らかに変わった。

昨日の朝もコンビニで、信楽を待った。最初は鉾田事件についてとりとめのない話をした。

——茨城県警の捜査本部は相変わらず認否を明らかにしていませんが、野村の犯行で間違いないですよね。

そう確認した祐里に、さすがに得意の「分からない」は出なかったが、かといって信楽からは野村だと断定するセリフは聞かれなかった。

自販機でアイスミルクティーをご馳走《ちそう》になってから切り出した。

──信楽さんはどうして、この前私に二度も、飼い馴らされるなと言ったんですか。

──ん？

信楽は炭酸水を飲みながら目を向けた。

──あの弁護士がそういう男だからよ。なにかとマスコミを担ごうとするからな。

言われた瞬間はとくに違和感を覚えなかった。都合のいい時だけマスコミを利用するのは岸の戦法だ。ただ担ぐという言い方が急に気になり始めた。

──私は信楽さんが手を出した瞬間を撮らせたマスコミについて、飼い馴らされるなと忠告したのかと思いました。でもあの写真を撮影したのは週刊誌ですよね。

週刊誌も新聞もマスコミに変わりはない。だが信楽の言い方は、新聞社を指しているように聞こえた。

──新聞も同じだよ。なにせ新聞社を使った結果、日野事件は無罪になったわけだから。

──東都新聞の記者が遺体を先に発見したことですか？　新聞社を使った結果って、まさか女児の遺体遺棄現場を東都新聞に伝えたのって……。

怒りで喉《のど》が震え、先の言葉が続かなかった。そんなことがありうるのか。弁護士が被疑者から遺棄現場を聞き出し、それをマスコミに知らせるなんて。

──さすが切れ者だな。

褒められたが、今回だけはそれどころではなかった。

──そんなこと、弁護士がしていいんですか。聞いたことがないですよ。

──していいわけがないだろ。弁護士又は弁護士であった者は、その職務上知り得た秘密を保持する権利を有し、義務を負う。そのことは弁護士法二十三条で定められている。

──その事実を法廷で訴えることはできなかったんですか。

公にすれば逆転無罪判決が出ることはなかった。岸は弁護士資格を失っていたはずだ。

──証拠がないんだよ。いくら警察でも令状もなしに新聞社の通話履歴を入手することはできない。だけど俺たちがいくら探しても、野村が児童のわいせつ写真を隠した場所を話すような仲間は見つけられなかった。それなのにそういう男が実在して、わざわざ新聞社に連絡するなんていくらなんでも都合が良すぎる。

なるほど、そうした事情だったのか。信楽は弁護士法と言ったが、その違反だけに止《とど》まらない。業務妨害罪、もしくは証拠隠滅罪。岸がしたことは紛れもなく犯罪だ。

──場所は野村が話したんですよね。

──当然だよ。野村以外は知らなかったわけだから。

――岸に唆されたんですかね。

殺人犯を庇《かば》うのもどうかと思ったが、その問いには信楽は同調しなかった。

――唆されたのは事実だろう。だけどそれだけではない。

――どういうことですか。

――野村という男はそんなやわな人間ではないってことだよ。ヤツにしたって警察以外が遺体を先に発見すれば、自分は殺人罪から逃れられると分かった。だから岸に正確な場所を伝えたんだ。


音が遮断された記者クラブの窓に小さな野鳥が止まっていた。白と黒の模様からシジュウカラのようだ。その鳥が飛び立ってから、祐里は言葉を継いだ。

「木埜内さんは当初は、タレコミ電話の主が、野村の弁護士の岸登士樹だなんて思いもしなかったんじゃないですか。電話の情報と取材した内容とが一致したから、本当に野村と同じ趣味を持った仲間だと信じたんじゃないですか」

岸の電話と知って遺体を発見していたら、木埜内も捜査妨害の共犯であり、報道者としての資格はない。

しかし二階堂が言っていた、夜回り先の警察官宅で出されたお茶も飲まない生真面目な性格からして、弁護士の悪事の片棒を担ぐとは思えなかった。態度は横柄だが、この人は誠実な根っからの報道者だ。

「日野事件を担当した刑事は当初、自分たちの捜査の及ばなかった人間が東都新聞に電話を入れたんだろうと捜査の甘さを悔やみました。だけどいくら調べたところで、野村にそんな仲間はいなかった。そうなると岸以外、考えられなくなったそうです」

信楽がそんな大事な情報を祐里に話してくれたのは、警察ではできないことを調べてほしいと思っている、そう解釈した。だからもう一度、木埜内に会って確かめようと、ここにやってきた。

やや俯《うつむ》き加減で、顎《あご》に皺《しわ》を寄せて沈黙していた木埜内がそこで声を発する。それは必死に振り絞った、よく耳を澄ましていなければ聞き取れない声だった。

「……俺も同じだよ、まさか弁護士が匿名でタレコミ電話をしてくるなんて思いもよらなかった。もし岸だと分かっていたら、あんな迂闊《うかつ》な行動は取らなかったよ」

「迂闊とは違うのではないですか？　利用されたわけですから」

批判しないよう、できるだけ穏やかに訊き返す。

「迂闊でなかったら軽率だよ。カメラマンが不用意にスーツケースを開け、そこから女児の遺体が出てきた時は、これは大変なことをしでかした、警察がなによりも大切にする証拠現場を汚したと気が動転したから」

前回は、警察はなにも見つけられなかった、自分たちの方が調査能力に優れていたと言い張った。警察は遺棄現場をあらかじめ知っていて、野村が間違った供述をすれば遺体を移動させる危険性もあったと説明したが、その発言は本音ではなかった。

「最初の情報を摑《つか》んだのも東都新聞ですものね。警察から脱走しようとした野村栄慈は、日野事件と関連がある、捜査一課が捜査に入ったと」

「俺が裏取りした一課長が、絶対に書くな、書いたら捜査妨害として出禁《できん》にするとまで言ってきたから百パーセント当たりだと感じた。出禁にすると言われて唯々諾々としていたら記者じゃない」

「それがなかなか逮捕されないものだから、焦りを感じましたか。自分に置き換えて考えてみたら私も焦ると思います。なにせ殺人の容疑をかけてしまったわけですから」

二階堂はそう見ていた。だが木埜内は別のことを言う。

「俺はずっと野村の仕業だと思っていたよ。野村が出入りしていた店と客を片っ端から当たって聞いて回り、野村のことをただのロリコン客ではない、なにを考えているか分からない、危ない人間だと話している者もいたから」

信楽もそんなやわな人間ではないと、野村の裏の顔を示唆していた。

「だけど俺がタレコミに飛びついたのは、野村の自宅から写真の類《たぐい》が出てこなかったことにずっとこだわっていたからだ。野村の知り合いだと言った電話の主は、野村が通っていた店も、野村がどれくらいの頻度で来店しているかも知っていた。そして危険を冒して手に入れたものを、そうやすやすと捨てるわけがないと断言した」

「その電話の主が岸弁護士ではないかと疑い始めたのはいつからですか」

「俺の通報で遺棄現場に到着した刑事から、『写真はどこにもなかった』と聞かされ、俺は狐につままれたような気分になった。その時点でもまだ岸とは思わなかったよ。一審が始まり、岸がやたらと『自供前に遺体が発見されたのだから、現場に秘密の暴露の証拠能力はない』『野村が最終的に遺棄現場を自供したのは、刑事の暴力によって無理やり自白させられた』と遺体発見について強調するのを聞き、俺はこの弁護士に謀られたと疑うようになったんだ」

木埜内は山男のような風貌《ふうぼう》に悔いを滲《にじ》ませた。弁護士の魂胆にまんまと嵌《はま》っただけではない。殺人犯が無罪放免になるのに手を貸してしまったのだ。その結果、また女児が殺された。彼はその罪悪感に苦しんでいる。

「岸だったという疑惑は日増しに強くなった。だがぶつけるにも証拠はなく、行動に移せなかった。そうこうしているうちに二審でまさかの逆転無罪判決が出て、俺はこれ以上本社で事件記者をやる資格はないと、異動願いを出したんだよ」

それで通信部なのか。社会部長になってもいいほどだったのになぜかやめたと二階堂が疑問視していた理由も分かった。本社勤務と通信部勤務では、同じ記者職でも仕事内容も異なるし、給与だって大きく差が出る。それでも責任を感じた木埜内は記者のメインストリームから外れる選択をした。

「本来なら新聞記者すら続ける資格はない。だけど前妻が引き取った子供二人の養育費もあったし、今の妻との間にも保育園の娘がいるんだ。こんなつぶしの利かない仕事、再就職先は見つからないだろ」

記者というのは案外、転職が難しい。フリーライターになる以外、それまでやってきた経験がまったく活《い》かされない。

「ありがとうございます。全部話していただいて」

お辞儀をして感謝を伝える。悩んでいたことが解明できたが、完全にすっきりしたわけではない。

なにが第四の弁護士会だ。マスコミに代わって国家権力を見張る役目を為《な》すどころか、犯罪者ではないか。言動のすべてが正義の弁護士の振りをしただけの見せかけだ。

「ところでその刑事、木埜内さんも知っているのだからそんなあやふやな言い方をしなくてもいいですね、信楽さんからこんな話もされました。野村は何カ月かに一度、児童ポルノ関連のサイトを見ていました。私はそうしたサイトにはてっきり小さい女の子が出ていると思ったのですが、数こそ少ないものの、男の子のわいせつ写真も出ているそうですね」

祐里が急に捜査状況を話し始めたことに木埜内は戸惑った顔になる。

「そんな時に先輩記者に言われた言葉を思い出したんです。『先入観は罪、固定概念は悪』だと」

「それを言ったのは二階さんだろ」

「木埜内さんも言われましたか」

東都新聞の後輩だけあって、木埜内も知っていた。東都の、しかも社会部の後輩。それを二階堂が話したと言うことは、木埜内も目から血を流して真実を追いかけていた記者なのだ。

「二階さんには、事件記者になりたての頃に何度もその言葉を言われては、報道の基本を叩《たた》き込まれたよ。取材は疑うことから始めろ、間違ったことを伝播《でんぱ》したら取り返しがつかなくなるぞ、と。そしてそれは頭でやるもんじゃない、足で稼ぐものとも言われた」

疑うことも足で稼ぐことも今も変わらない。なにせふぐ刺しに付いてくるあさつき、もとい安岡ねぎを調べに博多まで出かけるくらいだから。

「木埜内さんは十年前、足を使って都内の地下ポルノ店を徹底的に当たっていたんですよね。実はさっきの先入観の話と関係があるのですが、自分たちは思い違いをしていたのではと、再取材していることが一つだけあるんです。当時のことを教えてくれませんか」

「俺はもう警視庁の捜査とは無関係だよ。余計な情報を吹き込んで、捜査を混乱させたくない」

二階堂の口癖を出したことで親近感を覚えてくれたと思ったが、協力は得られなかった。それだけこの記者は責任感が強いのだ。社会部の本流にいるならまだしも、通信部記者をしている自分が口を差しはさむべきではないと。

部屋に静けさが戻ったところで、木埜内の声が響いた。

「俺の交換条件に応じてくれるなら話してもいいけど」

「交換条件とは」

「藤瀬さんは、野村が男の子の写真を所持していたという情報はなかったかと聞きたいんじゃないのか」

「そうです」

ドンピシャに言い当てられて驚く。ただ児童ポルノのサイトに男の子も出ていると話したのは祐里だ。

「日野事件も鉾田事件も殺されたのは女児なので、野村の目的は女児だと決めつけていたんです」

「野村は男児の写真も入手していたよ。いくつか回ったうちの一店舗の店主がそう話していた」

「本当ですか」

これはただちに信楽に知らせなくてはならない。

人が近づいてくる声が聞こえた。記者クラブには本来クラブ員以外は入ってはいけないルールになっている。祐里は立ち去ろうとした。そこで「俺の条件とは」と木埜内が会話を再開させた。

「そうでしたね。なんでしょうか」

信楽を取材させてくれと、そう言うのかと思った。

木埜内が野村の事件を再取材したがっていたのは間違いなかった。だが取材対象が違っていた。

「もし藤瀬さんが次に岸弁護士と会うことがあれば、その時は俺も連れていってくれないか」

21

目黒区碑文谷《めぐろひもんや》の一戸建てで、岸登士樹は「事務所に仕事を残したのを思い出した」と妻の直美に伝えて、玄関に向かった。夜の十時を回っていた。

一戸建てと言っても五十坪程度だからそれほど大きくはない。それでも土地代だけで一億五千万と、貧乏弁護士時代には考えられない高級住宅だ。

今年の春には裏の土地が空いた。将来、子供のどちらかが一緒に住んでも構わないと言ってくれた時のために、清水《きよみず》の舞台から飛び降りる覚悟で七十坪を購入した。

今は妻の名義にして、駐車場として運用し、借金の返済に充てている。

三十四歳の長男は、銀行に就職して家を出ているが、私大の経済学部を卒業した長女の真希《まき》は、せっかく入った総合商社を数年でやめ、今は法科大学院に通っている。大学生の頃はひと言も言わなかったのに、「私もお父さんのように、困った人を手助けできる弁護士になりたくなった」と心変わりしたそうだ。頭のいい子なので時間がかかることなく司法試験に合格できるだろう。

研修は岸法律事務所でさせ、いずれは継がせたいと思っている。それまで岸が現役でいる必要があるが、代表者として若すぎるようなら山田杏里をワンポイントリリーフとして挟んでもいい。

真希には一歳上の司法修習生の彼氏がいて、結婚の約束もしているようだ。彼氏は刑事事件に興味はなく、企業と契約する顧問弁護士を目指している。

真希にも、「きみのお父さんは成功したからいいけど、金にならない刑事事件をよくやったよね。若い頃は国選専門だったそうじゃないか」と話したという。

真希からは「お父さんのこと、感心してたよ」と言われたが、岸自身は愚弄《ぐろう》されているると感じた。ヤメ検でもないのに、金にならない事件をしゃかりきになってやる弁護士を、法律家の順位の下に見ているのだ。

それでも彼氏の影響を受けることなく、父の後継者になりたいと言ってくれた真希には感謝してやまない。

真希が一人前の弁護士になるまでは、なにがなんでも法律事務所は今の規模のまま守る。そしてこの二世帯住宅に建て替えられる合計百二十坪の土地も。

直美の愛車であるベンツのCクラスと並んで駐《と》めてあるクラウンのエンジンをかけ、ヘッドライトをつけた。閑静な住宅街に灯《あか》りが広がる。忘れ物がないか助手席を見た。そこには一泊できそうなほど大きなリュックが置いてある。

ギアをドライブモードに入れ、ゆっくりと発進させる。普段は電車通勤で、土日もここ最近は講演や支援者団体のシンポジウムに参加するなど仕事に追われ、久しぶりにハンドルを握った。

バックミラーで後続車を確認し、目黒から首都高に乗り、都心環状線に入る。

途中で《神田《かんだ》橋《ばし》事故渋滞6キロ》と表示が出たため、霞《かすみ》が関《せき》出口を出た。

国会《こっかい》通りを進んで桜田《さくらだ》通りに向かう。

忌々《いまいま》しい庁舎が左側に見えてきた。警視庁だ。なぜよく考えずに霞が関で降りたのか、後悔が沸騰した湯水のように沸き上がってきて体温を熱くする。

岸が知っている刑事は数人だが、岸を知る警察官は星の数ほどいるだろう。そのうちの誰かが岸に気付くかもしれない。

今日に限っては絶対に誰とも会いたくなかった。キョロキョロすれば余計に目立つと、両手でハンドルを握って前方だけをしっかり見続けた。

途中、警備中のパトカーを見るたびに心臓の鼓動が速くなった。内堀《うちぼり》通りから国道一号に入り、日比谷《ひびや》、大手町《おおてまち》あたりまでくると、張り詰めていた気持ちがいくらか落ち着いた。

交差点で赤信号に捕まるたびに苛《いら》ついたが、早く着く必要もないと自分を宥《なだ》めた。

進んでいくと高速入口の表示が見えた。渋滞表示は消えている。

ここから高速に乗り直した方が早く到着するが、それだとNシステムに記録される確率が高くなるため、一般道を使うことにする。

午後十一時を回っていたこともあり、江戸通りも水戸街道もよく流れていた。対向車線も軽快に飛ばしていて、時折、ヘッドライトが目に入る。

その眩《まぶ》しさの中に、目を細めて資料を眺める男の姿が浮かび上がる。

信楽は野村の余罪を発見したのではないか。そしてその周辺から例のブツを発見したのではないか。

いや、信楽は関係ない。子供は死んでいないのだ。思い出す都度、かぶりを振って非常識な黒シャツ姿を打ち消す。

野村には必ず余罪があると思っていたが、真相は岸の想像とは川の対岸ほど離れたところにあった。

高垣徳也が、現場の作業員仲間から七月二十二日の休日明けの月曜、野村が手に絆創《ばんそう》膏《こう》を貼って来たと聞いてきた。その上で、山田杏里がその日にあった葛飾の事件を出した。

昨日、鉾田署で野村を問い詰めた。

——おまえ、なにが余罪はないだ。やってたんじゃないか。

野村を連れてきた警察官の姿がなくなるとともに、怒鳴りつけた。

——葛飾の件だ、違うとは言わせないぞ。証拠も摑《つか》んでいる。

——だけど殺していませんよ。僕が油断した隙に、手を嚙《か》まれて逃げられたので。

——同じことだ。罪は間違いなく大きくなる。

よほど怖い顔をしていたのではないか。脅迫してきた時とは別人のように、野村は視線を膝《ひざ》に落とした。

――おまえが男の子にも興味があるとは思わなかったよ。そう言えばおまえ、可愛がっていたのは妹だけではなかったんだよな。二卵性の双子の男の子もいたんだよな。おまえのことだ。世話をしている振りをしながら、妹だけでなく、弟にもいたずらしたんだろ。

野村は目をかっと剝《む》いて睨《にら》んできたが、岸の視線に気圧《けお》され、勢いはたちまち萎《しぼ》んだ。所詮《しょせん》はこの程度の男だ。前回、虚勢を張ったのはたまたまだったのだ。暗くて蒸し暑い留置場で、自分はどれだけ長い間、刑に服するのか、もしかしたら死刑判決が出るのではないかと毎夜怯《おび》えている。

十年前にも余罪があった、もし野村の所有物から女児や男児の写真が発見されていたら、高裁判事の心証も異なり、一審判決は覆えらなかったかもしれない。

野村は男児への偏愛を知られないように隠し通した。警察にも、そして弁護人の岸にまで。とんだ食わせ者だ。

――警視庁のおまえの天敵である信楽は、すでにそのことを摑んで、全国での男児のわいせつ事件についても調べているぞ。おまえの行動パターンは警視庁の刑事によって明らかにされたんだろ。長期の仕事が終わると自制が利かなくなり、悪い虫が疼《うず》き始める。その期間と被害届とを照らし合わせれば、すぐに足がつく。いたずらであっても警察は強制わいせつに傷害容疑もつけるだろう。そしたら死刑判決だって出る。けっして脅しではない。そうしないことには警察は気が済まない。一度は失った信頼を取り戻すために、警察、その中でも信楽は躍起になっている。どんな微罪でも見つければ、それを使ってくる。

腹を括《くく》ったつもりだった。

野村に余罪を自供させ、さらに岸弁護士事務所のスタッフ総出で手を尽くし、いたずらされた被害者宅に通い、許しを求める。警察がマスコミ発表するまでに、和解できるかどうかが判決に左右する。山田が言ったように、死刑囚を出さないだけでも岸の法律家人生において大きな意義はあると考えを変えた。

——野村、俺はこれからおまえがいたずらしようとした被害者の許《もと》へ行き、示談に持ち込む。そのタイミングでおまえは警察に自供しろ。

——ちょっと待ってくださいよ、今回の事件はどうなるんですか。

この期に及んでまだ無罪にしてもらう気なのか、図々しさに呆《あき》れた岸は鼻から息を漏らした。

——おまえが少しでも生き延びたかったら、素直に自白すべきだ。生きてるうちにもう一度、シャバの空気が吸えるかもしれない。

仮に仮釈放が認められるにしても、近年の法務省は、無期懲役は三十年後から仮釈放審理を開始しているため、模範囚であっても外に出られるのは三十年後だろう。三十六歳の野村は六十六になっている。

その頃には岸はこの世にいないだろう。生きていたとしてもこんな人間には二度と関わらない。顔も見たくない。

実際、無罪となって釈放された後、この男が社会復帰を果たせるかどうかなど心配したことはなかった。

後ろ指を指され、人の目を気にしながら逃げるように暮らす、野村栄慈はそうした運命なのだと割り切った。牢獄《ろうごく》にいないだけマシだろうと。それで良かったのだ。男児に興味があったことを隠していたということは、更生する気持ちなど、この男には一欠片《ひとかけら》もないのだから。

他にも男児をやってるんだろう。どこでやった……そう問いかけた時、能面のように生気を失っていた野村が口を開き、再び狂気が顔を出した。

――俺の人生を台無しにしたのはあんただ。

その時点ではいささかも怯《ひる》まなかった。

――同じことを言わせるな。俺がおまえを命拾いさせてやったんだ。

――違う。あの時、あんたが俺を警察から逃げさせなかったら、俺は塾の講師を続けていた。

――じゃあ訊《き》くがおまえに真っ当な生活ができたか？　そう遠くない時期に同じ犯罪を起こしていたに決まってる。

——真面目に生活してたよ。今も塾の講師を続けていた。

——いいよ、そんな妄想、聞きたくない。

岸の方から打ち切った。実際、事件を繰り返したのだ。この男をなにも変えることはできなかった。

——容疑を認めるにしても俺はおまえの罪を少しでも軽くするよう精いっぱいの努力をする。今回は精神鑑定も受けさせる。中学時代のネグレクトの義母に双子の妹、弟の世話を押し付けられ、その子たちと引き離されたことも使う。俺はおまえをけっして見捨てるわけではない。

心の中とは違うことを言うと、狂気は消え、野村は落ち着きを取り戻した。

——おまえ、葛飾の公園で男の子に、おもちゃの隠し場所があるって話したそうだな。あの公園はおまえが子供の頃、おじいちゃん、おばあちゃんによく連れていってもらった公園らしいじゃないか。そこに写真を隠しているんだろう。

前回、わいせつ写真が一切、ガサ入れで出てこなかった時から謎だった。野村は所持していないと言い張り、もし見つかった時、塾の仕事に支障をきたすから捨てたと言い続けた。

だが危険を冒して買ったものを簡単に捨てるわけがない。当時から岸は疑ってかかっていた。

——おまえ、前回、俺との会話を録音したと言ったよな。そのテープもその公園に一緒に隠しているんじゃないか。

野村は認めたわけでも否定したわけでもなかった。ただ臆病《おくびょう》な目で岸を見ていた。

確信を得た岸は、その後、隠し場所を白状させた。


愛車のクラウンは森のある公園に到着した。

この公園は紅葉の季節にはたくさんの人が訪れるらしい。リュックを背負って駐車場から歩き出す。

途中に池があった。ランニングコースがあって、夜十一時を回っているというのに、街灯の下をランナーが走っている。

ポケットからメモを出す。そのメモに野村が男児を連れ込んでいたずらした場所が明記されている。

元数学科の院生とあって、地図は正確だった。いや、数学というより地理か。池の看板を起点に北東四十二度方向に目安となる公衆トイレがある。さらにそこから南南東百五十七・五度に出口を示す標識があり、その標識の付近は木々で陰になるらしい。岸は正確な位置を知るために中学卒業以来、五十年振りに方位磁石というものをネットショッピングで購入した。

野村は工事が終わりに近づくと、性犯罪のブレーキが外れ、幼児偏愛の低俗な欲望が顔を覗《のぞ》かせた。

そうなるとこの公園にやってきて、ヤツにとっての宝物を掘り出す。そして次の工事が始まるまでに埋めて戻す。直近で取りに来たのは六月の末、そして再び土中に戻したのが七月二十二日、河野すみれを殺害する四日前だ。

工事終了まで若干の期間があったにもかかわらず戻したということは、写真では飽き足らず、その時点で新たな犯行の実行を決めていたのだろう。

埋め終えて帰ろうした時、ランニングコースを男の子が一人で歩いているのが野村の視界に入った。付近に人の気配がないことを確認した野村は、一人で歩いていた男の子に近寄り、子供の好きそうな戦隊玩具《がんぐ》の話をした。男の子は興味を示してついてきた。草むらに連れ込んで体を触ろうとしたところで、手を嚙まれて逃げられた――。

方位磁石を手に公園を歩く。池を起点に歩いたが、公衆トイレは見つからなかった。どこだ、どこなんだ。首を回して探す。

次第に汗が出てくる。歳をとって汗をかきづらくなったが、とめどなく流れるのでハンカチを出した。同時に防犯カメラが設置されていないか外灯を確認した。

正面から小型犬の散歩をしている若者が歩いてきた。

リードで引かれた犬は岸を見ていたが、イヤホンをした若者はスマホを手に、ながら歩きしていて、初老の男が深夜の公園には不似合いなリュックを背負って歩いていることに気づきもしなかった。

ここではないのか。いや、これ以上野村は嘘をついていないはずだ。必ずある。

とはいえ、ジョギングでも犬の散歩でもなく、大きなリュックを背負った男が公園内をうろついていたら、いつかは不審者だと警戒される。あとになって野村の犯行現場に、先に弁護士が来たことが表沙汰《おもてざた》になったら、言い訳が面倒になる。

それを言ってくる男は一人しか思い浮かばなかった。

――こんなひどい捜査をしてるからバチが当たったんだよ。

岸だって子供を二人持つ父親だ。事故で子供を失った信楽の辛《つら》さは分かっているつもりだ。

それでもあの時は、他に手段がなかった。

記者を使って警察より先に遺体を発見させたが、一審は有罪だった。刑事事件が覆ることはまずないと言われる二審で、まさか無罪判決が出るとは岸も思っていなかった。そのため信楽を暴力刑事だと印象づける、それが最高裁に持ち込まれないための唯一の方法だった。

彼を怒らせるために考えてきた言葉を吐くと、長軀《ちょうく》から狙い通りに手が伸びてきて岸の肩に触れた。

事前に伝えてあった雑誌記者が、しっかりとカメラに収めた。

あの瞬間、真っ暗だった窓から明るい陽が射し込み、負け犬人生が逆転した。

だが信楽のことだ。岸のしたことをすべて調べ上げ、法律違反を暴こうとしているに違いない。

捉《とら》えどころがないのにどこか威圧感がある刑事の顔は、いつしか岸の脳裏に貼り付いたまま消えなくなっていた。

俺はどうしてあれほどまでに知恵を振り絞って野村を無罪にしたのか。

野村を刑務所に入れておけば良かったのだ。そうすれば、この数日間、自分が築き上げた法律家人生のすべてを失うのではないかという、内臓がちぎれそうになるほどの苦しみを味わうこともなかった。

いや、逆転無罪がなければ自分は終わっていた。脱走を手助けしたとして、弁護士バッジすら奪われていたかもしれない。

あの判決があったからこそ、大きな城を築き上げられたのだ。今や岸に弁護人を依頼したい被告や家族は数知れず、支援してくれる人が日本中にいる。彼らの期待を裏切るわけにはいかない。

ようやくトイレを見つけた。ポケットから磁石を出す。

揺れる磁石の針に、目が釘付《くぎづ》けになった。

野村が言っていた通り、池から北東四十二度の位置だったのだ。野村は本当のことを言っていた。岸が誤った方向を歩いていたのだ。

トイレを起点に、再び磁石を地面と平行に持つ。今度は南南東百五十七・五度に出口を示す標識が立っているはずだ。背負っていたリュックから懐中電灯を出して向ける。あった。標識が五十メートルほど先に見えた。

トイレの歩道から草むらを早足で歩いて、標識に到着する。

その標識のあたりには大きな木が二本植えられていて、木の裏側まで行けば人目につかない。

この場所で野村は男児にいたずらしようとした。だが岸がこんな夜更けに探す場所はここではない。方位磁石を握る手を開く。

「なにをされているんですか」

暗闇から声をかけられ、背中が跳ねた。

声のした方向に体を翻すと、柴犬《しばいぬ》を連れた岸と同じ年頃の男性がにこにこした顔で立っていた。

「いえ、ちょっと……」

人に声を掛けられるとは思っていなかったので、言い訳する準備をしていなかった。

「そのあたりで先月事件があったんですよ」

犬を連れた男性が、先に事件のことを口にした。

「なんのことですか」

「男の子が連れ込まれて、いたずらされそうになったんです。男の子は逃げたそうですけど。翌日に警察が来て現場検証していました」

「そうなんですか」

「あっ」

急に男性から指を指された。

「な、なんですか」

足がもつれ、あやうく尻《しり》もちをつきそうなった。

「あなた、刑事さんですね」

「違いますけど」

「そうなんでしょう。それでこんな時間に事件現場におられるんですね。証拠が出てきたんですか。いや、どうせ訊《き》いたところで、捜査状況は話せないとか言うんでしょうね」

「いえ、まぁ、そこのところは……」

勘違いしてくれたならそれで構わないと、体を立て直しながら惚《とぼ》けた顔を作る。

「やはりそうでしたか。でしたら詳しいことは訊きませんが、早く犯人を捕まえてください。うちにも男の子で同じくらいの歳の孫がいるので、安心して遊ばせられないんです」

「はい、努力します」

初老男性は踵《きびす》を返して引き揚げていく。ただ犬が何度も振り返るのが気になった。

さて問題はここからだ。

ポケットからもう一度メモを取り出す。北西二十度方向に五メートル。声をかけられ咄嗟《とっさ》に閉じた拳《こぶし》を開き、方位磁石を見る。揺れた針が止まった。

あらゆるものを準備してリュックに詰め込んだのにメジャーを忘れた。そのため歩幅を一メートルほどにして五歩前進した。

そこだけが土の肌が露出していた。掘り返したから、雑草が生えていないのだろう。

この場所を訊いた時は素直だった。だが前回、隠し持っていた狂気を見せた時は、強気にこう言い放った。

——俺ばかり責めるけど、あんただって罪を犯したじゃないか。俺と同罪だ。

——まさか、おまえ、あの時のことをマスコミにばらすと言うんじゃないだろうな。言ったところでそんな与太話、誰も信じないぞ。

——あんた、俺が無罪になった後、事務所に呼んで俺に二時間説教したよな。俺はその間ずっと正座させられた上に、「おまえは人間の屑《くず》だ」「本来なら生きている資格もない」と人格否定をされた。俺は泣いて謝ったけど、あんたは許してくれなかった。最後に俺になにを言ったか、覚えているか。俺はあの時の会話をすべて録音してたんだよ。

それを聞いた時の岸は、途方もない恐怖が押し寄せてきて汗が止まらなくなった。

背負っていたリュックを下ろし、中から園芸用のスコップを取り出す。

土は思いのほか硬かった。掘ってもなにも出てこない。

場所が違うのではないか、七月二十二日には草は生えていなかったが、夏場だ。半月もあれば雑草も生い茂る。

右に五十センチほど動いてまた土を掘った。スコップがなにか硬いものにぶつかる手《て》応《ごた》えがあった。

そこからは手を使って掘り返す。両手で土をかき出してから、思い出したようにリュックから軍手を出し、両手に嵌《は》めた。大丈夫だ、俺はまだ冷静だ。

引っ張りだしたのは古いクッキーの缶だった。蓋《ふた》を開けるとビニールが見えたので外に出して懐中電灯を当てる。

これだ。ビニール越しにプラスチックケースに入ったCD－Rが見えた。このディスクに十年前の岸の音声が入っている。

当時、すでにスティック型のUSBメモリが流通しており、USBメモリの方が新しいパソコンにも対応できて使い勝手はいい。どうしてUSBメモリを使わなかったのかと訊いた岸に、野村は「USBメモリは数年で消えてしまうから」と話したが、それだけが理由ではない。野村はUSBメモリが一般に流通する前、CD－Rやメモリーカードが主流だった頃から児童の卑猥《ひわい》画像を収集していたのだ。

指を突っ込んでビニール袋を裂く。

土の上に降ろしたリュックからパソコンを出す。再生プレーヤーを外付けしてから電源を入れて起動させる。プレーヤーは事務所にはなかったが、長女の真希に訊くと、DVDを見る時のために持っているというので借りてきた。

CD－Rを入れ、作動するのを待つ。じりじりした時間だった。ようやくデータが出た。画像でないものが一つだけあった。それをクリックして再生する。

野村をとうとう説教している逆転無罪後の一コマが暗闇に浮かび上がる。

真面目に働け、塾の講師のような仕事はできないが、それは子供の裸に興味を持ったおまえの自業自得だ……。

手を膝の上に乗せ、いつまでも項垂《うなだ》れていた野村を、反省しているものだと思い込んでいたが、ヤツは心の中では嘲笑《あざわら》っていた。この弁護士、録音されているのになにも知らずにしゃべっていると。いつか、脅迫のネタに使ってやろうと。

〈俺が奥の手を使わなければおまえが無罪になることはなかった。そのことは肝に銘じておけよ〉

もっとも聞きたくなかった自分の言葉が夜気に反響した。

なぜ俺は、このような浅はかな発言をしたのか。今振り返っても愚かとしか言いようがない。

〈その新聞記者は本当に僕の友達だと信じているんですか〉

野村の弱々しい声が届く。これもヤツの演技だ。

〈さぁ、どうかな。記者も馬鹿じゃないし〉

〈先生が電話させた人間は必ず約束を守ってくれるんですか。あとで脅してきたりしませんか。別に僕の友達じゃないし、先生がお願いしただけでしょ〉

〈俺がそんな危ない橋を渡るわけがないだろ。俺が直接電話したんだ。もちろん声は変えた〉

もう充分だ。再生を止めた。

外部に取り付けたプレーヤーは、ハードウェアを安全に取り出すためのクリックが必要だが、暗がりで場所がわからず、そのままプレーヤーを引っこ抜いた。

一刻も早く自宅に帰り、このディスクを処分したい。

刹那《せつな》、急に辺りが明るくなった。

背後から二つのライトに照らされたのだ。

振り返った岸は、あまりの眩《まぶ》しさに公安警察に踏み込まれた学生時代の記憶がフラッシュバックした。

まさか、また警察なのか？　きっとそうだ。動揺して、体が動かない。

野村がいたずらしようとした樹木の裏側から数人の男たちが姿を現わした。

そこでようやく察した。自分は警察に泳がされていたのだ。

ようやく、顔の輪郭が分かるところまで近づいてきた。

先頭を歩いてきたのが信楽だった。そして鉾田の現場で顔を見た森内、その同僚の刑事。さらにもう一人、一課の捜査員か。最後の一人も思い出した、江柄子という今は理事官になった当時の鑑識課員だ。

頭の中で必死に言い訳を思い浮かべるが、意識が混濁してなにも浮かばない。

「あなた、十年前も同じように野村から遺棄現場を聞き出したんだな。あの時は記者に連絡した。だが今回はあなたが自分で犯行現場に足を運んだ」

生暖かい夜風に乗って声が届く。こんな声だったか。そうだった。耳元で「次に野村が犯罪をおかしたらあんたのせいだ」と言われた時の声だ。

「犯行現場ってなんのことだ」

精いっぱい惚ける。

「野村が男の子にいたずらしようとした現場だよ」

予想通り、信楽は野村の男児への犯行を摑《つか》んでいた。

「だからってなんだと言うんだ。弁護士にも確認する権利はある」

「むしろ助かったと礼を言ってんだよ」

信楽の言葉に頭がますます混乱する。

「どういう意味だ」

「野村はこの事件を自供してないんだよ。野村の弁護士であるあなたが、こうして現場を特定してくれた。秘密の暴露だ」

野村の犯行を疑っていた信楽だが、男児は顔を覚えていなかったのか、野村の犯行と特定できていなかった……。

「それで俺をつけたのか。だが秘密の暴露を俺がしたとして、俺になんの罪があるんだ」

ここで警察連中にひれ伏してなるものかと自分を鼓舞した。野村の犯行を隠したわけではない。野村が事件について自分にだけ話した。一方の警察は自白させられなかった。前回と同じ、知恵の差だ。

「それに証拠を破棄したわけではない。業務妨害罪？　犯人蔵匿罪？　なんでもいい、逮捕するならすればいい。俺は自分の力で無罪を勝ち取ってみせる」

信楽はなにも言わなかった。だが隣に立っていた森内という刑事が言った。

「あなたはこうやって依頼人が話した内容を我々に明かしました。これも弁護士法の秘密保持の義務に違反するのではないですか」

森内の顔を見る。鉾田で会った時は自分を避けようとしていた若い刑事が、今は別人のように強い目で見返してくる。

そこで信楽の視線が岸の右手にあることに気づいた。

まさか、尾行の狙いはこれだったのか。そんなわけがない。彼らが岸と野村との会話を知るはずがないのだ。それでもディスクが挿入された再生プレーヤーを咄嗟《とっさ》に背中に隠した。

「今隠したものの中に、野村がこれまで大事にしていたコレクションが入っているんだろう。俺はずっと疑問に思っていたんだ。手に入れた写真を処分するはずがないと思っていたから」

「それは……」

九年前の会話の録音については出なかった。できることならディスクの中から子供の画像と会話を切り離したいが、そんなことは不可能だ。

「それだけでも充分、証拠隠滅罪だが、弁護士先生がこんな時間に穴掘りをするのだから、あなたにとってもまずいものが入っているんじゃないか」

岸の灰色の心は信楽に容赦なく射貫《いぬ》かれた。

「違う、まずいものなどなにもない」

明らかに調べれば分かる嘘を言った。

江柄子が初めて口を開いた。

「いずれにせよ、そこにわいせつ写真があれば、先生がなぜこんなことをしたのか、その理由をゆっくり聞かせていただかねばなりません。ご多忙のところ申し訳ございませんが、任意でご同行願います」

任意なら拒否する、そう言おうとした。任意と言っておいて、不当な取調べをする気だろう、法律家として厳重に抗議する、マスコミにも訴えるぞ……声を絞り出そうとしたが、信楽に機先を制された。

「無駄な抵抗はやめた方がいい。あなたと野村の信頼関係はもう切れてんだ」

その言葉で、学生の頃から燃えたぎっていた警察への反発心は、勢いを失ったろうそくの火のように消えた。

22

《第四の弁護士会発足パーティー》

大きくタイトルが掲げられた都内ホテルの一室で、スリーピースに蝶《ちょう》ネクタイ姿の岸登士樹は、支援者や人権派弁護士、野党議員たちの間を挨拶《あいさつ》して回った。パーティーの目的は資金集めであるが、招待状を出したほとんどが出席してくれ、参加者は会の発足を喜んでくれている。今さっき、著名なフリージャーナリストからこの会が中心となって警察の強引な捜査を封じ、本当の民主国家へとこの国を変えていきましょうと励まされた。

「皆さんの力が必要です。一緒に頑張りましょう」

岸も参加者の一人一人の手を取り、称《たた》え合った。

岸が葛飾区の公園で警視庁捜査一課に任意同行を求められてから一週間が経過していた。

あの夜、一泊させられ、翌日は朝から取調べを受けた。逮捕も覚悟したが、夕方には帰された。

自分に憎悪を抱いている信楽や江柄子のことだ。身柄を拘束した事実をマスコミに漏らすだろうと思ったが、それもなかった。

岸は正直、拍子抜けした。

児童ポルノを厳しく取り締まるのは、国際的な潮流で、現行法では写真を持っていただけで児童ポルノ禁止法の単純所持として処罰される。それでも土中に隠したことは野村が所持していたとは問えず、廃棄したとも受け取れる。つまるところいくら信楽たちが、弁護士が現場を荒らしたと訴えたところで、証拠隠滅罪にもならず、罪に問うことはできなかったのだ。

なによりも警察は岸登士樹を不当逮捕し、再び世間を敵に回したくはなかった。

信楽たちがどう訴えようが、警視庁、くわえて警察庁の上層部は首を縦に振らなかった。これまでの自分の活動と実績に、岸は改めて誇りを覚えた。

視線の先で、閉じていたドアが開き、数人の男女が入ってきた。

ホテルの係員が止めるが、彼らは岸に向かって歩いてくる。

先頭を歩くのが中央新聞の藤瀬祐里という記者なのは分かった。

そばにいた黒服に、飲みかけのワイングラスを返して身構える。

「岸先生、野村が起訴されました。そのことで話を聞かせてください」

藤瀬が切り出した。岸はわざとらしく眉《まゆ》をひそめる。

「マスコミは招待していないはずですよ」

「それは幹事の山田さんに許可をいただきました」

藤瀬の言葉に、首を回して山田杏里を探す。

離れた場所で社会平和党の鈴村党首と話していた山田杏里が岸の視線に気づいた。彼女は記者の乱入を気にすることもなく、視線を議員に戻して会話を再開させている。

山田のやつ、余計なことをしやがって――。

彼女には岸法律事務所から独立しようという計画があることを最近摑んだ。この第四の弁護士会も自分のものにしようと企《たくら》んでいるのか。そんなことはさせない。

「質問なら簡潔にしてくれ、私は遠方から駆けつけてくれた大切なお客様や支援者たちに挨拶して回らなくてはいけないから」

口髭《くちひげ》を親指で弾《はじ》いてから言った。

記者の数は七人、藤瀬ともう一人の男性を除けば、お披露目の会見場にもいた記者なのでよく知っている。

「野村は殺人、死体遺棄、強制わいせつなど三つの罪で起訴されましたが、そのことについて岸先生の見解をお願いします」

藤瀬が言った。

「私は野村の弁護人は降りている。訊《き》くなら今の弁護人に訊いてくれ」

担当しているのは国選弁護人だ。野村は鉾田市の河野すみれ殺害以外にも、葛飾区の男児へのわいせつ行為、そのほか埼玉と栃木での二件の事件で起訴された。

「いいえ、先生には答える義務があると思います。日野事件で野村を無罪にしたのは先生ですから」

「またその話の繰り返しか。くだらん。法律を勉強してから出直してくれ」

舌打ちしてから顔を背けた。

「刑事訴訟法では一事不再理かもしれませんが、我々はなにも法律だけに則《のっと》って報道しているわけではありません。先生がしたことは弁護士法の職務規定違反と言ってもいいのではないですか」

藤瀬が言ったことに毒気を抜かれた。なぜその話が出てくる。心の揺れを抑えて「なにを言ってるんだ。訳の分からないことを言う前に証拠を提示してくれ」と言い返した。

「この音声です」

藤瀬の隣に立った髭面《ひげづら》の記者がレコーダーの再生ボタンを押した。

〈俺が奥の手を使わなければおまえが無罪になることはなかった。そのことは肝に銘じておけよ〉

〈その新聞記者は本当に僕の友達だと信じているんですか〉

〈さぁ、どうかな。記者も馬鹿じゃないし〉

〈先生が電話させた人間は必ず約束を守ってくれるんですか。あとで脅してきたりしませんか。別に僕の友達じゃないし、先生がお願いしただけでしょ〉

〈俺がそんな危ない橋を渡るわけがないだろ。俺が直接電話したんだ。もちろん声は変えた〉

レコーダーから聞こえる岸と野村との会話に他紙の記者もざわつき始めた。誰よりも驚いたのは岸だ。

「おたく、誰だ」

「東都新聞長野支局、佐久通信部の木埜内悠馬です」

「通信部の記者がなんの用だ」

尋ねた髭面の記者ではなく、隣の藤瀬が答える。

「木埜内さんは十年前には警視庁担当の記者だったんです。そこまで言えば先生はお分かりになると思いますが」

岸が東都新聞にかけた電話を受けた記者だったのか。ロリコン仲間になりすました岸のタレコミに、あなたは本当に野村栄慈の知り合いなのか、野村とはどこで知り合い、どちらから話しかけたのかなど、この記者は執拗《しつよう》に訊いてきた。

「だからって、どうしてこれを……警察が渡したのか。個人情報だぞ」

「いいえ、私にはこれを聞く権利があります。十年前、あなたから電話を受けて、遺体遺棄現場にカメラマンを連れていったのは私ですから。警察からもこの声かどうか確認してほしいと渡されました」

どんな窮地に追い込まれようが頭が回ったのに、今は頭の中が真っ白になって反論の言葉が出ない。

警察が自分を逮捕せずに釈放したのはこのためだったのか。ディスクについては気になっていた。岸の声が入っている部分はプライバシーの侵害だと、データの消去を求めたが、江柄子から「もう少し確認させてください」と言われた。まさか記者に渡すとは。その記者が公の場で披露するとは考えも及ばなかった。

「私は公判の間、電話の主があなただったのではないか、あなたによって捜査妨害に手を貸したのではないかと思い悩みました。テレビ出演したあなたの声を録音し、声音の研究所を回って、あなたの声が恣意的《しいてき》にどのように変化するのか試したりもしました。いくつか操作してもらうと、あなたの声になったんです」

「俺の声だと。そんなの分かるわけが……」

言ったところで、木埜内記者が笑みを浮かべた。

墓穴を掘った。これではバレないように声を変えたと認めたようなものだ。

「岸先生、あなたが野村から聞き出した遺棄現場を東都新聞に教えたのですか」

毎朝新聞の記者が言った。

「それなのにあなたは警察には証拠がない、野村栄慈は冤罪《えんざい》だと言い張ったのですか」

今度は通信社の記者だ。彼らの声が割れて耳の中で反響する。

正面に立つ藤瀬が言った。

「私も冤罪事件はあってはならない、強引な捜査、自供を強要してはならないと考えています。ですがあなたがしたことは、普段言っていることとは真逆です。あなたは正義の弁護士でもなければ、メディアに代わる第四の権力になって、三権を監視する立場でもありません。法律の世界に身を投じることじたいが間違いであり、すぐさま弁護士資格を返上すべきです」

いつしかたくさんの人が岸とメディアの周りを取り囲んでいた。

山田杏里もいた。野党の党首もいた。これまで応援してくれたたくさんの支援者もいた。全員が胡乱《うろん》な目で岸を見ている。

閃光《せんこう》に目を瞑《つぶ》る。カメラマンまで中に入ってきて、フラッシュを焚《た》く。

「やめろ、撮るな」

眩《まぶ》しさに手で顔を隠そうとするが、カメラマンは撮影をやめない。

「やめろ、撮らないでくれ」

フラッシュの音が耳を打つ。

瞬《まばた》きするたびに、まだら模様が弾け散り、華麗なる弁護士人生から色彩が消えていった。

本書は書き下ろしです。
本作はフィクションであり、登場する
人物・組織などすべて架空のものです。

逆《ぎやく》転《てん》

二《に》係《がかり》捜《そう》査《さ》(2)

本《ほん》城《じよう》雅《まさ》人《と》

令和5年 10月25日　初版発行

発行者●山下直久

発行●株式会社KADOKAWA
〒102-8177　東京都千代田区富士見2-13-3
電話　0570-002-301(ナビダイヤル)

角川文庫 23851

印刷所●株式会社暁印刷
製本所●本間製本株式会社

表紙画●和田三造

●お問い合わせ
https://www.kadokawa.co.jp/（「お問い合わせ」へお進みください）
※内容によっては、お答えできない場合があります。
※サポートは日本国内のみとさせていただきます。
※Japanese text only

ISBN 978-4-04-113770-3　C0193

◇◇◇

角川文庫発刊に際して

角川源義

第二次世界大戦の敗北は、軍事力の敗北であった以上に、私たちの若い文化力の敗退であった。私たちの文化が戦争に対して如何に無力であり、単なるあだ花に過ぎなかったかを、私たちは身を以て体験し痛感した。西洋近代文化の摂取にとって、明治以後八十年の歳月は決して短かすぎたとは言えない。にもかかわらず、近代文化の伝統を確立し、自由な批判と柔軟な良識に富む文化層として自らを形成することに私たちは失敗して来た。そしてこれは、各層への文化の普及滲透を任務とする出版人の責任でもあった。

一九四五年以来、私たちは再び振出しに戻り、第一歩から踏み出すことを余儀なくされた。これは大きな不幸ではあるが、反面、これまでの混沌・未熟・歪曲の中にあった我が国の文化に秩序と確たる基礎を齎らすためには絶好の機会でもある。角川書店は、このような祖国の文化的危機にあたり、微力をも顧みず再建の礎石たるべき抱負と決意とをもって出発したが、ここに創立以来の念願を果すべく角川文庫を発刊する。これまで刊行されたあらゆる全集叢書文庫類の長所と短所とを検討し、古今東西の不朽の典籍を、良心的編集のもとに、廉価に、そして書架にふさわしい美本として、多くのひとびとに提供しようとする。しかし私たちは徒らに百科全書的な知識のジレッタントを作ることを目的とせず、あくまで祖国の文化に秩序と再建への道を示し、この文庫を角川書店の栄ある事業として、今後永久に継続発展せしめ、学芸と教養との殿堂として大成せんことを期したい。多くの読書子の愛情ある忠言と支持とによって、この希望と抱負とを完遂せしめられんことを願う。

一九四九年五月三日

角川文庫ベストセラー

不屈の記者　本城雅人

軌跡　今野　敏

熱波　今野　敏

鬼龍　今野　敏

陰陽
鬼龍光一シリーズ　今野　敏

中央新聞の那智紀政は、記者の伯父が残した、謎の建設工事資料の解明に取り組んでいた。伯父は、伝説の調査報道記者と呼ばれていたが、病に倒れてしまったのだ。那智は、仲間たちと事件を追うが――。

目黒の商店街付近で起きた難解な殺人事件に、大島刑事と湯島刑事、そして心理調査官の島崎が挑む。（「老婆心」より）警察小説からアクション小説まで、文庫未収録作を厳選したオリジナル短編集。

内閣情報調査室の磯貝竜一は、米軍基地の全面撤去を前提にした都市計画が進む沖縄を訪れた。だがある日、磯貝は台湾マフィアに拉致されそうになる。政府と米軍をも巻き込む事態の行く末は？　長篇小説。

鬼道衆の末裔として、秘密裏に依頼された「亡者祓い」を請け負う鬼龍浩一。企業で起きた不可解な事件の解決に乗り出すが……恐るべき敵の正体は？　長篇エンターテインメント。

若い女性が都内各所で襲われ惨殺される事件が連続して発生。警視庁生活安全部の富野は、殺害現場で謎の男・鬼龍光一と出会う。祓師だという鬼龍に不審を抱く富野。だが、事件は常識では測れないものだった。

角川文庫ベストセラー

憑物
鬼龍光一シリーズ
今野敏

渋谷のクラブで、15人の男女が互いに殺し合う異常な事件が起きた。さらに、同様の事件が続発するが、その現場には必ず六芒星のマークが残されていた……警視庁の富野と祓師の鬼龍が再び事件に挑む。

豹変
鬼龍光一シリーズ
今野敏

世田谷の中学校で、3年生の佐田が同級生の石村を刺す事件が起きた。だが、取り調べで佐田は何かに取り憑かれたような言動をして警察署から忽然と消えてしまった——。異色コンビが活躍する長篇警察小説。

殺人ライセンス
今野敏

高校生が遭遇したオンラインゲーム「殺人ライセンス」。ゲームと同様の事件が現実でも起こった。被害者の名前も同じであり、高校生のキュウは、同級生の父で探偵の男とともに、事件を調べはじめる——。

逸脱
捜査一課・澤村慶司
堂場瞬一

10年前の連続殺人事件を模倣した、新たな殺人事件。県警を嘲笑うかのような犯人の予想外の一手。県警捜査一課の澤村は、上司と激しく対立し孤立を深める中、単身犯人像に迫っていくが……。

天国の罠
堂場瞬一

ジャーナリストの広瀬隆二は、代議士の今井から娘の香奈の行方を捜してほしいと依頼される。彼女の足跡を追ううちに明らかになる男たちの影と、隠された真実とは。警察小説の旗手が描く、社会派サスペンス！

角川文庫ベストセラー

歪 捜査一課・澤村慶司
堂場瞬一

長浦市で発生した2つの殺人事件。無関係かと思われた事件に意外な接点が見つかる。容疑者の男女は高校の同級生で、事件直後に故郷で密会していたのだ。県警捜査一課の澤村は、雪深き東北へ向かうが……。

執着 捜査一課・澤村慶司
堂場瞬一

県警捜査一課から長浦南署への異動が決まった澤村。その赴任署にストーカー被害を訴えていた竹山理彩が、出身地の新潟で焼死体で発見された。澤村は突き動かされるようにひとり新潟へ向かったが……。

黒い紙
堂場瞬一

大手総合商社に届いた、謎の脅迫状。犯人の要求は現金10億円。巨大企業の命運はたった1枚の紙に委ねられた。警察小説の旗手が放つ、企業謀略ミステリ！

十字の記憶
堂場瞬一

新聞社の支局長として20年ぶりに地元に戻ってきた記者の福良孝嗣は、着任早々、殺人事件を取材することになる。だが、その事件は福良の同級生2人との辛い過去をあぶり出すことになる――。

約束の河
堂場瞬一

幼馴染で作家となった今川が謎の死を遂げた。法律事務所所長の北見貴秋は、薬物による記憶障害に苦しみながら、真相を確かめようとする。一方、刑事の藤代は、親友の息子である北見の動向を探っていた――。

角川文庫ベストセラー

砂の家　堂場瞬一

「お父さんが出所しました」大手企業で働く健人に、弁護士から突然の電話が。20年前、母と妹を刺し殺して逮捕された父。「殺人犯の子」として絶望的な日々を送ってきた健人の前に、現れた父は――。

脳科学捜査官 真田夏希　鳴神響一

神奈川県警初の心理職特別捜査官・真田夏希は、医師免許を持つ心理分析官。横浜のみなとみらい地区で発生した爆発事件に、編入された夏希は、そこで意外な相棒とコンビを組むことを命じられる――。

脳科学捜査官 真田夏希　イノセント・ブルー　鳴神響一

神奈川県警初の心理職特別捜査官の真田夏希は、友人から紹介された相手と江の島でのデートに向かっていた。だが、そこは、殺人事件現場となっていた。そして、夏希も捜査に駆り出されることになるが……。

脳科学捜査官 真田夏希　イミテーション・ホワイト　鳴神響一

神奈川県警初の心理職特別捜査官・真田夏希が招集された事件は、異様なものだった。会社員が殺害された後に、花火が打ち上げられたのだ。これは殺人予告なのか。夏希はSNSで被疑者と接触を試みるが――。

脳科学捜査官 真田夏希　クライシス・レッド　鳴神響一

三浦半島の剱崎で、厚生労働省の官僚が銃弾で撃たれ殺された。心理職特別捜査官の真田夏希は、この捜査で根岸分室の上杉と組むように命じられる。上杉は、警察庁からきたエリートのはずだったが……。